这也是美国

我的观察与随想

平苹 著

SPM
南方出版传媒
广东人民出版社
·广州·

图书在版编目（CIP）数据

这也是美国：我的观察与随想 / 平苹著. —广州：广东人民出版社，2016.1

ISBN 978-7-218-10543-7

Ⅰ. ①这… Ⅱ. ①平… Ⅲ. ①随笔—作品集—中国—当代 Ⅳ. ①I267.1

中国版本图书馆 CIP 数据核字（2015）第 268158 号

ZHEYE SHI MEIGUO：WODE GUANCHA YU SHUIXIANG

这也是美国：我的观察与随想

平苹 著

出 版 人：曾 莹

策　　划：肖风华
责任编辑：罗 丹 许春芳
装帧设计：礼孩书衣坊
责任技编：周 杰 黎碧霞

出版发行：广东人民出版社
地　　址：广州市大沙头四马路10号（邮政编码：510102）
电　　话：（020）83798714（总编室）
传　　真：（020）83780199
网　　址：http: // www. gdpph. com
印　　刷：广东信源彩色印务有限公司
开　　本：889mm × 1194mm 1/32
印　　张：9.5　　字数：230千
版　　次：2016年1月第1版 2016年1月第1次印刷
定　　价：36.00元

如发现印装质量问题，影响阅读，请与出版社（020-83795749）联系调换。
售书热线：（020）83795240

本书献给我的爸爸妈妈，
是你们给了我一双观察的眼睛。

序

读着平苹的书稿《这也是美国：我的观察与随想》，在已很炎热的6月广州，我如沐阵阵清风。早就听闻平苹的博客在海外学子中粉丝众多，却由于网络障碍，没有机会阅读，我是愿意借读书稿，谈我的一点感受、做一次粉丝的。

《这也是美国》是平苹的博客文章的选编，写的是她从社会学博士，到社区学院兼职教师，再到全职教师的心路历程，以及在生活中与孩子、朋友、学生的交流，都是平实的事，像是日常生活的随笔，很亲切自然。当然，她也是一位训练有素的社会学博士，日常生活的白描，其实也带有了专业的感悟。

我和她同在一个城市读中学、大学，却是因着香港，因着社会学而结缘。20年前，我们一同在香港中文大学读研究生，相同的专业、相似的关注热点，让我们有了更多的交流议题，有时候为了一份作业、为了一个研究设计，我们会谈上一整天，真实浸淫在思想、知识交流的环境当中。后来，我回到广州继续工作，她拿到博士学位后与丈夫选择远漂美国，她是勇敢的。人生就是一种经历，她的勇敢使生活多了很多的色彩。

关于美国，媒体有很多描述，国人也因此有了很多的想象。平苹主修社会学，她对美国的想象更多了一份专业上的寻根和测试专业能力的尝试。当年平苹远漂美国，正如她在书中所说的“我的心充溢的是寻求实现自己的梦想的热情”，她带着香港的博士学位，竞争到美国社区学院的全职教职，是对她的良好专业素养的直接肯定。确实，在直接和间接读到的描述美国的文稿中，来自社区学院校园生活的描述还真的比较少，偶尔在留学中介的指南里会有“先就读社区学院，然后转学名校是一项明智选择”这么一两句话，这是一个现在还颇为陌生而实际上值得关注的教育机制。看出来平苹对她的教职充满激情，热爱这份工作，而这份热情有穿透力有感染力，让我感觉一个东方人在本土美国人的社区学院里教授社会学会有很多故事，我很喜欢读她任职社区学院的点点滴滴，尤其是与学生交流的记录，当中的文化冲突其实就是融合、理解的过程，内里布满灵魂的闪光点。

社会学人的批判精神渗透在全书，种族、阶级、性别、歧视、不平等……这些社会学的关注议题已经成了平苹的日常视角，追随着平苹的脚步和叙说，我们了解认识美国又多了一个角度。透过社会学棱镜看到的美国，会帮助我们触碰到个体的命运如何受社会的塑造的命题，从而使我们看到的美国社会就不是停留在表面，而是深了一层。当然，不要仅仅是为了解美国而读本书，若然能够在合上这本书后，读者会思考一下如何过自己的生活，将是作者和出版人更愿意看到的。

广州市社会科学院副院长　蔡国萱

2015.6.25

自　序
生活中不只有精英

在这本书还没有成形的时候，广东人民出版社副社长肖风华问我："你为什么要写这样的一本书？"这个问题让我想了许久，可以说每一次想到这个问题，都觉得一言难尽。用国内现在流行的"成功人士要有钱有地位"的标准，我可够不上这个类别。我是一位从周一到周五每天都要上课的老师，也没有很多空闲时间；我的心情并不超脱，写文章是因为自己的窘迫和痛苦，是有感而发。与许多描写在异国他乡成功立足的励志型文章不同，我喜欢审视自己的窘况，边生活边反思，叙述令我困惑或震惊的点点滴滴。一个在国外生活的普通人有这个出版机会是非常幸运的，我想好好回答肖风华先生的问题：为什么我想写一本关于自己在美国生活14年的体会和感悟的书。

首先，因为我在意，在意中国这块生我养我的土地，在意在这块土地上生活的人的思想。我曾经是其中的一员，虽然离开了中国，但是我的思维方式、行为方式，甚至喜欢说的笑话都是中国带给我的；我是出国大军中的一员，我想借“书”这个媒介和国内的读者进行一次开放而诚实的交流，我说的都是美国生活的真实细节，是从电子传媒、报纸杂志或好莱坞电影上很难看到的。简而言之，我不想再重复国人耳熟能详或者人云亦云的东西，相反我想请人们注意到人云亦云可能会产生误导；我也想让国人感受海外华人处于一种怎样的生活形态，因为本书多少会给国内读者的想象提供一个可以参照的画面。美国在国人的语言中总是与一些最摄人心魄的词画上等号，如“民主”“自由”“人权”“天堂”，还有一个听上去充满希望的词：“美国梦”。但是，果真如此吗？这里是谁的天堂，谁的梦都可以实现吗？看到这里，喜欢辩论的读者可能会问：你有权评价一个地方是好是坏吗？正如林语堂在《动人的北平》里提到的：“生活在北平的人也不能说自己知道老大的一个北平是怎么回事。”要说清楚美国是怎么回事本身就是一个可笑的野心。没错，我不能告诉读者美国就是怎样——只有把许多从不同角度看美国的画面拼在一起，我们才能知道一个比较真实的美国是怎么回事。很显然我的讲述受制于具体城市、受制于个人经历，也许会存在偏见，但是我也相信，我看到的也反映了美国的一部分现实，与我打交道的人反映的也是一部分美国人的价值观和思维方式。我很想把这有限的一点感知与国内的读者分享，希望有人能从书架上拿起这本书并愿意读下去。

其次，在美国的这十几年工作和生活经历使我触摸到了美国社会的基本骨架。我是学社会学的，这个学科深深地影响了我的思维方式，它促使我开始思考关于美国华人的一些问题，而这些问题他们未必自觉：比如：美国华人会有什么样的集体性经历？他们受到中国传统文化和新中国政治文化的双重熏染，这会如何影响他们对移民经历的看法？这些看法又会如何影响他们在这个新大陆的行为以及与后代的互动？

在中国内地受的正式和非正式教育给我的只是关于美国的片面印象，而在香港所受的研究院教育则微妙地给我导航，使我开始向往这个遥远的国度。中国在上世纪80年代打开国门后有多少优秀学生如潮水般涌到海外留学并从此定居海外啊！为什么出国成风？作为其中的一员，我想多少是因为对现状不满，所以想改变。此外，我们是受到了关于美国的宣传的影响，看到了当时的中美差距不是一星半点。出于种种原因，在理性的选择下，人便“往高处走”了。出国时我们并不知道真正的美国是怎样的，出国的人多少有些不安分守己、有冒险精神，这也是美国这个国家的活力所在。既然美国本质上是一个移民国家，了解美国人怎样考虑和对待“外来人口”（移民），就成了认识美国的一个重要方面，而我们过去对这一点并不注意。我们的心充溢的是寻求实现自己的梦想的热情，但是对这个国家缺乏一个分析的视角，我们喜欢听美国人个人奋斗的故事，习惯于相信个人改变命运的力量，而不习惯思考社会机制本身如何造成个体间成功机率的差异。

我说我们对美国不了解还有一个很好的例子，有多少人知道美国有社区学院（community college）？也许现在想把孩子送到美国读书而不想付出太高成本的家长会听说过这种机构，但是十多年以前有多少人知道？我就是在社区学院工作的，而在出国以前的千禧之际，我从来没听过这个字眼，更不知道这种机构是干什么的。后来，我从统计数据得知美国的社区学院是两年制的、教授大学基础课程的高等教育机构。目前，全美有1655所社区学院，560万学生就读于此，占本科生的45%。我原来以为美国本科生只是指在四年制大学中就读的学生——这当然是在中国的成长经验使我有了这样的想法，然而事实是社区学院学生就是本科生，这个很有意思，为什么？因为我在网上写博客时被人多次提醒：社区学院相当于中国的专科而不是本科。言下之意是你不要以为你是大学老师，你只是大专学校老师，所以你写东西水平有限。然而，事实是，社区学院就是美国为平衡中低收入家庭的教育机会而创立的教育机构，在中国既有的高教体制中，并没有与之相对应的机构。据2011年到2012年的统计，在社区学院上学的学生有38%是来自中等或低收入家庭（年收入低于25000美元）。在四年制大学这种低收入学生的比例则为20%。

我在中国读大学的时候，大学生特别是重点大学的大学生被誉为天之骄子，这是一种重视教育的氛围。作为学生的我向往进一步深造，向往人尽其才，想做对社会有用的工作。当时的我也相信人有智力和能力的差异，社会本来就应该由精英治理，而精英大多来自名牌学校，所以人应该以名校为目标，以名校决人生"胜负"。今天想想，我这些思想本身就带着精英教育的烙印。这种烙印注定了我和很多在美华人一样，对社区学院是存有偏见的。很长时间里我对于自己工作的社区学院，很难从心理上接受。说真的，我现在还是会时常感到沮丧和无奈，因为有些学生不认真学习，因为社会总是戴着有色眼镜来看社区学院。人们看不起社区学院是因为它没有入学门槛，只要你想上，就可以进来；对想读大学但是又付不起四年制公立大学学费的人，这是很好的选择。可是我们要知道这不等于说谁来了都可以毕业，要毕业照样需要满足课程要求，对于将来要转到四年制大学的学生而言，这里就是大学的头两年，不是滥发文凭的地方，况且社区学院的确很重视教学方法和效果。

我是我们这个城市唯一在社区学院享有终身教职的中国人。我教的学生是属于美国大学生中那45%，我们要了解美国，难道不应该了解这群人吗？我在美国的这些年才明白，生活中不是只有精英人物，平民才是大多数，可以说这个看似平淡的道理我花了很长时间才明白。

我想写这本书的第三个原因，是为了我的学生们，我希望这些美国普通人的生活和思想可以为国人所知。在所谓“有上进心的人”的眼里，他们懒惰、不聪明、穷、成绩不好，是无所事事就来社区学院混日子的人，是因为经济不好失业了才来读书的人……当然，这些并非全都是臆测。但是，人们往往不愿意正视的，是他们美丽而复杂的多样性：他们有的才艺不凡、有的饱经风霜，他们有遵纪守法者也有做出过“错误选择”因而有入狱记录的人，学生本身就是社会的缩影。不能否认我的学生里有懒人，有迷茫不知自己该学什么的人，但是我要强调，这样的特质在任何一种类型的学校包括名校里其实都有。我所处的社区学院一样有很好的学生，他们有社会责任感，我相信他们完全有能力直接上四年制大学，而选择来社区学院许多只是因为经济拮据。有的学生在基础课里就能写很好的文章，其思考的深度不比最好学校的学生差。只要真的用心去思考，思考质量与来自贫穷还是富有家庭无关。而且我现在更相信，在社会学课堂上，深刻的观察往往并不来自于人人艳羡的成功人士家庭的孩子。只有看过、经历过一些挫折和不幸的人，才离生活的粗糙和丑的本质更近，也因此具备了复杂思维的能力。

我所有学位都不是在美国拿的，所以教社会学是极其艰难的工作。在教学中，我与学生教学相长，他们向我展示了丰富而微妙的文化差异，在这一点上，他们相当于我的老师。美国是我新的“大学”，一辈子我都要以学生的心态去淡然面对。美国的文化很丰富，虽然它没有漫长的历史，但是由于其来源很多，是相当复杂的。而且各族群相处一室，真的要靠智慧才能达到和平。

我写这本书还有一个原因是为了我的儿子和女儿。我想让他们知道妈妈在移民开始的十几年里经历过什么，这有益于他们在这块国土上生活时具备一定的文化自觉。我在中国时可以说比较顺利，在美国则令我经历了一些不顺利、挫折，令我看到一些“飘在上面”时所看不到的底层。人不一定要自找苦难才能成长，但是有些东西你避不开，我指的“苦难”更多是心理层面的一些感受，是一种在美华人心理上都会经历，但是碍于面子不一定愿意回国去述说的东西。我的学生大多数还是喜欢我这个老师的，可我也受到过来自他们、来自陌生人的成见与区别对待，有的很明显，有的很微妙。我与其他华人不同的一点在于：因为我的专业，使得我对种族歧视、性别歧视有学理上的认识，平时也会特别注意这类事情。我感觉许多在美华人恰恰对于歧视、社会成见这样一些对移民不算罕见但不该回避的事情选择采取视而不见、息事宁人的做法。华人表现出来的是一种集体无意识，这种集体无意识是有严重后果的。许多美国华人缺乏的是透过纷繁现象分析社会本质的视角，一个批判性的视角，所以才使得“美国是天堂”“美国人有自由”之类的老生常谈得以广泛传播。我认为这样的一些说法需要放置到具体的语境当中，而如今我们用起来也太不假思索了。也许因为这种老生常谈、人云亦云太有市场，因而才有奔腾不息的出国潮。

我绝不是说大家都不要出国了，而是觉得可以多一些视角看看这个目的国。

希望借由本书，能够多少祛除各位关于美国的迷思，并开始关心和思考一些看似“硬骨头”的问题。那么，本书的目的也就达到了。

2015.4.23

目录 CONTENTS

第一章

我的美国生活

第二章

我看美国的种族歧视

目录 CONTENTS

第三章

我在美国当教授

目录 CONTENTS

第一章

我的美国生活

引言：因为不同

如果只能用一个字形容第一代移民的生活，“累”是我的选择。除了事事亲力亲为，学会做院子里的活，学做各种过去不用自己做的有一定“难度”的中国食品之外，更多的是心理上的累。精神的孤独、适应美国文化的被动，教育孩子的同时发现自己常常是被孩子教育，在这里长大的孩子和父母有许多观念的冲突和争论，都令人处于无间断的疲劳状态。

但无论如何跌跌撞撞走来，美国给了我许多的收获；特别是因为两个孩子接受的是美国教育，令我对美国的学校有第一手的观察，这些观察令我非常感慨：我儿子、女儿都遇到了一些很好的老师，这些老师让我思考教育的真谛。好的老师所施行的教育一定是把学生作为整体去考虑、尊重学生的个性、培养学生对知识的好奇心，分数和成绩倒是次要的。美国高中生活的丰富多彩让我意识到我自己死读书的高中何其“贫血”。从大学录取机制里体现的教育哲学，到每日校园生活的点点滴滴，中美两国的确有很多差异。正是这些或大或小的差异造成了教育的终端“产品”——学生必然有明显差别。

美国有自己的问题，很多孩子来自单亲家庭或父母离异后重组的家庭，这些孩子需要更多的心理关注。今天的中国也面临类似的问题，离婚在工业化和后工业化的社会都很普遍。即使是不离婚的家庭，教育孩子也不容易，因为教育要求每一对父母具备深度思考的能力，深度思考又有赖于一个博大而有深沉人文关怀的心灵基础。

第一代中国移民的生活浸泡着酸甜苦辣咸，我可以说每一个人都可以讲很多故事。令我感慨较多的有两个例子：我先生的一个朋友热爱田园生活，他在拿了数学博士学位后离婚，接着一边兼职教书，一边和年幼的女儿在农场养了几百只动物；我还有一位拿到国内的中国文学硕士学位的同事在我们社区学院做兼职老师，教美国人中文，她对自己出国后社会地位相对降低有很强的失落感。这一章里有对这两位朋友的素描文章。这里的文章希望可以让您看到美国社会小小的一角，它们难以用阶级、性别、种族归类，而是细水长流的生活记录。这里有的是生活细节，我相信细节传递社会价值观、做事方式，正是这些点点滴滴，构成了美国社会的方方面面。

美国逼人成长，逼人掌握自足生活的技术，逼人思考什么是公民素养和开放胸襟。我已经学会做许多花样的中国食品，我妈妈说我比过去能干多了。美国汇集了来自各个国家地区的移民，是移民带给这块土地无穷的活力。我学习如何包容和欣赏“不同”，学习人与人之间怎样互相尊重，这是真正的成长。在一切的“不同”之上，人与人的本性其实没有什么不同，都是血肉之躯，都在利益、自我和良心之间挣扎。正是因为不同，才有创造力，世界才能真正精彩。

2015.1.10

我在美国找工作

不知为什么，这几个月的周末我已没有了原来能睡长觉的福气，每天5点半左右就醒了。这已是4月初了，窗外的小雪正下得有滋有味。冬天不愿离去，春芽已然黄绿或嫩红了枝头。我趁家人还在酣睡，拿起笔，看着窗外漫天飘扬的小棉絮，把最近心里沉淀的感触梳理一下，与朋友们分享。

一晃，来美已七年有余。

我出生在江苏南通，在陶都宜兴长到六岁，后随妈妈去了海南与在"华南热作两院"工作的爸爸团聚，那时三岁的妹妹仍在老家与我爷爷奶奶生活。在海南度过近五年无忧无虑的童年，然后又随父母调动到了广州，妹妹也来加入，从此在羊城一住近20年。1994年初，刚结婚两年的我去香港中文大学读研究生，与先生过起牛郎织女的生活；两年后，先生也到香港城市大学读博士，去过香港这两所学校的人就知道，广九铁路都经过，我在大学站，他在九龙塘站。所以在我的地域身份认同里，香港也是一个重要的组成部分。2000年先生在美国西北部的一个大学得到一份教职，随后我俩带着不到四岁的儿子，来到美国。

我的生活，可分为中国内地、中国香港、美国这么三段。前两段，可以说风平浪静，顺顺当当，无非是读书、工作、成家、再求学，唯一有点不同的可能是，我的大学同学与我差不多同期结婚的，都比我早生孩子，而且两口子自己带孩子，当然也有老人来帮忙。我是1997年香港回归那年三月在广州生的儿子，五个月后我带着不舍而复杂的心情离开了白白胖胖的儿子和父母，踏上回港的列车。我儿子牛牛在五个月到三岁那段时间，因我和先生都在港念书，是外公外婆把他一手养育大的，我们只是“周末回家的父母”。父母的那份深情、操劳，对我完成学位的期望，我永远感怀于心。没有我父母，我是不可能坚持到2002年并顺利拿到学位的。

生活向我展示其“峥嵘”面目的，应属2001年后来美国的这七年。我学的是吃力不讨好的社会学，又喜欢做研究，不愿意“与时俱进”地轻易改行。可在美国要找一份在学校的社会学教职工作（除学校外别的路子我们又因新来乍到而没头绪也不敢去碰），那真好有一比：“难，难于上青天”。技术性工种、理工类、财经类，是美国本身亟需的人才，因而我先生学的管理信息系统（MIS）就轻易找到了大学的终身教职。2002年回港答辩论文，拿到学位，我自然而然地想到找工作。要过了一段时间，我才从现实中学到沉重的一课，正如我中文大学的导师们说的，香港的学位在美国是很难make it（成事儿）的，他们自己可都是拿了美国顶尖大学的博士学位再回港工作的。

现在知道了，想工作得从找工作开始啊。可是这工作在哪儿？在别的州找？那时想也不想就对自己说，那是不行的，先生已“定”在这儿了，于是找本市的。还是一个一起打羽毛球的朋友，他在一个社区学院教历史和社会学，帮我推荐了一下，去面谈了一次，我就在2002年秋季开始在那儿教平生以来的第一门课：“社会学概论”。每天一节课，每次50分钟，每周五次课。每天为那一小时的课，我备课两到三小时，上去还战战兢兢，生怕说错话，越怕越说错，第一个学期的压力太大了，以至于怀疑当时9月份时在我腹中六七个月大的老二，我们的Rosie（平馨），就是在那压力下不耐烦了，自己果断决定早出来两周，还好，不是早产！学期在12月10日结束，平馨是12月21日呱呱坠地的。

女儿很会选时候，她的出生让我正好推掉了接着当兼职老师（part time instructor）的机会，我也乐得在家享受一年与她一起成长的时光。

可是说句真心话，享受这个词也不尽然，到了女儿快一岁时，我的心已开始有些急于回到讲台上去了。那时的我，急于用自己的学位做点事，很有些时不我待的紧迫感。学术的路不能接受太久断层，带孩子不是我能接受的人生终点站。2003年及其后的2004年，是我真正体会到“家庭主妇”这四个字对一个有职业心的女人意味着什么的两年。

儿子同学的母亲一大半是家庭主妇或只做着挣零花钱的兼职工作，我也渐渐领悟到在这个保守观念为主的城市，“Stay-at-home Mom”实际倒是令人艳羡的生活方式。但我难以在这一点被“同化”，反而增加了在研究生时经受了女性主义理论“洗礼”的我的苦闷和困惑，今天我反思这种洗礼是有利有弊的——对成家的女人而言，因为当你有了女性主义思想后，你对生活的要求必然不再会和你没有这种思想的时候一样，你必然提高了对自我实现的期望，而现实只会增加你的失落和失望。无论如何，我不后悔那一段启蒙。

2004年春，我又回到那家社区学院去上课，这次开始教“社会问题”。还是一门课，每月工资2750美元。这跟我做硕士论文时涉及的计件制女工一样，我也就一“女工”——女教师工种。别的福利待遇？什么也没有，办公室也是与别的兼职老师合用的。换言之，你数学好一算就知道，仅凭上这样的课，一年我挣的工资就是一个美国的“工作穷人”（working poor），这点钱比我在香港读研究生拿的助学金要低得多。我知道，这是为了积累经验，是“暂时”的。可是那个全职在我们这城市的哪个角落里呢？这个时候很难做到“好女不提当年勇”，想想自己鬼使神差为哪般要推动老公来美国找工作，好好的国内的现成单位放弃了；我在香港中文大学的最后一年，清华大学正招兵买马成立社会学系，人家问过我要不要加盟，我因先生说不愿转战北京，就推掉了。现在？唉！

到了2004年9月，我的母校、广州的那所华南最高学府，有一个副教授的终身职位，我申请了，也是经过正儿八经的左评审右评审，终于在申请半年后给我offer（工作邀请）了。只能说明咱这香港开的花儿在内地还算香。

2005年9月到2006年1月，我还真带着女儿回到阔别多年的母校，给四年级毕业班教授“性与社会性别”。老公儿子则仍在美国，这是老公得到终身教职（Tenure）前的最后一学期。

2008.4.6

我在美国找工作（续篇）

那短暂的四个月，对我也是终生难忘的。个中滋味，想必作为读者的你是可以想象的。一个字：难（tough）。这段，在此略过不提。

我女儿回国后的反应，出乎我意料，她虽小，却已懂得想念爸爸和哥哥，而且身体常生病。许多无眠的夜啊，让我下了决心：辞职吧！回美国去吧！不管社会科学院院长的惊诧，副校长的挽留，在工作和家庭之间，一个母亲有时的确是要面临艰难的选择的。我又回来了。

2006年3月，另一所社区学院招终身职位，所有知道我在申请的华人朋友，他们自己就在这个城市里四年制大学教书，都说：这份工作，非你莫属！你看，本市人，一定会安心工作，人家就怕你要跑，你有学位，也有教学经验。曙光在前头！

可是，很不幸，我是被作为第二候选人考虑的。这份工作给了一位来自外州州立大学某分校的一个有硕士学位的老师。原因吗？那是不会告诉你，也不能问的。

又是极度苦闷的一个春和夏。那时我不得不接受一个不愿被证实的感觉：香港的学位？不那么值钱！（尽管我知道中文大学的训练是英制的，它的社会学在亚洲学校里是排在前头的，至少我就读时如此），人家没给我全职，却给我兼职，从秋天开始，问我干不干？这要在中国，凭我那顺惯了给养出来的脾气，我才不干呢！可是在人屋檐下，不得不低头。

没想到，正是在这所学校的教学经历改变了我，因为遇到一些真正的好学生，一些来自不那么富有，或根本就是工薪阶层背景的学生，写出让我频频流泪、内容深刻的好文章。这些把社会学的一些关键概念通过自己的成长经验揭示得淋漓尽致的文章，改变了那个还有点心高气傲的我，我爱上了这里的学生，我爱上了这个注重教学质量、在乎学生、有超过三分之二的学生都转读四年制大学的学校！

2007年2月，有位全职老师突然辞职，学校就在地区范围发广告招一个一年的职位（annualized position），我从五个事后据说都很强的最终候选人中胜出，开始一年的全职生涯。2008年2月，我曾于2006年应聘的那个终身教职还是需要招人，于是又在全美范围内发广告，我再度申请，与来自全国的许多人角逐，第三次经过一轮教学示范和面试，最后，我得到了录用通知，那一天是3月25日，我儿子11岁生日的前一天。

古语云，事不过三，我在煎熬等待的两周里，连自己也为“厚脸皮”再三申请同一个学校的同一份职位深表“叹服”。问自己许多次，若不得，还有下次吗？答案是：不会了！此处不留爷，自有留爷处。但是先生怎么办？还回中国吗？是否该改行另辟蹊径？如果，还有如果……

在这个以白人为主，黑人、墨西哥人为辅，印第安人势力不弱，亚洲人数垫底的特定区域，我持有社会学这种“非主流”学位，还不是美国大学授予的，种种迹象表明以此求职真是难于上青天！还有，无须讳言，社会学，本身就是一个争议性极强、涉及方方面面的学科，不是那么容易讲的，看看我在课堂上受的气、生的气，但是一切还是自找的嘛，谁求你工作来了？

我得到工作的消息得到许多同事的衷心祝贺。而在我心里，我更珍惜来自非全职教师同事的祝贺，因为我就是从非全职做起的。他们那寥寥几句的祝词，那羡慕而非嫉妒的眼神，其中还有一种只有作过兼职的人才能体会出来的辛酸，我的心底在流泪。

结束与校长关于接受工作的电话后，我默默地对自己的说："你终于得到了这份工作，你是幸运的。永远不要忘了你的兼职生活。"

全职和兼职，本身就是一个阶级分层的实例，社会学的概念发生在每个老师身上。

我把这六年的兼职经历——主要是心理上的起伏、面对的恶劣环境、三次申请的折磨，看做一种曲折或苦难。苦难教给我的是生活的真面目；苦难把我"逼"成一个也许还算合格的老师。我们应该对那些在苦难中还能自得其乐、保持微笑的人们，还有那些坚持着勤勤恳恳教学的非全职老师们肃然起敬。

回头看来美的七年，我感谢生活。有波澜的人生，未尝比一路毫无波折的要差。我终于让我爸爸妈妈和公公婆婆为我欣慰，放下了悬着许久的父母心。爸爸说："这样好，这样你才会更珍惜这份工作。"

是的，我从未如此珍惜过一份工作。2006年我第一次申请这工作时，曾请广州母校的系主任写推荐信，当我撕开那封盖着广州邮戳的信封，看到那封仅一页纸却言简意赅的信中的这么一句："她的工作和发表物被同事公认为她会成为其专业领域内有领导地位（leading role）的学者"时，泪无法控制地流下来了：我听到的除了赞扬，还有系主任对我不能继续在母校工作的遗憾之情。当然我知道那句话是有夸张的成分，可我也知道曾经留英博士的系主任是个实在人。

今天，我已没有那么多眼泪了。向前走吧，感谢我的先生、孩子、爸爸妈妈、公公婆婆，以及关心我、帮助我，伴我一路同行的挚友。前方仍将有雾有风也有雨，但我已见过山，知道什么是生活中的险峻，我学会了“平平淡淡是最真”这句简单却若没有经历也不可能悟到其含义的道理。我只想……感谢生活！

2008.4.7

感谢生活

写完了关于找工作的两篇文章，好像心里还萦绕着一些欲言又止的话，干脆再写这“后面的话”。权当画蛇添足了。

记得2006年夏天暑假的20多个夜晚，我和先生等孩子们睡觉后开始看《半生缘》，这是由张爱玲的同名小说改编的35集电视剧，林心如和蒋勤勤演女主角。看到后来，记得每一集都要跟着剧中角色的爱情曲折流泪。不过这儿不说剧情，只说曼桢和沈世钧失散12年后，发现双方因当年一场误会和曼桢的姐夫搞的阴谋，已各自成家、生育，但因两人的爱毕竟从未消失过，故相约小酒馆，短聚了一场那个情节。其中有几句台词，我一世难忘：

曼桢：世钧，我们回不去了，我们再也回不去了（泪流下来了）；

世钧：曼桢……（也哭了）；

曼桢：世钧……（两人相拥而泣，无尽的情意，难言的痛楚，尽在那难舍难分的相拥之中……）

我和我的先生，竟也控制不住地大哭起来了，那真叫一个泪雨滂沱呀！好在第二天不用上课或见人，眼睛跟两桃子似的。因为“我们回不去了”在我们心里引起的共鸣，决不只是因为这部别人的爱情故事，而是因为这句话对我们这个家和我对生活的选择也是非常相关的：一是为了家庭，我辞去国内母校的工作，回到这里，可是在春天申请社区学院的教职没拿到，是我没想过这第二度迈出中国大门来美国意味着什么吗？想过，虽然母校领导说了，你回来我们还照样欢迎，可谁会好意思这么“耍”人啊？再说我也经不起两个国家一个太平洋的这么折腾，劳民伤财的。所以，我知道我在广州的“事业”算是完了，这是回不去了；这一层我只能在心里想想，轻易还不能乱说，因为不是好多熟人见面不都这么寒暄着“女人要什么事业呀？把孩子教好就不错了”吗？

二来，出来过上几年才知道，一旦出国，就是一条不归路。对许多人而言，即使国内再有机会，但因为这里的孩子教育、中国工作机会的可选择范围、环境、诸多因素，那就是想回也回不去，除非像许多父母一个单飞一个留守的家庭，但那有可能解体，孩子会受单亲家庭影响。所以，如果我撑着不回美国，到时候我们的家万一以解散告终，那也是无可奈何的结局，这是其含义之二。所以，“回不去”一词意味着人生的大事，不能走错，一旦走错，就改了你的路线，下面都是收拾残局的事了。

记得有一本书叫《人生落子无悔》，我没看过此书，但单是看书名，已让我热血沸腾了一把，可是无悔是不容易做到的。

生活中最难的是什么？每个人都会有不同的回答。对于我而言，我认为最难的是当你身处逆境的时候，还能笑得出来；你的脸上，还常有微笑；你还能真心地说：我热爱生活，生活毕竟还是美好的。

我没拿到那份工作的整个2006年，觉得这儿欠了我的似的，就是秋天真去工作了，也是一肚子冤气无处申的郁闷。那时在这个现在工作的学校就一门课，一周去两个下午；我要两个学校地跑（两份教职），我对那个没录用我的学校的冷漠表现，不愿去“掺和”系里的事，连那个学校的邮件也从不去看，因为觉得与我何干？我不就一个你们丢之可惜的兼职鸡肋吗？一种不公平的感觉深深地占据了我所有的心理空间，苦楚时不时泛上心头。但是想想，我若去找别地儿的工作，就是找到，先生也未必能找到同一地方的学校，家庭又将分成两半，也不行。还有，我觉得找到工作的可能性越来越小，因在港时我发文章以中文为主、英文为辅（我没有为出国找工作而做准备，跑这儿来跟探险家无二），我的课题都是做的中国的国企研究，到美国后不仅是地域变了，而且失去了做研究的环境和心情。我深感自己陷进了一个“陷阱（trap）”，我体会到：只要你是母亲而且又去拿个不合时宜的学位，跑到不承认你学位的地方来，还想工作，你就在陷阱中挣扎吧你。自讨苦吃！

那时，我在港读书时的论文导师之一的某某博士，从港换工作到纽约一个大学去，对我说：“你拿着香港的学位，先天不足啊。这儿的位置很少，真是很难。我愿意帮你，但作用不知多大。你还要认识大佬级的人推荐。”不必说我心里有多难过了。

这几年的兼职教师做下来，我变了，自己还不觉得变得多离谱，但我先生感觉到了。我们常常为两种地位的老师待遇天差地别争论不已，最后不欢而散：他从管理学、商学角度认为这属不可避免，我从人性角度抨击这种不合理的制度。过去在广州和香港都没有真正在内心理解过临时工或兼职人员的我，开始因为自己成为相对底层的一员而体会了别样的滋味，虽然我的家庭因先生的工作不能算是底层的，但我不想自欺欺人地用先生的收入来安慰自己（谁让咱是学这个的呢，觉悟高啊）。我知道好多人会说那是你自己要那样钻牛角尖就没得说，其实也正是这种流行的大众“寒暄心理”，使得许多人（多数是女人）听天由命，以夫贵妻荣的思维方式生活着，我不责备这种心理，我理解人总要找个借口让自己好受点，只是对底层的了解没有比你自己成为其中一员来得更深刻了。我的父亲是研究白蚁的生物学家，母亲相当于他的助手，我从小都在有围墙的大院环境长大，真不知道围墙外那个没有那么多特权（privilege）的世界是怎么回事。就是到香港，也是人手一份很好的奖学金，根本不用吃苦。

然而现在我终于知道了：底层的人，特别是在美的华人中的底层的人，并不是像我原来假设的那样天生就是有点差劲儿或不求上进；而事实是，有许多人是为生活所迫，或是环境变化而落魄了，不得不维持着底层的生活方式求生存。底层是社会无奈的存在，收入低之外，社会也连声望都不给他们：物质主义的社会一切以钱和一些象征身份的符号性消费来衡量人的“价值”，底层自然成为被人看低的人群。

即使老公是全职，我们家也因此受益，但这并没影响我对这个制度的态度。现在终于我得到全职工作了，老公叹息一声然后说：“这下看你还会不会为底层说话？往往是地位变了，人也会变。”我也问自己，口口声声这制度不合理，现在你愿意把全部人变成全职，但工资就要变成每个全职人让利拿的少些，从而使得享受全职工资和福利的人多起来吗？这真是一个考验人的问题，想了好几次，我对老公说：“我愿意。因为我觉得那样的社会更平和、平等，我不愿看到兼职的人眼里那种不确定的眼神。大家都好才是真的好！”然而老公还有更绝的问题等着我呢，他又追问道：“我的意思不在工资，而是工作的安全感，市场有变，学校要裁人时，往往先裁兼职老师，那你是不是觉得该让大家都变成兼职或全职，让大家都没安全感呢？”这真是一个很“毒”的问题，我实在不知如何作答。

我也想过，假如最后我仍然没得到这个工作，我还会以这样的方式写这文章吗？这个问题我也无法回答。中国人也好，美国人也罢，不都是以成败论英雄吗？到底什么是成败，什么是真英雄呢？面对逆境，即使一辈子都是兼职的人是否也是英雄呢？我怎样才能为实际身居底层而好像我们中国人并未给过多少注意力的兼职做些有用的事呢？不大关注这群人我想是因为我们能出来的国人大都是龙，能干，从经济地位而言都爬上中产或以上的梯子了，落魄的又未必愿意上万维读者网站（creaders.net）来说话。还有可能是多年媳妇熬成婆的心态，媳妇做到了婆也就与婆的心态合一了。但只要想到正是这个阶级梯子系统的存在，让人既有向上爬的动力和盼头，却又永远使得一些人没有公平的机会，难道我们不该有所思考吗？

万维网上的好友说我宽容，像知心姐姐，我想，如若有一半是真，我会归功于这些年的兼职生活，正是这种别有一番滋味在心头的生活，让我推己及人地体察到底层，我在国内可能永远沉不下去到那种处境的生活；虽然我还没真正经历过为明天的工资单在哪里而发愁的日子，虽然我还是很幸运，因老公的情况而不用去从事体力活的工作，但心里的苦楚感、那种不知何时是头的不确定的生活内容，我是经历过了。过去巴不得自己少吃点苦，顺当，现在知道吃了苦才有一颗丰富一点的心灵，才“博大”一点，才知道区别何在。

还有就是社区大学或称社区学院，我知道在许多国人心目中，是不屑一顾的。我就在我们这儿的聚会上听人们说，某某的女儿，一向拿州头三名的钢琴奖，人家是奔哈佛去的，社区学院连一条退路都不能算；我们这里绝大多数中国人包括台湾人的孩子，目标都是名校、私校。我呢，可能也是这些年的经历，对找到工作的期望已经降低，再而通过单打回国的艰难对家庭团圆的重要性有了刻骨铭心的认识；还有的确在这个学校里教到了一些出色的、有思考能力的学生，而且想到我的学生主要是底层或贫困家庭出来的学生，靠一半时间打工一半时间读书来支撑自己的学费的学生，觉得我的人生其实更有意义（您要说这是阿Q，我也承认）；我知道了“面对现实”这四个字该怎么写，只要能教书育人，天涯何处无芳草呀？

一切的一切，只要是你努力过，就是值得去珍惜的，不要故作聪明地说：“我不在乎。”一切用努力用诚实的劳动去生存的人，都值得被人尊重。如果在我们日常生活中，在人们的“寒暄心理”上，在社会制度上，有多些对体力和脑力劳动真正的尊重，而不是表面的尊重，世界会是另一个样子的。

人，的确是环境和境遇的产物，我们这群第一代移民，在“再也回不去了”的场景下，他乡变家园，好好生活，热爱生活吧。我真的很欣喜地看到，最近加入万维的新博主们，都是那么意气风发，文笔或潇洒或优美或幽默，有一股来自改革后的中国人才生发的作为中国人的自豪感，故土难忘的心情实实在在，却又有很强的参与美国社会变革的意识。而且更让人欣喜的是，半年多前加入万维的作者，因后来的新手的活力，而更激发出了内心深处的灵感和灵魂的闪光点，写出了更有分量的东西。这才是真正的有灵魂的华裔美国人和华裔加拿大人！

人生落子无悔，归不去或归得去的我们，愿以此文共勉。谢谢阅读。

2008.4.19

鸡头的故事

在一个当地的中国饭店，阿森——我先生任教的系里今年新招聘来的助理教授，带着他的太太和两个女儿请我们一家吃晚饭。在老板娘的强烈推荐下，我们点了一个“走地鸡”。当这盘香喷喷的白切鸡端上来的时候，大人喜爱它新鲜而地道的土鸡味，孩子们的着眼点不一样，阿森4岁的女儿迪迪，叫了一声：“鸡头！”的确，这盘鸡摆的很有中国特色——鸡头，翅膀，鸡块，鸡脚有板有眼地顺序排好，那只鸡头单独稳稳当当地摆在首位，迪迪这个德国妈妈和俄国爸爸生的美国女孩，我相信她是第一次看到鸡头。

在得到大人认可后，迪迪把鸡头放到一个小盘子里，绕桌一圈让大家更近距离地看看这只鸡头。接着，她说她要把这只鸡头用盒子装起来，寄到德国给她的姥姥去！我们笑了，我暗暗地为小女孩这份思念姥姥的心感动，迪迪在8月份刚刚随父母回母亲的祖国（德国）一个多月，还抓紧时间上了当地的幼儿园。见此情形我想起7年前我儿子牛牛刚来美国没多久，曾对着雪地大声喊着外公外婆（我妈妈爸爸带了他三年），以为那样她能在中国听见。

这时我四岁的女儿平馨也来凑热闹，说她也想要那只鸡头，我们不以为意，劝说两句，继续吃饭。等阿森买单时，平馨竟抽噎着说她要鸡头，迪迪也在她妈妈身边坚持要鸡头。我和先生赶紧让平馨放弃这个要求，她捂脸哭起来。双方父母的劝解以无效告终，块头很大的阿森用普通话说："好了，这只鸡头，我说，属于牛牛。"牛牛是我儿子，比平馨大将近六岁，阿森很会做调解人，竟把鸡头调解给牛牛了。阿森是俄罗斯人，曾在中国待了四年，他能讲一口流利的汉语，这顿饭局就特别有趣了。阿森又拿英语对一听他判决就忍不住放声大哭的迪迪说："迪迪，不要再考验我的耐心了！"并一挥大手。

我对女儿说："迪迪第一次吃中国鸡，还想着姥姥，你就成全了她的心思，我明天就给你去东方店买鸡回来，鸡头归你了。"可女儿还是哭个不停。迪迪那边也哭得埋在她妈怀里，看到迪迪妈难过的样子我心里也难受起来。然后，我暗示牛牛去把鸡头交到迪迪手里。牛牛照话去做了，阿森和他太太一起摇头说不行，我说现在既然是牛牛的，就由牛牛说了算。阿森太太认真地说："别这样，这样迪迪就知道以后只要哭她就能达到目的了。这不行。"阿森也很认真地马上附和。

说真的，这才是我要写下这篇文章的动力——就是我和我先生——都被这番话深深地震动了一下。这对俄德跨国联姻之家，因这种一丝不苟的教育精神让我肃然起敬！

我也很正经地说："那么对平馨是一样的，她也知道哭就达到目的了。我们只有把鸡头留在这里了。"接着大家起身离席。我还抱有"幻想"，当女儿伸手要我抱时，我对她说迪迪要走了，如果你把鸡头现在交给她，我马上抱你。而女儿真的拿起装鸡头的盒子了，可刚转身，手已递出去，一秒钟后，又缩回来，她皱个小脸用英语说："我不想把它给任何人！""那我们走吧！"我说。鸡头盒子就这么毫不留情地搁下了。

迪迪和平馨啊，你们会记得这只可笑的鸡头吗？
人之初，性本私，是吗？

2008.2.28

麦克老师的忧虑

秋天的第一次家长会来临了，我和儿子的老师麦克谈了半个小时。每次和这位公立的天才学校的老师开家长会，于我都是一种享受，因为他是一个真正的教育者，对孩子有炽热的爱心，深刻的同情和理解，对聪明的孩子的特点特别了解，可能因为他自己就是这么一位吧，还有对教育事业的无限热爱。这样的好老师，在哪个国家都不是随便能碰上的。上次与他一席谈话，促使我写了“我的小学老师郭老师”，今天他说的几个想法使我思考，记下来就不会忘了。

这位老师与别的老师开家长会的不同，他不是完成任务式地、一张一张表格给你看，你的孩子在这些成规方面得了什么成绩，而是会看着你，问你，你工作好吗？你好吗？他把你当成同辈以至于朋友，而不只是让你觉得他就是你孩子的老师，除此之外咱们什么关系都没有。记得上次开家长会他不知道是自己不记得还是真的很想知道我到底好不好，竟连问我四次“你好吗”，弄得我暗自好笑。

麦克老师说，现在学生的问题是他们缺乏学习的动力，他们的家庭没有给他们这种动力，所以只好由老师来给他们动力。我说为什么？是太多单亲家庭的关系？他说：“也不是，有的学生来自富有的家庭，家长塞给他们一大堆玩具，说去玩去，我要干自己的。而我，我们家穷，所以我有责任要出来，所以我想学习。”他说，在中国和很多别的国家，学生都有动力学。我说，中国有庞大的人口压力，农村孩子不学就不能走出村庄，城市孩子不好好学只能上个一般大学，等毕业也基本是进入失业大军，所以中国人不用功不行呀。他表示同意。我说，所以在美国的华人会批评中国教育是扼杀孩子创造力，只是培养考试机器呀。他也知道中国有这个弊端，但认为美国孩子不爱学习，这也不行。

我说，在美国，脏活有墨西哥劳动力干了，美国人的态度是我们美国人是不能干这脏活的；技术的活有移民干了，所以，美国人被宠坏了，也不想学习了。麦克马上表示同意。其实想想，这不是挺可怕的吗？假如孩子不想学习，那作为一个国家还有什么希望？只好放空炮了。

麦克说，其实劳动对孩子有好处，他小时候就干很多农活，所以希望孩子离科技、电脑远一些，我们已经被“拿去了许多东西了”。

麦克说，他最大的愿望是再去中国，希望自己能年轻10到15岁，这样就可以去中国教英语。我说：“你现在也可以去。”他眯起马克思一样的眼睛（他长得真有点像马克思，胡子一大把），很神往地说：“我想去一个村庄，给孩子上课，手里拿着粉笔，在黑板上写字，你说，那是多么美好的生活。”他停在那里，神往着。

这是震动心灵的瞬间，我被他感染了，多么好的人啊！对中国的孩子有这样浪漫的爱！你想，如果有这样一位老师，走进中国的村子，在那里教书，下课后再去参加田间劳动，老乡们和他用手比划着说话，谁也听不懂对方，可是他们都知道对方是好人，他们自有一种无需语言的默契；他蹲在地上和老乡们稀里呼噜地吃着陕北面条，或山东大饼就大葱，或粤北山区的米饭加炒菜，那会是什么样的“格调”呀！

我喜欢一个老师可以给你想象的空间，可以激发你的视觉幻想，我真的希望这不仅只是幻想，中国需要这样的老师，美国也需要这样有激情的老师。

我儿子的不足是上课时话多，太能说了，我问他有改进吗？他说有，“我总是看着呢，提醒他呢”。还说，对于很聪明的孩子，研究显示，他们要马上把自己想的说出来，否则那个思想会溜走，当说出来时，那个想法会变得更真实。从这里显示出他对孩子深深的了解，他还说：“我想孩子们知道我理解他们，他们懂。”是啊，孩子最精了，一点也不傻，更何况这是一群有“天赋”的孩子。他是我儿子最喜欢的老师了。

我们还谈到中国的“文化大革命”，我说那是显示出人性丑陋的一个运动，他问我那时在哪里，我说在海南，对于“文革”只在六岁到八岁有记忆。我是1968年出生的，但那对于一个孩子，也是一生的回忆财富了。同时，我很老实地告诉他，也许因为年纪小，不懂世道艰难，爸妈也没挨过斗，觉得那段时间，人们很朴实、快乐，也许是大家差别不大而带来的那种平均的快乐吧，至少那是我对童年生活的回忆。当然我说也有那是海南那个小社区的缘故，人与人之间的距离比较近，而等我去了广州，就觉得人们没这么快乐；改革开放后，贫富差距一大，人们开始比谁钱多就有“人生价值”，我觉得人们真的不那么开心了，虽然穷开心也不好，但我们的童年时代毕竟很开心。

麦克的眼睛放光了，他说：“你看，当人们变得物质主义时，就不快乐了，这就像美国一样啊。我们已经完全忘记了生活的意义是这样的，”他指一指自己和我，接着说：“是人与人的关系，是这样的谈话，这样的人与人需要交流的东西。但现在，经济坏了。”我马上插话打趣说那没准是好事，人们开始重视友情了，他说我就想说这个呢！

他送我出门时，说：“我作为一个男老师，也有好处，这些孩子基本都是女老师教出来的，教成这样，”他做出两个手绕成兰花指的样子，“坐要这么坐，还女里女气地说话，可是我知道guy wants something different（男孩需要一些不同的东西）”“他们要起来走走，所以嘿嘿！”他发出一声阳刚之气的“怒吼”，多有趣的老师啊！我完全赞同，我们需要小学男教师。而且是像麦克这样的理解力超强的教师！

我常想，到了一定时候，国籍不重要，重要的是你们能不能分享思想。我真为儿子有这么好的老师而高兴！我总是能从他身上感受到一点东西：激情和正义心，这可以说是人类普遍而言的一种最可贵的品质，而对于教师这种品质不仅可贵，而且是职业的要求了。

2008.11.20

无理由的伤害

昨天，儿子牛牛12岁生日的前一天，我去接他下学，他一上车就说："不好了，有人要伤害我。"看他有点搞笑的口气，我半信半疑地问："怎么回事啊？"边问边把车慢慢开着靠边，因为我不知道这个事情是否需要我回学校报告什么。

儿子说："我们今天打扫卫生的时候，伊恩（Ian）在我凳子上看到一个平头钉（Tack），就问我：这是你的吗？我说不是，这颗钉子头朝上，而且用一个粉红的星形塑料套子套着终端，这套子是确保钉子能站稳了一定能扎到人的；接着我把这颗钉子交给老师，等我回到座位上时，又看见有一颗平头钉在我凳子上，这次是黄色的心型套子套着。"

我大吃一惊，说那老师怎么处理的呢？牛牛说，麦克老师就在班上大发雷霆，吼了一顿，说这样是绝对不行的，这是不道德的，这是不能接受的行为。那就算完了？我心里觉得这还远远不够啊。

心情变得灰暗，为什么这件事会发生？是谁这么恶劣？我问牛牛这段时间你有没有和同学吵架、打架，他说没有，接着有点恐惧地说："有人要害我，为什么，我没有做错什么呀。”我听了心里非常难过。如果我能怀疑人，我首先想到那个常常欺负人的孩子，就是那个也有点种族歧视取向的孩子，于是我问了那个孩子今天有没有来，牛牛说他来了，但是他坐得很远，应该没有时间过来放第二颗钉子。

对啊，这个第二次实在太坏了！还敢在一次之后在同学都做清洁时再走到牛牛位置上放第二次，似乎不害到你不罢休。这是十分恶劣的行为啊，如果牛牛没有看到，一屁股坐下去了，会是什么情形？那长长的平头钉子，那么锋利，我想到可能的后果，真的在驾驶座上都坐不安稳了。

回到家，等老公回来，我和他讲了这件事，想看他的意见，心里已经决定如果老师就这样算了，我是不能算了的，一定要查出是谁干的，不能让这样的恶性事情再在班集体里发生了。

老公听了也说这是安全受到威胁的事情，要和老师打个电话，问问他打算怎么办，告诉他我们对儿子安全有担心。

晚上我打电话，老师说，这是他30年来教书从未遇到的事情，他也不知道怎么办，很难查。他已经在班上讲得非常清楚，这是不能接受的行为，但除此之外还能怎么办？我看老师有点为难，他是我非常尊重的老师，我讲了我的看法，这是非常恶劣的行为，牛牛会因此而被伤害而且精神上的伤害已经形成，我对老师说：“如果我是老师，我会对学生说：如果你可以站出来向我私下里承认，很好；如果你等我通过调查查出是谁，后果会很严重。没有人该被人这样恶毒地伤害！”

老师说：“好，明天我再看看怎么办，我不能承诺你，但我会做点什么，我会保持观察，也许会有线索。”

今天，牛牛的生日，晴朗的天，我感慨12年是多么快啊……诸如此类的妈妈通常的感慨自然会有，但是我心里被钉子事件占据了，我想到了万维博客上的一篇文章：作者的女儿被人在校巴上用种族歧视语言欺负后，对不想追究的老师说出“老师，保护我是你的责任！”的掷地有声的话，而且女孩还带着校长从高年级的课室里一个个地找过去，找到那个讲种族歧视语言的男生，让他受到应有的惩罚。作为读者的我对他女儿充满了钦佩，钦佩一个小女孩的勇气和力量！

我暗下决心也要把这次事件变成一个教育人的机会，让我的儿子用尊严来处理这件事，绝不能任恶人胡为，以为可以逃过去。

想了几个方案，第二天早上对儿子说：“牛牛，今天你要利用给大家发生日饼干的机会，给同学发表一场演说。”

我先问牛牛打算说什么，他说了类似于“你主动承认就好，否则后果严重”那种昨天晚上的思路，我和老公都说这应该不是你的演说的目的，你要说：“今天是我生日，我和家里人都很高兴，但是昨天发生的钉子事件令我难过，我们是同学，我们本来可以是永远的朋友，这件事情已经伤害了我，我希望这样的事情不再发生在我们班任何一个同学身上，希望你们喜欢我的生日饼干！”

我自己也觉得我该在中午接儿子时去看看那两颗钉子长得什么样，第一手的材料应该过目。然后再和老师谈谈下一步可以怎么办。

于是我到了学校，上了二楼，看到老师正在给同学交代一些保持地上整洁之类的事情。儿子听说我来了，就跑过来，第一句话竟是那个放钉子的人找到了！

是谁？我迫不及待地问，儿子还挺沉得住气，没有直接说名字，说：“老师早上一上课就给每一个人一张卡，三选一回答问题：1. 如果是你做的，你说对不起；2. 如果不是你做的，那你认为是谁做的；3. 你觉得有什么要改进的可以使这个班更好。”

用这办法，放钉子的人马上承认了，“是谁？”我问，“是一个五年级的女孩某某，就和我坐一张大桌子的。”儿子边回答边拿出对方写的一封信。

我打开来，急切地看起来，并不漂亮的英文书写着：

亲爱的某某（儿子名字），

我为我做的可怕的事情深深地道歉。我一定要告诉你你是一个非常善良大方的人，我个人没有任何反对你的意思，一点也没有。我发誓这样的事情绝对不会再发生了。我将为再次建立你对我的信任而努力，和你重建友谊。

某某

等学生都走了，我进去教室和老师谈话。老师说：“一分钟就找出来是谁，而且昨晚我就猜想这个人可能是我们都不会想到的，果然！我知道这办法会有用。”我非常佩服他的这个方法，很妙。

但是她为啥要这样做？老师茫然地说：“我也不知道，她自己都不知道！所以我让她去看心理辅导，她必须处理自己的事情。她说她喜欢这位被她伤害的同学（即牛牛），她在她原来的那所学校有人说要杀了她，那个人令她非常困扰，她还有许多事情在自己的生活中纠缠不清，她不像你儿子，有一个爱他的家庭，她的家庭很不如意。”

还有这样的事情！对同学充满好感，却蓄意伤害这个同学。这算哪门子逻辑！心理学上这叫什么？找替罪羊？也不像，却也可能！反正现实中的心理疾病比我想象的和愿意去知道的要复杂一百倍！

心里卸下了一块石头，但是另一个石头也形成了。那位孩子的心理，怎么会这样“怪”，要这样去伤害人而自己也控制不了自己，老师说她哭了，很伤心，但是眼泪能解决什么？从这件事情前后看，眼泪不能代表任何东西——我不愿单纯地相信眼泪的象征意义，因为一个人无法解释自己行为的时候，你还能只是相信她的眼泪就万事大吉了吗？

儿子说他有放松的感觉，因为这个女孩说保证不会再发生这样的事情，安全在这个班里不再是人们要担心的，他觉得这是最好的，对整个班级都好。我为儿子的放松而高兴，但是，疑问在心里仍难以消除。

一个不幸福的家庭，对于孩子的异常行为，到底产生了怎样的影响，这会是诱发孩子在学校去找出气筒，去试图伤害同学的根本原因吗？儿子的生日，本来有多少温暖的话和感受，但是由于此事，我的情绪远远找不到一个它该去的地方。

2009.3.26

“我这辈子已经完了”（国人百态之一）

与她认识，是因为她被学校聘为中文老师，我和一位中国同事都很想认识她，便写了一个邮件，她马上回了，说好中午在那个同事办公室见。

我去时，她已在和那位同事聊，见到我进来，立刻站起身问好，她和我一样，也剪着短头发，斯文而朴实的模样，让人见到就有一种很踏实、值得信任的感觉。她脱口而出：“哦，你很年轻。”我一听，心想她挺会“恭维”人的，就摇头说哪里哪里。但是我承认，这样一说，我找到了一个她可以做姐姐般的感觉，她的声音，是很浑厚的并且有点沙哑的女中音，又是很踏实的感觉，所以彼此心的距离，仿佛一下子拉近了不少。这就是那个可遇而不可求的东西——缘分在起作用吧。

同事有事出去的一阵子，我们聊起来，我好奇心重，就问她在国内哪里工作，她说：“我在国内时是在S大（一个以省名命名的全国重点大学）的中文系工作，而且我还在教务处工作过几年，所以要是不出国，现在至少也是处长了。”说时她的脸上带着一种分明是有点苦涩的微笑。听得我心里一顿，因为这是一句似曾相识的话。

多少国内出来的人，都会有许多“如果……就……”（往往都是“如果留在国内现在就做到什么级别的官员了”）的潜台词啊。

因为这样的自我介绍，就预设了下面谈话的氛围，她说她是随先生出来的，先生放弃了读博的专业去读电脑硕士，她也是，随时代潮流也读了电脑硕士。然后2001年电脑泡沫一破裂，工作也很难找，她还是找到了一家公司，就做网络管理和别的杂务。“还是你好，可以做自己的专业，现在看起来不该转读什么电脑，没有用的。”她那浑厚的声音充满着无奈的叹息。

我说：“你多能干，中文系毕业的研究生还会弄电脑，多才多艺，生存本领多呀！”她连连摇头说：“我们读研的同学，大学的同学都已经是院长，或经商发财了。不过，不要比了，人生就是这样，我对他们说陶渊明的境界我已经达到了，在自己院子里种菜种果树，过平静的生活，也好。”

“哦，是啊，那是人生的最高境界了嘛。”我附和着，希望自己也相信我也能朝着陶渊明的生活奋进：种菜，采菊，悠然见南山，无忧无愁。

我问了她国内硕士论文的题目，得知她是做五四文学的，研究一个女作家，讲了名字，我竟只是听过但很不熟悉，深觉自己孤陋寡闻。这个作家名叫卢影。她说这个作家死得早，其名气只在冰心之下，冰心比她温和，她具女性主义和批判性，写女性爱情和感情的苦闷。她脸上出现了兴奋的红晕，每个人在讲到自己喜爱的专业时，应该都是这样的表情吧。

她还说当时和她一起考上导师研究生的，就是一个男生和她，那男生已经是S大文学院院长了。我也就憋不住地把我的经历也和她讲了，我们都是心知肚明，出国对一个人专业的影响，不言而喻。虽然我可以说并没有完全偏离跑道，但是我理解她的心情，有些东西是在一定年龄从国内出来的人身上共有的，这种东西似乎只能用“命运”去解释。

后来她带我看了她的办公室，告诉我她种了很多果树，她说工作对于自己已经无所谓了，真的可以在家种树，不工作也行。说到孩子，知道我有两个尚属学龄的孩子，她感叹说“你现在是最忙的时候，你一定要带好孩子，花多少时间都要，因为他们现在最需要你，孩子可以走上好学校的路，也可以自由发展，发挥特长，由他们自己定上什么学校，但是一定要花时间教育孩子。”她的孩子今年上了一家很有名的私立大学布朗大学。看得出来当妈的花了很多心思，并为这个成果而骄傲！

她说：“不要以为工作多重要，孩子教育才最重要，工作没有了可以再找的。我一过45岁，精力就不行了，想法也没有了，不想奋斗了，真的太明显了，所以也是自己本事不够，不怪别的。”

过去听过一个女性朋友说她一过40岁就觉得精力大减，没有精力和雄心再干什么，觉得就是这么回事了，不难为自己、跟自己过不去了。所以在国内任工程师的她从瑞典辗转来美国后工作了一阵子，之后就选择了赋闲在家，为当地华人协会做了很多义工，而且看上去挺高兴的。

今天又听到一样的话再从这位老师口里说出来，不过时间推后了五年，45岁。我不由得想，自己也会这样吗？会一到那个年龄就精力大减，更主要的是一迈入那个特定年龄，就会没有任何想法了吗？

她又说：“我跟他们就是这么说的，我这辈子已经完了，孩子要紧，呵呵。我就是这么想的，想清楚了也就好了，平静了。”是啊，也许这种想法，在有类似经历的人那里，并不是少数？但是听到“我这辈子已经完了”这句话的时候，我心里一惊，感到悲哀，为那个还没到但是总归会到的年龄，我希望自己不会到那个年龄就已经觉得“完了”。从另一个角度看，这句大白话，也透着她的坦然，虽然悲观了些，但这也是一种境界。这种敢于和我一见面就坦然相告的境界也不是谁都做得到的，还有人就喜欢死撑不说实话呢。就算是甘于平庸，是否也得有一种大彻大悟的智慧？要能笑着说出这句话，是不是也要有点勇气？

人生是一道题，每个人都在写自己的答案。

2009.10.11

朋友的幸福农场生活（国人百态之二）

先生和他的一位朋友六年不见了，在结束黄石公园之行回家的路上，我们去看他，和他聊聊，也看看他的农场生活。

还是那间土路尽头的房子，一个普通、不起眼的平房。路的尽头，停着一辆堆放着干草的拖车，地上是几堆整齐的长方形干草捆。

车库前的路也是放满了东西，一部车子停放在路当中，路右边有一个笼子，里面装着三只小猫和一只显然是妈妈的猫咪。猫笼前面有一个大桶，桶里两只十厘米长的乌龟在划着水。

车库门前方还有一只笼子，里面发出一只狗的呜呜声。还没时间看清这只狗的模样，我们已经被朋友的女儿点点领进了后院。后院并没有一条正式的路走进去，就是从车库右边侧身绕进去，后院也有几堆长短不一的干草，朋友说是让女儿为迎接我们而割的。可以想象我们没有来之前，这块院子就是草木繁茂的原始“草林”。

一条晾衣服的绳子上夹子成行。后院正对西方，一棵树弯下枝丫，都弯到地上去了，树上黄果累累，原来那是一棵杏子树。点点告诉我她妈妈把杏子做成了果酱，很好吃。

后院里松树密集，自成一体，把视线挡住了，外面其实是一个很大的农场。朋友招待我们吃西瓜，西瓜被女主人雕成波浪形的帽子扣在瓜身的定型，很漂亮。朋友很高兴地告诉我们，这是在附近镇上买的西瓜，三块多钱，很划算。

我们吃完了西瓜，照了合影。为了合影，朋友还找出已经很久不用的三脚架，架子已经蒙灰，但是很结实，写着“意大利制造”，在十几年前，这三脚架就要200多元了。

过了好一会儿，朋友总算想起了怎么用自动照相的功能。当一点光开始一闪一闪地计时，朋友赶快坐到我们为他留好的空位，他还迅速地脱去头上为干活而戴的帽子，甩去脚上那双长筒套靴。为的是要一个不那么“干苦力”的形象。

在一阵欢快的紧张中，啪，一张合影照好了，大家发出了愉快的笑声。

接着就是参观牲口的时间了。点点带着我女儿，在我们吃西瓜的时候，已经在农场转过了。点点还说今天就在我们来的时候，一只羊驼出生了。

一群小鸡从围得有两米多高的铁丝栅栏里冲出来了，因为栅栏缝太粗，锁不住羽翼刚丰满起来的小鸡。朋友命令他女儿抓鸡回笼。11岁的点点，用一个捕鱼网来扣鸡，动作迅速，她练体操已经七年，身段特别轻巧灵活。一只只小鸡被捉回笼，可不一会儿，新的小鸡又钻出来了。

鸡笼里，公鸡在温暖的暮色里奋力打鸣，此起彼伏。母鸡、火鸡、珍珠鸡，还有十多只孔雀，各自成群，或忙碌地觅食，或静静地待着。

不知道朋友养了多少只鸡，问他，他也数不过来，说一百多只是肯定的。

远远地，绵羊在叫唤。他们成群结队，在宽大的绿草地上奔跑。羊毛是土黄的，并不是看惯了的雪白。

农场北边一匹白马，悠闲地吃草。巨大的身躯，雪白的鬃毛煞是漂亮。问了点点，知道这匹马真是我们六年前见过的那匹。六年前，它很瘦，毛色也不像今天这样滑润光泽，当时我女儿想骑，马却把鞍子甩在地上，弄得主人很没有面子。

草地上还有一只黑白相间的肉牛，在喀嚓喀嚓地吃草。朋友说这头过不久就准备杀了来吃肉。

羊驼们优雅地缓慢地从我们身边走过，大而润湿的眼睛好奇地看我们。那只刚出生的小羊驼，已经可以用四肢颤颤巍巍地走路了；它的妈妈，一头乳白的羊驼，也迈着稳当的步子，带着新生儿慢慢走。

我们还看到了用来夹狐狸的机关，上周夹了一只红狐狸，它偷吃了十多只鸡呢。

特别肥大的红头鹅粗粗地嘶叫着。还有山羊，头上的弯角独特。还有一只小牛犊，身上爬满牛蝇。

点点又带我们走回羊驼的地方，找到了胎盘。她用手拎起，那红红的水水的一大摊就连我也是第一次见到，我惊叹这个孩子的大胆和麻利。

35000多平方米的地里，养了无数的动物。真是一个农场动物公园。

女主人在厨房里忙活，做着精致的晚饭，很香很诱人。朋友则在地里忙，把所有的动物赶到该去的地方他才回来。

饭好了，好香！有蚂蚁上树，凉拌海带胡萝卜丝，今天新杀的公鸡，熬了很久的鹿骨头、牛骨头、鸡骨头汤。孩子们先吃，吃得很香。这时候已经快九点了，对于朋友，夏天在这个点才吃饭很正常。

朋友自己还下厨炒了一个麋鹿（Elk）肉和孔雀肉。可惜我们已经吃饱了，觉得孔雀肉很爽口，风味独特。

朋友说自己的房子里很乱，不大的厅堂堆满了各种东西。光钢琴就有两架，孩子拉过的小提琴有三把。墙上有许多幅照片，大多是黄石公园的风景，还有一张拉萨布达拉宫的照片。

朋友喜爱摄影，这段时间带着女儿妻子常跑黄石公园，住两个晚上，就住在车里，为的是在清晨和黄昏在公园拍摄风景。

这位朋友是我先生读博士时来美国做交换学生认识的。他多才多艺，21岁在国内上研究生时，开始学跳芭蕾舞。他来美国读博士第一年，就得到一笔奖学金而参加一个表演团在欧洲巡回演出一年。摄影、钓鱼、种果树、孵化小鸡、小鸭子、宰羊，无所不能。

女儿学钢琴时，他也学钢琴，后来因太忙，无法继续。还想过学做调琴师。

他有数学博士学位，也全职工作了多年。因为喜欢这种生活方式，在全职合约到期后，不想搬到别的地方。现在只是兼职教教书，他也管不了这么多了，只要可以维持这样的农场生活就可以。第一次婚姻结束后，他一个人全职照顾年幼的女儿十多年，他一直在全面地培养女儿，这些也使他客观上无法做全职。

这也是一种生活。

他问我儿子："你说是才艺（talent）重要还是学习重要？"

我那儿子停顿了一会说："不知道。没想过。"

他说："才艺，好玩，开心；学习，是为了给你一个饭碗，一个可以糊口的工作……"

是啊，这真是一个问题。是才艺还是学习重要？那么多中国家庭，在孩子学习时间之外，安排了很多才艺培养，但是并不想孩子真的把才艺变成工作来做，很多家长就不希望孩子变成钢琴家。而且家长让孩子学的“才艺”，是孩子天赋中具备的才艺还是家长一厢情愿的“才艺”？这的确使人纳闷：到底什么重要?

人，是追求梦想重要，还是过众人眼里的成功、富足生活重要？农场，是我们这位朋友的理想生活，而多数在美国的中国人，不是这样过日子的。

2011.9.2

向校巴挥手的母亲

有大半年了，我注意到在我每天上班的必经之路，有一个大家都知道的“不好”的居民区，说它“不好”，是因为那里每年总有那么一两起枪击案，这个区里有一个校巴站。似乎这个地点只有一个孩子会上这辆校巴。

上班的早晨，只要赶得巧了，我就会看到那辆黄色的校巴。经过一个东西方向的交通灯路口，我的车就要径直经过校巴停着的地方。

这里的房子都是外表普通的民居，不大，草地很小，没有修剪，野花丛生，美国人把这样的邻里地段叫“穷人邻里”。渐渐地我注意到有一位妇女，穿着睡衣似的衣服，怀里抱着一个小孩，身边常有一条大狗，每一次我见到她，都是她向校巴招手的画面。校巴上一定有她的小孩。不论是下雪还是晴天，她都站出来，在那里。

开始一两次，我不以为意，就这么开过去了。后来每次见到她，都是她笑着向校巴窗子招手的镜头。她晃动粗壮的手臂许多次，灿烂而满怀希望地笑着；直到等校巴开走，她就扭身回屋里去，那只狗也摇着尾巴跟她进去。

每次见到她，都是1分钟或30秒不到的很短的时间。但是，不知道为什么，有一次我突然就很想流泪，为了那个妈妈摇动着的手臂，为了她那一脸灿烂而希望满怀的笑容。她一定希望自己的孩子受到好的教育，长大后找一份体面一些的工作，可以走出这个居民区，去住到一个好一些的地方。

我想质问美国的公立教育系统：你会最终把劳工阶层的孩子送到体面的学校去吗？我当然知道，你有奖学金、财政补贴（financial aid），你说你在帮助穷人，但是能帮多少呢？我看到的社会学研究促使我问这样的问题。这个孩子住在这个“不好”的区，他（她）能去的小学是否也是一个很一般的、或甚至就是穷区的小学，缺少资助，学校质量怎么样？如果他（她）很想好好学，每一个年级的老师都会善待他（她），使之梦想成真吗？因为研究指出，老师对穷人的孩子也有先入为主的判断，认为他们没心思读书从而不会给同样多的注意力。

我绝对相信，一个可以做到每一天都向着孩子招手再见的妈妈，是一个好妈妈，是对孩子的教育寄予厚望的妈妈。我惭愧于自己都不能做到天天对我的孩子行招手再见的礼仪，也想起我女儿上幼儿园第一天，我看着她小小的背影，想起中国的《读者》上一位妈妈的话：“学校啊，我把孩子交给你了，你能给他（她）应该得到的好的教育吗？”

当时那句话就让20多岁还没有孩子的我悄悄地流了泪。现在，看到这位送孩子上校巴的妈妈，我的鼻子酸了。继而我想到了我工作的学校、我的学生，那就是一个更深刻的问题了。

我的学生，两年制社区学院的学生，他们中的许多人来自劳工阶层。不管他们是否愿意在课堂上承认，我体察得到他们的阶层，这瞒不了即使不是在这个社会长大的我。因为我的学术训练和对社会的观察告诉我：美国有阶层之分；居民区有好区、差区之分；学校有好、差之分。美国的贫富差距是发达资本主义国家里最大的。美国是天堂的说法要看是哪个阶层的人在说了。贫富差距导致了美国教育在资源配置、教学质量、课外活动机会等方面巨大的不平等。

我也知道如果有足够的钱，交得起四年制大学的学费，他们中一些很优秀的人就不必坐在我的课室里。当然还有一些人，也的确是没有上好大学的梦想。在这些不想上好大学的人中，除了天性懒惰的少数人外，大多数人，我看得到，不是他们天生就懒惰、不爱学习，而是因为他们的父母对他们没有寄予什么厚望，没有时间过问太多，使他们难以形成上进心。许多研究显示了，中产阶层的家庭的父母，可以给孩子文化资本（cultural capital），他们本身就是孩子的文化资本，可以让孩子上好些的学校，可以辅导功课、带孩子去国外旅游，有丰富的课外活动，得到各种荣誉；条件更好的可以资助孩子去落后国家做志愿者，为穷人服务的经历会为他们申请名牌大学加分。父母知道升大学必须经过的各种考试、时间，因为他们自己经历过这些。相比之下劳工阶层的孩子在文化资本上是很欠缺的。教育绝不仅仅是孩子自己“有没有上进心”这么简单。

至于说到社会普遍的对穷人的那种鄙视的态度，那实在就太多了。直接的后果就是，我们每一个人都生怕掉入“穷”这个类别里去，就是穷也不愿承认。因为穷不仅是钱上的捉襟见肘，还包含承受人们对你的轻蔑和回避，一些俱乐部是给富人准备的健身场所、一些邻里设铁门防止不相干的人进去散步就是一个证明。虽然很多人叫唤中产阶层很亏，要交很多税，但是你愿意和穷人换，受穷而不交税或少交税吗？我敢打赌叫唤的人里没有人愿意做这个交换。

一个普通的“不好”的居民区的妈妈，让我想过很多很多。可以说每一次我看到她那一脸笑容，不停地向校巴挥手的样子，在接下来的十分钟里，我都无法平静。每一次我都问自问：是穷人不在乎教育，还是他们就是在乎了又能怎么样？

然后我就要上课了，我在忙碌的教学轮子里转个不停，忘记了那个妈妈，直到下一次再见到那重复的一幕。

2011.6.22

如此裁判

第一天

我给儿子的高中组织的辩论比赛做裁判已经过去了两周。真该赶紧记下来这难忘的经历。它让我对儿子的高中有了一种特别的感情，对本市的高中生们有了一种很难用别的途径达到的认知和欣赏。

儿子上高一后参加了学校的辩论队。每天早上7点到8点上一小时的辩论课。为此他可没少抱怨每天都要比别的孩子早起一小时。家长也辛苦，先生每天起来给他弄好早饭，再送他到学校。

上两周的周五、周六，本地的循环比赛轮到了儿子这个高中举行。教练发来邮件希望家长们可以做义工，要开会讨论做义工的具体事宜。

那一周的星期二的晚上，我因有事，到的时候已经晚了十五分钟。教室里坐了二十几位家长，一看就在分组讨论了。我让教练助理告诉我每一个组是干吗的，她说有一组是卖食品饮料的（concession）；有一组是负责裁判的食品和饮料的；有一组是做裁判的。我当即决定我要学做裁判，因为卖东西对我已是轻车熟路。

就这样，我坐进了裁判组。家长们彼此不熟，淡淡地没什么话说。好在这只是分工会议，裁判被告知要参加星期四的培训。我憋不住问了年轻的娃娃脸助理一句，当裁判需要什么条件，只要有兴趣就可以了？她愣了一下说，没有什么条件，只要是高中毕业即可。我心说那我是绰绰有余。

回到家，我给先生转述这句话时，他说人家是指你要在这里上的高中哦，其实你不符合这个条件。我说就算是按照你理解的吧，我倒看看别人看到我这个样子（我这个样子在裁判里是唯一的亚洲人模样），会怎么反应哈。我就充当一回大头兵了。

我那活宝儿子听到他老娘要当裁判，而不是去卖饭，马上被火烫着了似地说："哎呀！你怎么能去当裁判，你，你，你这个ESL（英语为第二语言者）怎么能去当裁判！"然后极尽打击之能事。他现在辩论功夫不知咋样了，打击老娘的本事可是见涨！

我憋着一股"气"，星期四傍晚六点，再次走进辩论队的教室参加训练。20页的材料发下来，辩论队教练和他的两个助理以清晰但却是极快的语速开始了培训。妈呀，这么多信息，眼睛哪里够用。我心里一阵阵紧张。

我还问了几个问题，近一个半小时的培训结束了，我还要赶去参加另一个会。我对胖头胖脑的教练说，"我盼望着明天的比赛，但是就是我自己都紧张得很呢！"

他一笑，说："那是好事啊，说明你很在意这个事。"真会说话！

第二天就是星期五，我不敢迟到，准时来到裁判休息室。看暂时没事，我拿出学生作业改起来。一会儿食品组的义工们把晚饭都摆好了，花样繁多，味道诱人，我四点多就已经吃了好多东西。

五点多了，有两批裁判已经被叫了名字奔赴岗位。我等得无聊，另一位家长问我，是否愿意和他去看别人当裁判的公共论坛（Public Forum）比赛，我说当然当然。这也是看有经验裁判怎么工作的好机会呀！于是屁颠屁颠地跟着到了一个生物实验室里。

两组学生陆续来齐了，好玩的是一组是两个男生，一组是两个女生。男生穿正式西装打领带，他们是一所私立高中的；女生穿露出手臂的式样新潮的服装，一个穿长裤，一个穿裙子，都穿着拖鞋式样的高跟鞋，有点像度假的状态，她们是儿子就读的这所高中的学生。

他们的题目是“上大学的费用比收益要高”。他们在进行准备，时不时轻松地交谈。我近距离地看着这四个高中生，他们有一种少年的稚气和穿西装而带来的不相称的成熟味道，有一种妙龄女孩因为学术思考而展现出来的特别气息，青春与辩论结合后，显得更魅力了。

开始了，做裁判一个很大的挑战是要同时做几样事情，要看表控制时间，做手势通知选手，还要记笔记，写评论。

我看到那个裁判把手举起数次，提醒时间，然后她居然还有时间吃晚饭。她吃得很香的样子，手里却还可以同时做笔录、打手势。唯一遗憾的是她没有和选手进行眼神的交流。我看到那些选手老是看裁判，最后得不到回应，特别是两个男孩中的一个，只好去看对方辩手，结果这被我身边的家长指出这是不好的，这是一种攻击对手的身体语言。

一位女孩在讲述观点时，由于深度弯腰看纸，把她低胸的衣服展示给了裁判和坐在侧面的我们，这也被我身边的家长指为非常分心，不得体。所以我体会到裁判的眼睛是很尖的。

两个队都准备了大量的统计数据，来支持自己的观点。但是女孩队显然有点陷入套路，老是转着同样的圈子重复讲比较窄的观点；最后结果是男孩队赢了，当然这是我们悄悄问裁判才知道的。这个结果不能当场告诉选手们。

后来我们又看了另一场同一个题目的辩论，也很精彩。

这时候已8点半了，我们回到休息室对面的另一间休息室，又坐了好一会，回到第一个休息室，我居然发现有一张票上写着我的名字！我被派往一场新手的林肯-道格拉斯演讲比赛！林肯-道格拉斯辩论的形式起源于1858年，据说是两位总统候选人林肯和道格拉斯发起的一种辩论方式，耗时45分钟。

我的激动转成了紧张，虽然表面镇静。刚才看到老裁判的工作，已经使我问自己能否胜任多任务同时进行，我好像手脚都要发抖了，越发觉得儿子忠告我不要当裁判的正确。但是已经这样了只有硬上了。

有一个老裁判知道我是新手，主动提出帮我看时间，这样我可以专心听观点做笔录，我欣然答应。

其实那些孩子已经在指定的教室外等我好一会了。由于我看到通知时已经晚了，没有人通知我，所以孩子们在灌着寒风的走廊上焦急等待着，我非常过意不去。

一个孩子穿着西装打领带，另一个则非常随便，牛仔裤和T恤而已。

他们的题目是：蓄意用致命的武器对付重复出现的家庭暴力，在道德上是否是被允许的。

我和颜悦色地向他们介绍了我们两位裁判，那位西装辩论选手上来就问我："What is your paradigm？"（"你是什么范式的裁判？"）好在这个问题在训练时已经提到，我想了一下说："communicative"（沟通型）。这也是"训练"的答案。可我心里笑着：小子们，你们真的知道paradigm这个不那么容易解释清楚的学术名词啥意思吗？

林肯-道格拉斯辩论主要是针对价值的辩论。这个题目显然很棘手，“面对重复的处心积虑的家庭暴力，受害者用致命的武器（物件）来还击是否在道德上是许可的”——针对这样的论题辩论者首先阐述自己的论点立足于什么样的价值观——崇尚生命、安全、还是公正？然后依据价值观来提出自己的观点。

这场比赛优势明显在西装小子一边，他善于抓住对手的瑕疵进行攻击。那位穿着随便的小子还不停地咳嗽，有一次咳着就一屁股坐下放弃说话了；后来我知道有的高中是强迫所有学生要参加一次，所以这位我猜测是被迫来的，而西装小子则显然是学校辩论队的，训练有素。其实学生态度认真与否有时候在着装已经体现了。

结束后，西装小子主动来和我们两个裁判握手，很有风度；下面还有一对选手，我再次聆听，再做裁决，然后我忙着整理笔录，写我判输赢的原因。

两个辩论方的评语写完，就已经10点半了。儿子找我来了，他说：“妈，没有人像你这么认真，写这么长！千万不要再这样认真！”我说妈妈要对学生负责，妈妈也能生存，也可以当裁判喽！

这就是我当裁判的第一天的经历。家长裁判都在议论，说第二天的任务应该会多起来的。

第二天

第二天早上，我也是坐在休息室，改了会儿作业后，任务来了。我给四个做戏剧性诠释（Dramatic Interpretation）的学生做裁判。他们要在10分钟内不停顿地表演一场戏，评判标准包括介绍与转换，保持性格的能力，表演状态的创造性，声音大小和语速，等等。

这也是很令人享受的一场演讲。四个学生，表演了写给恋人的分手信、1930年代没有自由、被困在家庭桎梏里的年轻女人的苦闷徘徊、一位荒岛上的皇族家庭的生育故事、美国南部种族歧视下的强奸案审判四个故事。学生的多才多艺和创造性令我大开眼界。

对每一个人的表现，我进行了艰难的排名，也写了很多鼓励性的话和具体的建设性批评意见。

接着，我又接到了林肯-道格拉斯辩论的两张票子。这次全是我一个人包了，没有人给我计算时间了，我发现原来我也能多任务同时进行。事后想想，我也可以开着手机的计时器功能，算时间、打手语，惊心动魄而不动声色，真的是进步很大!

在中间休息的间歇，我坐在儿子英语班里看书或改作业。窗外是深冬，松树的树身黑黑的，云也是铅色的。这一切突然让我想起了我的高中时代。我们的高中，没有辩论。我们有团支部，发展团员是我一度热衷的事情。我们有太多的学习任务，但是却没有太多课外活动和因这些活动而带来的同学间心灵的碰撞。

我的高中时代是一个几乎人人都把考大学立为目标的时候，而我的儿子可未必这么想，我常听到他冒出“我不要读书了，我要开着跑车，到处转转”的话。我知道他还小，不过他还是和我们那时候很不一样，主要是他成长的环境和我们太不同了，他生活在一个看重全面发展并且也很物质化的崇尚好车的社会里。

哦，我自己的“贫血”的高中，苍白的高中！我突然感受到了美国高中在一个人一生中的显著意义。当你有这些课外活动时，显然你的生活和没有这种活动（辩论队、乐队、球队等）是不可能一样的。

我好像一下子理解了为何美国高中生会有许多似乎比中国高中生成熟的举动，包括谈恋爱、找工作养活自己、搬出去独立住，有令人非常重视的高中毕业典礼；还有包括吸毒、越轨以至于犯罪……因为这里，上大学不是唯一的人生目标，他们可以追求很多条路，所以好的、不那么好的都会出现了。

当我看到可称简陋而却很有活力的教室的墙壁上，有这样一首小诗，我粗译如下：

诗，是沉默的孤儿，
诗，是一堵难以打破的墙，
而一旦你打破，她是一个自我表白的世界。
诗，是一种媒介，
心的声音，
向思考的心灵而去。

我简直兴奋起来，这么好的对“诗是什么”的解读！我确定儿子有个很好的英语老师了。

接着，我又接到了票，做临时演讲（SPAR）的评委。一场十分钟，有两个选手。辩论方式为：一个选手选一题，用两分钟准备论点，然后说出论点，对方直到这一刻才知道题目，然后也有两分钟时间准备，然后质问对方问题，再由对方质问自己问题，如此循环。这个考反应能力。

题目很可笑，是这样的：

我爸会把你爸打得一败涂地。
玩赛车比和你表妹结婚更“红脖子”（即更没文

化没品位）。

在团队中没有“我”，在赢的时候有“我”。

这些题目其实也在考我的反应能力、听力和对青少年文化的了解程度。我往往要听到两个人的论点后才连猜带蒙加推测他们到底在说什么东西。背上冷汗直流！这三个题目的选手都不同程度地在用简单化判断来判断对手，其中“我爸爸一定会把你爸打得一败涂地”的一组，简直是离谱。那位正方的女孩用鄙夷的目光打量反方男孩，然后说：“我爸爸一定能打赢你爸爸。”

此言一出，下面首先乱了，大家都笑场了。反方选手笑得开花似的灿烂，而坐在那里等下面一场的选手也笑得开心坏了。我也忍不住笑了一下。

那金发碧眼的正方女孩继续伶牙俐齿：“我爸爸大学毕业，在银行做副总裁，打橄榄球18年，肯定打赢你爸，瞧瞧他那德行，你爸从社区学院毕业哈？！”（英语是look at you，语气很负面）……

其实这个搞笑的题目也可以用更高明或更文明的论点来辩论，所以我写评语时没有客气，我把我对双方的看法说清楚了，我指出不要进行人身攻击，尽管这是一个好像看起来可以用来攻击人的题目。我没有做老好人，我觉得不做老好人是裁判的基本素质。

星期六一天过得很紧凑，临时演讲的场次很多，我判得头脑很累，但是近距离和高中生们在一起令我特别愉快。我觉得我更能理解我教的学生了，至少知道了一点他们是怎样走过来的，高中是怎样一个环境。当然，这些辩论队员本身就是很不错的学生，他们后面还有家长每天的付出呢。

晚上九点半，颁奖了。我看到许多被我裁判过的学生上台领奖。我为他们鼓掌欢呼，这真是有内容的鼓掌，不仅是礼貌，我真的知道他们的技巧！这时候才知道这个比赛规模不小，有临近四五个开车要两三个小时的郡的高中代表都来了。想想今晚他们回到家，该是凌晨一两点钟了！

我的儿子，得到了林肯-道格拉斯辩论初级的第一名。真是好样的，我为他骄傲！当儿子学校辩论队听到他的名字出现在第一名这个字后面的时候，队员们集体吼了一嗓子，我也是那一刻才知道结果。儿子站起来领奖，我的眼睛突然模糊了。儿子已经一米八了，我激动极了，那一刻。

难忘的辩论，难忘的教室，难忘的高中生们，我爱你们！祝福你们！

2012.2.10，凌晨

后记：一周后，儿子的辩论队送来了一张卡，感谢我为学校做裁判，说我写的意见对他们提高自己很有用。而事实是为避嫌，我们这个高中的家长裁判只能做别的学校的队的裁判，所以我当时不知道这是客套话还是认真的？但是后来我看到儿子拿回来的裁判评语复印件后，知道学校复印了所有裁判的评语，所以也许不只是客套话。上面说希望我继续为他们做裁判。明天，我又将去另外一个高中的辩论比赛做裁判。我期待着另一场挑战和享受。

家有少男

已经夜里10点半了，儿子练完当天的钢琴，就去打开冰箱门拿了个什么东西出来。爸爸耳朵尖，听到开冰箱的动静，就问："你现在打开冰箱干什么？"

儿子："我拿块冰激凌。"

爸爸冲口而出："现在吃什么冰激凌！你的肠胃这么弱！吃冰激凌是想要得胃病呀！放回去！"

儿子："我已经这么大了，你还管这么宽。连一块冰激凌都不让吃。"

爸爸："这个就是要管。你生病自己好受啊？前几天刚去看医生就是长期饮食习惯不好造成的。你这样吃下去以后生病就自作自受吧。"

我："牛牛，爸爸说得很有道理。这么晚了，都要睡觉了，你在暖暖的胃里塞一块冰激凌，对胃是很大的损害。"

儿子："我说爸爸你讲话干吗要声音突然大起来，好像很愤怒。怎么不能好好说呢？我已经这么大了，我可以自己做主很多事情了。"

我："你15岁，这个年龄我可以说你很大了，应该照顾妹妹，帮助家里做事了。可是我也可以说你还小，很多事情你还不能做决定。15岁是个微妙的年龄，到25岁你绝对可以说我很大了，我可以自己做主了。”

儿子：“那当然，我25岁的时候法律都规定你们管不了我了。”

我愣了一下，说：“牛牛，如果你什么都搬出法律，这日子过得就紧张了。一家人在一起，不是只是靠法律来维系大家的生活的。一家人是有感情的，法律面前大家弄不好都冷冰冰的，这要是靠法律来说话那就很难保证一个家还有个家的气氛了。”

这就是美国长大的孩子吗？法律意识很强。

牛牛说：“我就是希望你们讲话不要那么大声。”

因为我先生在泡脚，他不能站起来，我走到儿子面前，说：“牛牛，我理解你这样的说法。可是你要知道父母也是人，是人就是有反应的，爸爸这样说你，是因为他听到你这么晚还要吃冰激凌，觉得很急，说话语气也急了，这是很正常的。你希望我们做父母的，可以像机器人或者极度理性的人，在任何时候，可以用同一种温和的语调说这样的话：‘哦，孩子，你这么晚了还要吃冰激凌？想想你的身体，这样做有什么好处吗？这样做的坏处更大啊，孩子，希望能好好考虑，作出聪明的决定。’”我学着电影里机器人的标准语气说完这些话，而且尽量站得也像机器人一样笔直端庄。我说：“你以为父母可以做到这样吗？就是这样了，你不会被吓坏吗或觉得单调得要命？我们也是人哪，是人就有情绪化的说话语气。”我心里说，等你自己当爸爸的时候，看看你能否做到你所期望的这样呢。

儿子要上床睡觉前，对我打了个手势，我知道他想和我说些什么，就上去进了他房间。儿子已经把自己裹在被窝里，说："妈，本来我早就想吃冰激凌了，但是因为要练琴，我不想弄得很晚才练琴影响邻居，就想把琴练了再吃冰激凌。所以一直没有吃。爸爸又这样说我，唉！"

我这才知道儿子为了吃这块冰激凌还有这样的小周折，孩子心里也有他的委屈。我亲了亲儿子的额头，说："好，谢谢你告诉妈妈这些。冰激凌尽量也少吃，你毕竟肠胃弱。要吃也不要在睡觉前吃。晚安！"

这就是一家人，哭哭笑笑吵吵闹闹也是一家人。

2012.12.8

写给18岁的你

18过去了，自从你出生到这个世界，18年过去了。

18年，真没想到就这样过来了。也真的有很多话想和你说。

出生和童年

你出生的第一天，就是一个白里透红、圆润晶莹的婴儿，你像一颗珍珠一样静静地发光，吸引了其他产房的妈妈爸爸来看你。你就是纯洁和美好。那些婴儿时代的每一个笑容，每一个专注的表情，都是如此珍贵的瞬间，它们有些被捕捉，有些就此流逝，但是存在过的每一个瞬间都是永恒。那时候因为你很小，你得到了我们成人全心全意的关注。

那时候家庭关系很单纯，把你照顾得吃饱喝足不生病睡得香就“成功”了。

你出生的那一个瞬间，我永远不会忘记。日光灯照得屋子里很白，因为安静我能听到光管滋滋叫的声音。偌大的产房就我一个人，你在凌晨一点半来到人间，医生和护士都花了很大的工夫，惊心动魄之后，八斤三两的你才算生出来了！原本熟悉的世界一下子充满了新的意义：你来了，我做了妈妈！我知道我变了，因为我是你的妈妈，是把你带到这个世界、对你负有最直接责任的人。你的成长将和我怎样做母亲息息相关。是你的出生，让我零距离地感受到了“责任”这个崇高而沉重的字眼。

可以说，你承载着父母的希望，希望你有快乐的人生；你也承载着父母的无知，因为没有哪个父母在孩子出生之前就懂得该怎么做父亲母亲，就是孩子出生之后的很长时间，就是现在的每一天，我都还有许多困惑，没有答案的时候就困惑。我仍然不知道怎样做你的母亲才是最好的。日子就这样一天一天地过去了，你不可逆转地长大了。

其间我犯过很多错误，说错很多话，冲口而出许多愚蠢或伤害你的话。我后悔；然而后悔，内疚，本身就是做母亲的所有感受中的必然吧。我只希望我变得聪明一些。

你是一个很好的孩子，底子好，各方面条件好，学说话特别快，十个月就会说简单的话了。由此看出你语言方面的天赋。

四岁不到，我们把你带到了美国，你开始了小移民的生活，你这样的情况算是1.8代。在我们这个家庭和华盛顿东部特有的地理人文环境里，你开始了你的美国生活。

第一代的我们不容易，有多少东西只能从零开始。而第二代的你，虽然有我们作为一个屋顶给你挡去大自然的风雨雷雪，提供生活必需的食物休憩场所，但你的世界比我们深广芜杂、没有选择而要去接受的东西比我们多太多。不到四岁还不能表达感情的你走进了并不单纯的世界。妈妈至今记得你在你的第一个也是唯一一个幼儿园（preschool）所受的来自同学和老师的委屈，也记得我们请幼儿园的主办人给你起个英文名时，那位女士告诉我们不需要给你一个大众化的英文名，而应该坚持你自己的中国名字，因为“这是你们给他的名字，很珍贵”。那一刹那我似乎清楚我们今后应该用一种怎样的态度在这里生存。我们该怎样尊重自己带来的文化而不至于在你这里失传。我感谢这样的美国人，她是一位爱尔兰裔美国人。

幼年和童年的不容易会储存在你的脑海里，就是这些快乐和委屈的经历奠基我们今后的人格和自我。我希望在你成年以后的某一天、某一段时间，你会和我们一起回忆你的童年往事。

你的付出和成绩

我发现父母普遍有个习惯，是喜欢列出孩子的成绩以告慰自己的“付出”，这是我曾经很热衷做的事情。说曾经是因为我现在没有像过去那样那么在乎排名，但是想想你取得过的成绩客观上也是需要的，这是对你的付出的尊重。这些年你取得的成绩可以排出一个很长的名单。你热爱画画、学习中文，有许多精彩的画画作品，中文习作曾屡屡发表在《人民日报》海外版上；你坚持学钢琴13年，得到很多本地的演奏机会和荣誉提名；你打羽毛球八年，在最近三年取得许多不俗的本地和外地比赛名次；今年2月你参加学校里的拉拉队表演（Rubber Chicken），染了一头金发多么帅气活泼，你的舞姿美妙，活力四射，妈妈被你深深地感动了！你学习武术已经四年，两年前又迷上了举重和健身，有漂亮的肌肉和身材；你初中时参加市里数学竞赛，得到过个人第七、学校第二的名次；你被你的高中英语老师评为学校里的“本市最好英语学者奖”，校长推荐你代表你的高中参加州学者奖的评选；高三时你的化学也得到过一个全国比赛提名的荣誉。四年的高中，保持了平均成绩满分4.0的成绩，很不简单。

你上高中的四年是从初中的斯文小子转型为如今健美小伙的四年。看看你初中的照片和现在就知道你发生了多么大的变化。不仅是模样和身高，气质也变了，变成了运动员型的。原来体育课跑步一直犯怵能否及格的你，走到今天在体育上有一个拿得起放得下的羽毛球强项，是多么的不容易！你勤奋练习，在车库里洒下了很多汗水，难忘许多冬日的夜晚你在车库里练习动作一弄就是一个半小时，每天每天都这样。在武术这条路上，你也是一个站桩练上一年，地下室里你稳稳的站桩背影，汗水滴在地上也不能擦的坚韧，让我钦佩。这你也要感谢爸爸，是他在你叫苦很多次以后连我都听不下去了，叫你放弃的时候，他让你坚持。这就是意志力的培养。

你对我夸你白净斯文的评语是最不受用的，你说："什么斯文，我不要这样的评语！"你用实际行动改变了你的斯文，达到了你的健美结实，追求全面发展，你想打破美国人普遍地对亚裔美国人"只是会读书，体育不行"的刻板印象，我相信你是做到了，特别在你成立了学校历史上第一个羽毛球俱乐部之后，许多同学知道你会打羽毛球而佩服你。你参加学校的家庭聚会（home coming party）两年，照足这里的规矩做一些形式上的东西，邀请女生跳舞，社交上很活跃，不像有的孩子不太参加这类活动。你是学校篮球比赛足球比赛的忠实非编拉拉队员。为了你的高中，做很多人们不会去算在功劳本上的事情，不是做给老师看的，只因为你喜欢，你就去做。在秋冬季节三四个月的每一个周末，夜晚自己开车去不同的地方给学校或朋友的篮球、橄榄球比赛加油，爸爸对此有过非议，你坚持下来了，你说，你就是要去做。

是的，牛牛，你真的很不容易，做出了许多我在你这个年龄无法取得的成绩。你有你的特点，在很多方面做得好，你对我们的意见也不是都听。听话不是你的特点，你早就不认同做“乖孩子”，而“乖”是妈妈这一代人青少年时被父母寄予的普遍期望。现在的妈妈在反思自己的青少年时代，品味出许多在中国受教育的特点。这么说吧，乖在美国是行不通的，人在美国必须锻炼自己独立思考的能力，而这种能力的形成必然是与以父母常有口舌之争为表现形式的，我们之间争争吵吵近几年早就是家常便饭了，这不是家丑，我为我们家每个人能真实地表达自己而高兴，尽管在当时那一刻会不高兴、会生气。

你有自己的朋友圈，自己的价值观念，如16岁时要学开车，要和别的高中男生一样自己开车上学，反感我说少年开车不安全的老掉牙论调；劝我们买新车给你，尽管最后你选择了不要而是开我的旧车，因为旧车开起来不心疼。你很想独立，独立于父母的管束。我说牛牛你再过两周就要18岁了，你的回答是：“对，我可以独立了，你管不了我了，你高兴个啥？”

18岁，确实是可以飞出安乐窝的时候了！你的独立就是这样一个酸甜夹杂的过程，我们心理上要适应的比你多。你已经基本具备独立生活的能力，我相信到一个新地方，你会自己做三文治，会做饭、做简单的菜，能照顾自己，开车使你的生活能力增强了不少，坚持习武和打羽毛球使你很自律。

我18岁的时候，自己买了一张船票，24小时之后从广州漂到海南海口，再买车票坐长途汽车回“两院”——我童年生活的地方，去探望我的小学同学，当时感觉真好！就是长大了可以自己离家旅行的感觉。所以我完全理解你的心愿：脱离父母的约束，飞，飞在阳光里，飞在雨雪中！

秋天你将离开家庭，去大学校园生活。在你18岁以至于28岁、30岁的这段人生，是人生另一段很关键和无比珍贵的时期。你将开始成为自给自足的成年人。前路漫漫，我想说什么？

我想说我们会变成类似朋友而不再是母亲与儿子那种直线

型的由上至下的关系。我的大学不是在美国念的，我盼望着你给我分享你的大学经历，这时候你就是老师，我是学生。我也想看你怎样看大学里的老师的教育方法和各部门怎样配合本科生教育，看学校怎样把课堂和社会联系起来，看学校的教育理念。

你一直不确定你想学什么，我觉得这很正常，你是一个各科成绩很好的学生，但是当然有自己的特长和兴趣点，希望在大学里你博览群书，各种课程给你展示看世界的不同角度和分析深度，使你能够想清楚你想探索哪方面的知识。人生规划很重要，我的爸爸也即你的外公在20岁左右就立志要弄清楚中国的白蚁分类，至今已经83岁的他仍然在做这方面的工作。像我爸爸这样的人很少，所以我非常佩服他，他的精神一直激励我坚持在社会学的路上寂寞地跋涉。你很多方面像外公，做事专注，一旦有兴趣就主动钻得很深。今后这10年到20年，我希望你能找到你的自我，就是你真正想做的事情，你有热情去做的事情。

方向定不下来的时候，我感觉哲学是很重要的，可以考虑在低年级时修一些哲学方面的课，这会令你对“人生的意义何在”这个人的心灵都要面对的问题开始思考，这是一门精神世界的学问。

我还觉得“自我”是一个值得追问的概念，欧洲、美国的心理学、社会学、沟通研究对自我的研究很多，“我是谁？我存在的意义是什么？我想在这个世界找到什么，做什么？”，都是由“自我”出发而问的问题。我现在越来越感受到，自我有强大的气场，像妈妈这一代和更早的几代人，受的是中国的基础教育和大学教育，自我是一个被压抑和忽略的课题，很多人误解自我是自私的同义词，在熟人之间缺乏坦然交流自己的兴趣或对生活的观察，却喜欢用一些空泛或非常财经、物质化、“安全”的话题打发时间，有些人活得比较压抑，不敢说真实的想法；或者人格分裂，一时这样一时那样，或者说一套做一套……我们这一代有勤奋工作、吃苦也懂得享受生活的优点，但也有许多问题，你们生长在美国，讲究人要有诚信，要敢于实话实说，所以我希望你们这一代能够树立华裔美国人群体的新形象，认识到父母这一代华人群体性的弱点，即基本上是满足于生存，对孩子能否上名校比关注孩子是否心理健康人格健全要多一点，对社会的大议题不够关心或不知道如何关心，这都是因为我们被教育得要听话，欠缺用批判性的视角去看待所受的教育而造成的。

那么华裔的新形象是什么？你已经看完了张纯如的《在美华人》（*The Chinese in America*），相信书中大量的事实和深嵌其中的思考会令你有感触的。我能想到的是，我们要有幽默感，会自嘲也会自我肯定甚至“吹嘘”，这一点你有，很好！我们要强调体育技能，具备健康体魄，培养坚韧不拔而又云淡风轻的人格，体育好的人绝对不是我们在国内受教育所说的“头脑简单四肢发达”，那是对体育的侮辱。相信从羽毛球中，你已经领悟了人生的一些真谛，如你在申请大学的作文里所说：“每一滴汗水的积累、历次比赛中的失败和每一次小小的比分的进步才把我带到了今天。今天，我可以很自信地宣称：我热爱羽毛球，我热爱运动，而且我热爱生活。”这个结尾使我流泪，太感动了！也为你骄傲，你不能跻身州、国家少年比赛前数名，但是你对运动的享受和热爱才是根本要义。

我的关注和希望

你出生在一个大学发录取通知书的时节——3月底，说到上什么学校，什么学校会录取你，那不是我们能控制的。我看到你尽力了，就行了，有什么结果都接受，然后有所思考。你一向声明不想把自己累死而考SAT（美国学习能力评估测验）满分，生活要have fun（玩得开心）！你说只想去上好的州里的大学，不愿为了名校苛刻的选拔条件而一个劲地热脸贴冷屁股。是啊，如果申请的学校没有录取你，大概是因为像你这样条件的人太多了。华裔孩子优秀的人很多，况且名校招生有黑箱作业的成分，除了平权法案，还有遗产学生（legacy student）、运动员特招，这样分下来，能够落到普通的申请学生头上的名额就所剩无几了。这种现象已经引起华人平权人士的关注和反抗，我们且行且思考吧。

我在社会实践微信群看到有人分享《纽约时报》最近的一篇由欧裔父母写的文章，使我很受鼓舞和启发。文章大意是，孩子的价值不会由录取他/她的学校决定，在父母的眼里，孩子永远是他们的最爱。这种爱不该以孩子上啥学校为条件。父母的爱如天空一样高，如海洋一样深，比地球绕太阳转了一圈又回来要长……

文章对我也是一个触动。学校是人生重要的一站，但只是一站，下面的很多站还是要自己去走。在学校里，利用学校的环境、资源、老师的学问，想想自己可以为社区做些什么有意义的事情。人活着，应该有改变一点哪怕是小小的东西（make a little difference in something）的理想。在学科范畴内，在社会上都有很多的问题，错综复杂，虽能力有限，但是发现一个什么是你可以做点什么去改变的，就去做吧！而且别赶时髦，做自己感兴趣的事情才能做得好。

你个人的能力很强，但是在与人竭诚合作、团队精神上我不知道你做得怎样。妈妈这些方面做得也不够好。我觉得你一向都是做好自己该做的，如何带动别人一起做更大的事情，这是妈妈希望你能着意想想的。

家务活上，你不是很主动做事，这一点你要向妹妹好好学习哦。其实做好家务活你的动手能力会大大增强，会有成为化学家的潜质，这是你也算熟悉的化学家叶子阿姨告诉我的。

你花在游戏上的时间是否太多了？我希望减去一些，用这时间多看几本好书，那样你将终生受益。

我知道你很爱妹妹，妹妹是你最好的伙伴和倾诉心声的人，但是你有时候对她有点粗鲁、不太耐心。希望你们永远最要好！

在你成长的路上，爷爷奶奶是第一个给你直接影响的，三岁前他们带着你，付出了太多。你的外公外婆也几次从南昌来广州照顾过你。得到老人的照顾和他们对你零距离的影响的幼年经历是很珍贵的。

18岁，妈妈写了这么多，好啰唆。越写心里一个主意越来越清晰，其实18岁不是我们关系的终结，而是一个新的开始。美国主流文化是把孩子“踢出家”鼓励孩子自己住，挣钱养活自己。我觉得美国不能心安理得地拿家里的钱读书的观念是好的，从自己逐渐挣钱满足自己上档次的需求，到最后完全独立，这是一个逐步的过程。我们一起形成自立和互相支持的生活世界吧。你必然是要往前走而形成自己的独立世界，我们对你的影响越来越小；我们必然是关注你，在精神上支持你。直到现在我仍然和我妈妈经常互诉心里深处的想法，和我爸爸只要面对面我们也会深谈，我一定会和你交流对更多话题的看法，也盼望你打开我的眼界。

年轻人啊，你的生活将真正地开始了。希望我们可以一直进行心灵的交流，你能令我分享你成长的欢乐和痛苦。

祝你生日快乐，健康成长！妈妈永远爱你！！

妈妈

2015.3.26

注：儿子在我写完这封信的两个星期后，得到了本市学者英语文学奖的荣誉。而且被他所在的高中推为“最杰出学生”，与地区别的高中的同类荣誉获得者受到当地KXLY电视台采访。

今天开放日

之一

这是第三次去儿子高中的开放日了。今年儿子有六门课，其中四门是AP（Advanced Placement），是指在高中修而且得到大学承认的课程。这六位老师都有自己的特点，性格鲜明，应该也是教学水平比较高的。他们和风华正茂的高中生天天相处，个性、状态也反映了高中生活的一面。

每个老师只有10分钟的时间给家长介绍他们的课程，从他们如何利用这有限的10分钟来表达自己还是可以见到一个老师的教育哲学和侧重点的。

AP微积分：这位老师放了他的家庭幻灯片，他有三个很可爱、热爱户外活动的孩子。他说他热爱他的家庭，喜欢和孩子们在一起玩。他的小儿子今年夏天在河里潜水时抓到了一条鱼。他给我们看了他教学所用的网站。他说他要让他的学生热爱数学，不仅是会做题。我感觉他的卷头发、黑眼睛很有特点，活泼而礼貌，而且是一个很有童心的老师。我可以肯定地说，不避讳表达自己对孩子的热爱、对配偶的热爱是美国K-12

学校（基础教育学校）老师的普遍特点。

AP美国历史：这位老师给家长发学生地址、姓名等个人信息的表格，由于家长陆续而来，有些他叫名字时没有来的人后来还是来了，发表格花去了不少的时间。由此我猜测他是帮学校做这个事情的。他特别年轻，2006年才从这个高中毕业。他在电脑屏幕上有一页这样的介绍："我的家庭：妻子、爸爸、妈妈、兄弟，没有孩子。"他重复了这个信息，并且说我准备五年内都不要孩子。

从儿子每天都在辛勤地记历史课本的笔记我看得出这个课并不轻松，这个老师给大家介绍了他上课的方法，重点就是在于学生要记笔记，他说得很具体，记笔记还有方法，第一遍是用打钩的形式在重要的历史事件、时间、地点处打记号，然后再回头把打了记号的地方做笔记摘要。只有做了笔记，才能记住一些信息，这样才可以在考试时取得比较好的成绩，他说这是屡试不爽的。可见记笔记这种技巧也不只是中国历史老师在强调的。

他还是三种球类（棒球、篮球、排球）的教练。他穿着深蓝色的运动衣，完全是一个体育老师的典型打扮，而且人也充满了运动员才具备的活力和弹力。

AP化学：找到AP化学课的教室时，老师已经在黑暗中开始了他的实验示范，看来也是一位对专业很有激情的老师。他先给大家讲了一个笑话，主角就是自己：他三年内做了三个同一个家庭的孩子的化学老师，所以当孩子妈妈第三次在开放日这种活动进来教室时，蹦出的第一句话是"怎么又是你？！"第二句是，"只有一个人比你更了解我的孩子，那就是我的妇产科医生！"化学老师说当时他的脸就红得什么似的，家长们先是非常安静，接着就哄堂大笑。"好在，你们现在没有对我大笑。"他幽默地结束了他的笑话分享。

“AP化学从任何角度都不是一个容易的课，所以我的测验过后，学生们就知道他们还需要用功，但是他们都可以再考一次，结果再考的结果就是很好的。”他还介绍了一本书，推荐大家去买，买旧的版本就可以，“就三四元钱，便宜呀。”

AP英语与作文：我还是没有及时赶到这个班，因为每一节课的教室都离得不近。这位老师把她的联系方式放在电脑第一页的介绍上。她告诉家长们这门课是要让学生有深度、有条理地表达自己，体现在读、写、说等方面。她发了只有一张纸的课程大纲，简明扼要。并且，她说从十年级到十一年级是一个很大的跳跃。她发给每人一份这门课去年的考卷，并说就是她自己看倒数第二页的一篇文章都要花去40分钟，还要回答问题。可见这份考卷是有很大难度的。

总之，她介绍这门课时已经给我一个印象，这门课是很难的。联想到儿子在家抱怨这老师给分很严格，这门课也不像去年的英语课那么令他有兴趣，学习方法比较枯燥，我明白其中的原委了，这就是这种开放日的好处，家长和老师得到了沟通的场所和机会，这真是非常好的一种方式。这个老师最后有一个亮点，她把学生们上课的照片拍成一个短片，不到一分钟。她说：“我知道你们家长很想知道你的学生和谁在一个班里头，而且你可以看到我们有很多有趣的时刻。”这个短片格调的确很活泼，看得出和儿子同班的孩子都是青春烂漫的青少年。

说说两门非AP课程。

体育药物：这位老师是唯一没有用完10分钟的，她大方而干练，简短地介绍了自己的教学哲学，就是不但要给学生们内容，也要教给学生们技巧。要教给学生怎样可以防止受伤。她说我们现在鼓励学生们不仅是完成高中，高中完成后还要去两年制的学校，再去四年制的学校。她说我们要学大量的医学术语，她的课室后面的墙上挂着好些学生们从电脑下载的人体受伤和如何救治的图，给我留下了深刻的印象。儿子和我说过这门课很轻松。

西班牙语：匆忙赶到另一个楼的四年级西班牙语课室，一个身材娇小、精心修饰过的老师站在门口迎接家长们。她的屏幕上是西班牙语的欢迎辞，她让家长猜这些词是什么意思。她介绍了自己的学历，原来她除了西班牙语之外还有一个舞蹈的本科学位，还有一个教育学的硕士学位。她说她先生是智利人，他们要把孩子养育成双语人。她说双语对她非常重要。不仅因她是西班牙语老师，而且也因为她自己投入了大量精力在西班牙语上。她说这些的时候，很真诚，我很容易就被她感染了。培养双语人的家长是要花很多心思的。

她建议家长们多问问孩子你们在西班牙语班上学到了什么，这样可以让孩子多练习西班牙语。

有趣，教育应该是有趣的。这是美国教育一直强调的。生活本身就是有趣的，要享受自己生命的趣味。这似乎是美国教育者们普遍具有的精神特质。去年的几位老师也给我这样的印象。

之二

儿子所在的高中是公立高中，是在一个有较多中等收入家庭居住的环境里，符合免费午餐条件的学生在20%—30%左右。这是我听校长在学校的指导委员会议（advisory meeting）上介绍过的。

这所高中的PTG（Parent Teacher Group，家长与老师群体）有一个很大的动作，每年3月份要由300位家长集体表演一个节目，这个节目里有唱歌跳舞，有主角和一大群配角，还有幕后工作人员。家长要在一起利用每周两个晚上甚至三个晚上的时间练习三个月，而去看表演的家长和亲戚朋友就会捐款。

在参观课室和见老师前，照例是由校长讲话，校长没说太多就介绍新一届的PTG主席出来和大家认识，老一届的PTG负责节目表演的家长照例抬出一个巨大的板子，上面亟待揭晓的就是这次表演募捐到的数额，今年是接近84000美元！掌声、喝彩声顿时雷动。

这些家长是为学校在教学计划之外的活动募集筹款，如学校乐队、学校的各类球队、辩论队，很多家长是非常在意孩子们有没有丰富的课外活动的。可贵的是这些家长也很喜欢这个活动，说这让他们比孩子还要享受高中生活。而且听说老师也会出单子，比如乐队老师出单子要买制服，球队要买新设备，这钱就从这84000美元里出了。

在美国的公立学校，人们有一种自己动手的意识。要钱吗？自己筹。羊毛出在羊身上。不但学校如此，就是出于兴趣而组成的民间组织，如当地羽毛球协会主办州内或跨州羽毛球锦标赛，都是由俱乐部的负责人去找人赞助，自己把一切事宜弄好。当地华人办“春晚”，也是自己找场地，装饰舞台，调试、使用音响，这里有自由，但是也要自己负责一切事宜。自由和实打实地做事就像铁轨的双轨永远并行。

常听当地人说起高中都是用“事业”（career）这个词，开始觉得这个说法太夸张。但在儿子高中的开放日，看到家长参与学校活动筹划，是学校活动不可缺少的一部分，家长和学校一起把教育进行到底的情形，我真的接受了高中是一个事业的观念。高中非常不简单，虽然要靠家长筹钱来搞教育无论如何还是有点苦涩，但是这就是现实。因为不容易，所以塑造了人的信念和思维方式，一是不仅仅是把学习搞好就行了，二是人要创造而不能坐着等掉馅饼。这也是美国和中国的高中教育非常不同的地方吧。我作为义工做过许多高中辩论演讲队不同项目比赛的裁判，从那里我近距离地接触了许多极有口才的高中生，他们的才华令我艳羡，他们的社会责任心令我鼓舞。这是一个对我们家长充满了挑战的、能量极为巨大而“青草味很重”的青少年群体，群体对个体的影响几乎是压倒一切的。跻身于高中的实地环境，我理解了儿子身上许多令我赞叹、惊奇或不解的举动，其实都可以在他的高中找到答案。加上我基本上会参加儿子高中的指导委员会议，由校长主持，家长给意见或提出问题，我体会到校长对学生的责任心，我的确觉得这个高中的进与退、光荣与不利的事情我们家长都有份承担。

一个高中能给一个学生什么样的影响是看老师、校长和各种行政人员怎么做的。从开放日我感到的是家长搞筹集捐款活动比学生的考试更重要。我知道就在开放日两周后，PSAT考试（SAT的预考）就会进行了，可是从校长到我接触到的老师，没有一个人提及这场考试。

2013.10.2

诗歌二则

夕阳，我想去看你

傍晚的夕阳，
凝视着棕山，
山抹上了胭脂，
是依依惜别的胭脂的红。

那山上的房子，
也平添了一缕沉静，
好像在默默收藏，
刚刚成为过去的回忆。

晚风静止了，
匆匆跑过一只像是没吃饱的鹧鸪，
芳草萋萋，
切切的是对阳光最后的挽留。

山那边有一匹白马，
头埋在那里吃草，
一群白尾鹿越过草丛，
要去追那一轮将出的朗月？

夕阳，
我想去看你，
看你那不老的容颜，
而此刻正是最温柔的一瞬。

2008.6.16

这就是“我想去看你”的夕阳了，摄影于我家旁边。

我斜对面的房子要卖了

我怎么会，
一眨眼就喜欢上你？
我怎么会，
一步跨进来就被你吸引？

你是一片错落的空旷，
你环抱着松的野林。
冬天，啊冬天；
我用手就能接住天上的雪，
我的心只钟情于安宁，
而你，就是安宁。

你凝视着田野，
田野已经全部金黄。
温暖的草香，
能抚平各种忧伤。
秋天，这正是秋天。
你浓浓的创作家的气氛，
那野苹果树下来了一只小公鹿。

你是建筑师的杰作，
他给你一种特别的气质。
你是主人的杰作，
他们发挥得太好，
我都嫉妒了，

我知道了什么叫山外有山。

这只能是一见钟情了，
哪怕只能遗憾；
就让它只是美好的失落，
就让它轻轻地存在吧，
我知道你会找到一个新主人。

2008.9.19

注：写这首诗是因为看到我们斜对面的房子在我们从中国回来后一个礼拜就挂牌售卖了，进去看了看，很喜欢，叹为何它不早点卖，因为这房子的位置使它坐落在大自然的怀抱里，而不是通常地坐落在邻居大眼瞪小眼的环视中。但是和老公讲了后，老公说那结构还是不适合我们孩子的年龄段，这是唯一能让我平静的理由了。由此又想到一个不恰当的比喻，如果一个人刚结婚，就发现别人的另一半看起来更美，那大概就有点失落感吧。但是经过分析，你可能发现，还是你的更适合你，事物从远处看，永远是半真半假，因而可能是最“美丽”的。

第二章

我看美国的种族歧视

引言：选择看见

对于美国来说，我们这一代人是移民，许多人是来美国读书后找到工作留下来，是带着梦想、希望踏上这块土地的“寻梦人”。移民普遍关心的是去一个新地方后有没有成功的机会？有经济理性的人当然认为有成功机会才会移民。我在中国的时候，占人口91%的汉族人是理所当然的主流群体，因为这个事实太明显，以至于很少有人会想汉人是不是主流群体这个问题。然而在美国，亚裔只占人口的4%，华裔更是只有1.2%的比例；再到我生活的这个城市，白人占88%，只有1%是亚裔人口，华人又只占零点几个百分点，刹那间就可以感觉到自己的“不同”，会陡然明白了做少数民族的滋味。学生要给老师做教学评估，他们对老师的口音有喜好，我渐渐知道总体而言欧洲口音受到青睐，亚洲人口音不被青睐。

也许是因为我的职业，使我对美国的种族问题有了比一般华人更多的理论层面的思考。我要教“种族与族群”这门课，属于社会学的批判性种族角度的研究，分析了非洲裔、拉丁裔、原住民、亚裔、中东裔等每一个少数族裔和欧裔内部各群体在美国走过的路，分析了美国社会怎样建构出“种族”这个类别，我开始意识到种族问题的复杂、棘手、难解或无解。每一个社会都有一种潜在的运行规则，对美国而言，种族化的思维就是美国社会的潜规则，您想来美国或移民到美国吗？请问您准备好了做少数族裔“亚裔”，准备好了接受社会对我们这个种族先入为主的成见了吗？我猜测没有多少人会问您我这样的问题的。我们的父母很多人相信“美国不管怎样，是世界上最先进的国家，理念、教育体制都比中国好”，对吗？

我来美国之前，根本没想过种族这个社会类别对我这样的人会意味着什么。这是为什么？我想这和中国国内缺乏对美国的批判性视角有关，和某些国人的崇洋媚外的心态有关，和我们听到的对美国的宣传、道听途说不无关系。在我们听到的宣传里，黑人是与犯罪、吸毒、枪战相关联，原住民是落后、不开化的象征；墨西哥人是非法劳工，中国人嘛，在美国是没有问题的，会读书就有出路；我们听到的信息让我们以为美国的种族歧视已经成为过去。也可以说，在没有来美国之前，我们已经被主流社会流行的“美国种族歧视已经成为历史”的麻痹人的意识形态“灌输”得差不多了。

美国还有种族歧视、种族主义吗？当然有。还有对华人的种族歧视吗？当然有。陈果仁（Vincent Chin）一案罪犯仍然逍遥法外就是一个明证（见本章《谁杀了陈果仁》一文）。还有，歧视远不只是白人对黑人，其实黑人也会歧视白人、华人也会歧视黑人。歧视本身是一个复杂、有多层次、要放在具体社会背景去分析的概念。我留意到有一些华人写他们对美国历史、社会、教育的思考的书，写得很好，在国内很有影响，但我没有看到对种族主义直接的分析，这当然和作者的专业背景和写作兴趣有关。只是这样会不会造成国内读者以为种族歧视已经不存在的印象呢？另外，现在网上经常有所谓“不可不看的好文”在微信上被大量转发，它们大多是对美国过于简单化甚至就是错误的概括：美国人很平等，美国人不会羡慕你开着好车，人们之间的关系都很简单，见到陌生人都会跟你说你好、对你微笑，不像在国内那么功利、总要防着点什么……好像美国人都超脱得很，生活无忧无虑好极了……写这些文章的人是没有阶级意识的，美国社会学家有大量的研究揭示美国阶级社会的本质，美国公共安全状况不佳与贫富差距在过去四十年来不断拉大直接相关。如果有人觉得美国很安全那么他们看到的可能只是比较好的居住区；我不是说美国就没有好的一面，而是说凡事没有绝对，美国的资本主义本质决定了它追求资本的回报，人们的心态普遍都是追求金钱和物质丰富，所以美国人对好车绝对有兴趣；还有“种族定性”（racial profiling）的做法，年轻的黑人男性被判罪关入监狱的比例非常高，其次是墨西哥男性。所以这种把阶级、种族视而不见，只给读者看“好的”，选取其动人的一面来告示国人以让国人越发觉得国内的生活简直令人深恶痛绝、不可忍受，在我看来是有意制造偏差，何其浅薄无聊。

在这里我要强调，对美国的认识如果没有一个种族的角度将是不完整的，而且从这个角度去看到的东西可能会整个儿改变你对美国社会原来的印象，很多时候我们对“民主”的理解仅仅停留在口号，或比口号深一点的报纸上的新闻报道层次，从种族的角度看美国政治制度或法律执行往往会得到失望的结论，这可能对于期待从这本书印证以往对美国美好的阅读印象的人是一个痛苦的刺激。

作为移民我关心美国的种族歧视存在对华人意味着什么，我想它意味着社会对华人或亚裔群体进入政治界、经济界、娱乐界的高层的机会无形中设定了更高的障碍，尽管华人或亚裔的教育程度和平均收入都是全美最高的；它意味着我们总是被使用的高级劳动力而难以被接纳为这块土地真正的主人。更重要的是，我们的孩子就生活在这样的社会结构里，如果有人连承认种族歧视都不愿意，那么这种不承认与默认甚至推动与已经存在的种族主义有什么区别呢?

要想改变现状，只有从承认种族问题的存在开始。我们也要自己主动地做事情，挣来平等地做社会的主人的资格。

2014.9.11

2015.1.25，修订

关颖珊是美国人吗？

生于美国长于美国的美国女子花样滑冰队员关颖珊（Michelle Kwan），她是美国人吗？你有没有思考过这个问题？

二月的一个星期四，我开始讲“种族与族群不平等”这一章。用的例子有不少，都来自真实的日常生活或媒体报道。比如，用了2006年奥巴马因口才好被时任参议员的拜登（即现在的美国副总统）称为“我所见过的最有表达能力的、干净、好看的黑人”，并在纽约时报引起争议的例子，在此不表。我想讲的是关颖珊的例子引发的学生的反应。

关颖珊，父母来自香港的第二代华裔，九次美国花样滑冰比赛冠军，曾为美国夺得五次世界锦标赛冠军，以及长野冬季奥运会的第二名和盐湖城冬季奥运会的第三名。当时《西雅图时报》的体育头版连续两次使用了一样的大标题：“美国人打败了关”（“American Beats Out Kwan”）。

我的三个班共105个学生，看到这个标题时，三个班都有人发出小声但清晰的惊呼声，但就在10点半上课的那个班，当我问：“这个标题是不是有一个假设？这个假设是什么？”

“这个标题的假设是关不是美国人。”有学生接话，几个人点头。

当我正想象在其他两个班做的，顺着学生的话发挥一下，让他们看到亚洲人在这个国家面临的“你英语讲得再正宗，你长得跟我们白人不一样，你就是外国人”这么一种相当根深蒂固的偏见，然后就转去讲别的例子了的时候，有几只手高举起来，那么热切、迫不及待的样子，我心里一句“又有情况”去面对吧！我叫了一个男生，他说：

“她很有名，所以人们期望她可以得冠军。这个标题表达的是一种沮丧。”

我说：“沮丧和在标题中说她不是美国人有什么关系？当你沮丧的时候，你就变成不是美国人了吗？”我追问：“你觉得这个题目是不是暗示关颖珊不是美国人？”

“没有。”他摇头。

我又叫另一只举得很高的手，一个男生说：“《西雅图时报》是由一个日裔美国家族拥有的。这可能是日裔对华裔表示轻蔑。所以这不是主流群体的意见。”

这倒是我不知道的信息！是这样吗？我心里打个大问号，但无凭无据，我且听着。

又一只手举起来了，我叫了他：“如果你想把这个题目当成冒犯了你的事，这是你的事。没有人可以强迫你这样去做或不这样去做。”

我的脸上一定出现了难以置信和无话可说的表情，事后我想：如果今天，关颖珊“有幸”来躲在幕后听到这场对话，她会作何感想？她为美国滑冰事业付出的汗水，为美国队拿的那些金牌，如果她不是美国人，是否都该被收回，那么，她又是代表谁去参赛？还用得着她去参赛吗？

朋友，您可以想象我的震惊吗？我开始质疑从幼儿园到高中12年级的教育系统，如果那些说看不懂这个标题真正含义的学生讲的是真话，我只能怀疑美国初中至高中英语教育失败了，因为连我这个在中国学英语的人都能毫不费劲地看出这标题的意思。如果他们不讲真话，我感觉是，可能他们在想：是的，这个标题对关颖珊是不公正的，但是“我们”犯的错，不能由你这个“外国人”讲出来，你讲了，你就是双重的错了（double wrongness）。“我们”的媒体，这么主流的媒体，怎能被“你”指出有错呢?

还有那个最后的评论，你愿意自取其辱认为那标题是冒犯，那是你的自由，别人可管不着啊。其背后隐藏的恶意和傲慢，更非一般的傲慢了。

这些感觉是基于我生活在这个社会几年以后而做出的猜测。

上网查了《西雅图时报》的老板，根本不是什么日裔家庭，而是一个叫贝尔森（Blethen）的欧洲白人家族，他们从1896年就拥有这家报纸，到今天他们仍然拥有这家大报和其他报纸的股份。再说，退一万步，就是日裔是这报纸的老板又怎样，就可以犯这种错误?《西雅图时报》在关颖珊的质问下，当年公开道歉了结了这桩争议。

我把网上的链接发到网上的教学平台“黑板”（Blackboard）上，并声明：下次要挑战老师的观点，请在课堂或课后提供证据来源。在第二天的课上我提醒学生上“黑板”去看我更新的通知。

从这个班的学生的反应，不能不让我想到：中国人、日本人，你的脸就是你是外国人的身份证，即使你有美国国籍又如何?政治上的国籍是一方面，还有一个文化上的国籍。当主流媒体用了美国人打败了关颖珊的标题时，谁才是文化上的美国人，谁成不了文化上的美国人是不是很清楚了?

您可能要问：你这是什么学校呀，怎么有这种学生呀?先让我告诉您：我教的是一个社区学院的学生，我也有素质很好的学生。这几个叫得响跳得高的当然代表不了主流的学生，但它表现出了这些白人学生的心声。再就是，如果你到一流或二流的四年制大学去，拿同样的例子，我很想知道你会得到怎样的反馈？我猜，如果他们说真心话，而不是为政治正确而应付你的话，那结果也会是我这里的一种回声。看一看别的亚洲人遭受不公正待遇的例子，你应该感受到，总有那么些人，是与这几个学生同声同气的。也因此，亚裔美国人的生活，总像有点刺在一层软包装下面，感觉得到却又抓不住什么，对不对？

那么那些别的学生干吗去了，哑啦？他们后来告诉我，他们为那几个人蒙羞，都不想说话了。您看，关键时候，有几个人愿挺身而出主持公道啊？可见，不论中国人或美国人，是人，就差不多，都知道“多一事不如少一事”的“处世之道”。

2008.3.1

谁杀了陈果仁?

Vincent Chin，中文名字陈果仁，男，四岁左右被在美国的中国父母领养，来到美国生活。他在密歇根州的底特律市长大，成人后担任一家汽车制造厂的工程师。

1980年代初期，由于日本汽车产业繁荣而造成对美国汽车制造业的冲击，底特律失业率高达17%，克莱斯勒汽车厂裁掉了很多工人和初级管理人员。整个社会弥漫着把失业的怨气撒到日本人和日裔美国人身上的气氛。

1982年的一天，还有四天就要举行结婚仪式的陈果仁下班后和妈妈说他要去一家脱衣舞酒吧，准备以此来庆祝单身汉时代的结束。在酒吧里他遭到了两个白人的粗口谩骂，说“正是因为你这样的混账杂种我们才失去了工作”，从语言的攻击来看他是被误认为日本人才惹来了后面的杀身之祸。

陈果仁对这样的冒犯性语言回了嘴，两个白人追打他，他迅速离开酒吧，但是两个白人继续追踪他到了一个麦当劳店门口，并出钱雇一个黑人帮他们找到他。这两个白人，一个叫罗纳德·艾班斯（Ronald Ebens），一个是艾班斯的养子迈克尔·尼兹（Michael Nitz）。艾班斯从车后盖里拿出了棒球棒，其养子把陈果仁摁在地下，由艾班斯动手用棒球棒狠击陈果仁后脑勺，使他当场昏死过去，四天后在医院不治，死时27岁。

当地法院法官仅判两个杀人凶手3000元罚款，3年缓刑（probation），两个杀人凶手不需要在监狱里服一天刑。他们逍遥法外，并表现出受冤枉的样子，散布他们不是种族主义分子，这种事情“just happened”（只是发生了），而且“这种事情可以发生在任何人身上”。他们的绝大多数邻居、工友，都站在他们这边，维护着他们，说他们是绝对的好人，不是种族主义分子。

整个语调是在说：不是种族主义分子，所以他们就没有犯罪，所以他们杀害陈果仁就不是那么严重。

这是《谁杀了陈果仁？》（*Who killed Vincent Chin*？）这部83分钟的纪录片所放映的关于一个华裔美国人的事情。

我给学生放这部电影，学生们后来在讨论和电影分析里说，就算不是种族主义分子又怎样了呢？难道杀人本身还不是犯罪？如果被杀的是白人，肯定不是这样的惩罚方式。如果一个少数族裔如陈果仁杀了白人，肯定不会不用坐一天的牢，而只罚款3000元！

“陈的命不值钱啊！”许多学生都不约而同地指出了这一点。

陈果仁事件成为一向被社会认为是安静、不爱出声的亚裔联合起来形成亚裔美国社群的导火索。以蔡海伦（音译，Helen Zia）为代表的底特律华人联合起来，展开调查，要为陈果仁伸张正义；陈的母亲余琼芳（Lily Chin），一直为她无辜被残暴杀害的儿子四处奔走呼号，但是三年后联邦法院判两个白人杀人凶手无罪。这位母亲带着绝望离开美国，回到广州，后来在广州去世。

片中，她含泪面对镜头说的一句话是：“我们只是肤色不同，可是我们身上的血是一样的。”

在众学生或义愤填膺、或对亚裔的命运大惑不解的影评中，有一位白人女生的电影分析写得特别好。她在回答我问“在这部电影里，你看到亚裔美国人什么样的特点”这个问题时写道：

> 亚裔美国人展现了他们对家庭巨大的尊重和忠诚。……陈妈妈被教育做人要谦虚、谨慎。这部电影显示出陈果仁可以说已经被美国社会“完全地被同化了”。他想结婚，成家生孩子，得到梦想的工作。他的朋友绝大多数是白人，包括一个最好的童年朋友，在他被杀时这个朋友也在场。陈妈妈感到她儿子梦想着被美国的生活方式接受是一个错误。
>
> 亚裔美国人对陈果仁的死的反应见出了其作为一个公民力量的隐藏性，他们是一群看不见的人，或被主流社会选择看不见的人。
>
> 法官对陈果仁的死，说这不过是一场酒吧之争的悲惨结果。这送出了一个信息，就是说即使你已经同化了（美国化了），而且说英语没有任何口音了，你还是没有被看成一个真正的美国人，一个值得给予平等权利的美国人。

这位学生上面话中后半段最后一句原话如下，我希望大家看看她掷地有声的原文：

> This sent a message that even if you were assimilated and spoke without an accent, you still were not looked upon as true American worthy of equal rights.

这是一句很值得我们思考的话。这是1980年代发生在美国华人身上真实的事件。这个事件，永远不应该被遗忘。甚至不应该被忽略、被不知道。

陈果仁
（Vincent Chin）

陈果仁的母亲余琼芳
（Lily Chin）

这位学生在回答“你看完这部电影后有何感受、感想？”时写道：

> 愤怒是最好的描述。我看完这部片子后对我们的法律公正系统感到失望。这个案子是不公平的、正义没有得到伸张。陈的生命被认为不重要，连法官都这样想。两个犯罪的人被抹去了一切的承担罪行的责任。这带来了一个问题，在今天的社会里，还有多少这样的事情发生？我相信答案很简单，太多了！

简直是掷地有声的回答，来自一个白人美国女生。我为这样有正义感的学生而骄傲！我们可以扪心自问：是不是我们都多少以为：说好英语，上一个好大学就可以被看成是真正的美国人。

我很想说：醒来吧，在美国居住的中国人和所有的华裔美国人！

2011.12.6

何谓“美国人”

我有幸与柯蒂斯·陈（Curtis Chin）（以下简称柯蒂斯）认识，纯属工作关系，他制片与合作导演的独立电影《谁是陈果仁？》（*Vincent Who?*），一部纪念陈果仁被害25周年的纪录片，在全美各地高校里进行试放，我们这里也是一个放映点。我们学校是与另一个大学联合分担他的费用，另一个大学还是主要的承办方。他要在两个现场进行放映、举行见面会。临来前五天，我突然想，他来了怎么接待？有没有人去机场接他呢？问了我们院长才知道，根本没有任何安排。于是我说我得招待他吃一顿晚饭。

临来前两天，我和住在洛杉矶的他电话联系了一次，他说话很干脆，我问他会讲国语或粤语吗？他说不会。来的那天，他在机场自己租了车子，开到旅馆去了。我带他去吃晚饭，一家英式风格的饭店。入座，他赞叹窗外那奔流如瀑布般的河水真美，说他喜欢这个城市，很自然，很美丽。我心里说，你可一下子看不到我们是个少数民族，等你看到我们这里跟西雅图的多元社区情形大不同再说这里美不美吧；或者，自然的风光是美的，但是，你总是少数，那种孤单的感觉，会很好吗？

（我自己都觉得我在心里和他抬杠）

他很随意地问我会在这里留下来吗？这对我是一个难回答的问题，我沉吟一下，反问他为什么要问这种难以回答的问题。（要是别人我可能就对付着说一句会留下就算了，不知道为什么，我不想对付他）他马上说："不要紧不想回答就说不想好了。"我说："为了孩子，我会留下来的，但是我非常想念中国。"

渐渐就感到有点话不投机，我老把他当成是中国人，他一点都不会讲中文和广东话的事实并没有止住我的健忘症，可是人家不太领情呢。对于在中国生中国长的我，极为容易把长得中国人样子的人就假设成人家和我一样也是中国人，而忘记了人家可能是18世纪就来到美国的华裔美国人。他正是如此，父亲那辈已是第六代移民了。接着，他问我常来这里吗？我说也不算常来，随后很自然地补了一句："这地方我和我的美国朋友来吃过饭，中国人很少来这里。"

柯蒂斯在后来找到一个机会就说："谁是美国人？白人才是吗？我也是美国人啊，我们家18世纪就来美国了，我在高中是班长（class president）呢，和别人一样啊。"

"我们应该对美国人进行再界定，"他说，"美国人是各种各样的肤色、文化的一个共同体，不是只是白人。"我说这我当然知道，可是你再认为自己是美国人，可是白人、毕竟还是处于权力中心的白人真的当你是美国人吗？为什么亚洲人总有个副标题——亚裔美国人？就因为你长得是外国模样呀。

他说他的哥哥去中国工作了，在那里生了孩子，可是他哥哥担心，孩子还会被看成是美国人吗？还能竞选美国总统吗？

我说："这是一个有趣的问题，美国总统应该是不能竞选的了，不过我倒想问一个很讽刺的问题啊：即使你哥哥的孩子在这里出生，就会被认为是文化上的美国人吗？还是被认为是亚裔美国人呢？”可是，我很担心他对这个问题能否承受，因为我无所谓，我就是中国人，但是他家族在这里快200年了，这个问题可能令他很不快。虽然我说得并不夸张，再呆多少年，你在很多欧裔美国人眼里还是一个“外国人”。

不管怎样，如果他是别人，可能我真不该这么初次见面，就直截了当地去点整个中华民族在美国的后代的痛穴，不过我之为我，的确就是这样有话直说，我相信他既然能拍这部电影，就一定想过这样的问题。

他说了许多话题，说陈果仁事件对亚裔美国人群体的形成起了巨大的作用。1982年，陈因为被两个白人工人误认为是日本人，出于对日本汽车工业越来越占上风而影响美国汽车业的愤恨，两个白人残忍地将他殴打致死，却没有坐过一天牢、至今逍遥法外。这个事件作为亚裔民权运动的典型但却鲜为人知。说其实非裔美国人、拉丁美国人都一起并肩战斗过，大家意识到只有团结，才能改变自己被欺负、被当做二等公民的命运。少数民族之间联合起来互相帮助？这是我不太清楚的地方，也是我极为感兴趣的地方，我听到一些少数族裔之间倾轧的事，我们的确很需要携手共同做些事，而不是只会互相踩着对方使自己往上爬。

他说美国文化从开始就是一个互动的、不断地流动的概念（a fluid concept），“美国人”是一个不断自我界定的概念，这是幸运的、积极的，而且他真的相信随着奥巴马当选，美国是向正确的方向而去的。这番话，着实震动了我，使我突然愿意从另一个角度来看问题，一个不断地流动的概念——美国人，我想到了河水，觉得好像看到了一种东西。

2009.5.25

暧昧的身份

美国人，在我们的习惯性说法中，极少是指我们中国人，而是指欧洲裔的美国人，即白人。可是他的说法，还的确提醒了我，我也可以是美国人的一分子，只要我的家在这儿，我在这里生活、缴税，就是美国人的一分子。这些，我都是原先就知道的，但是只有在面对他，一个已经不会说汉语的第七代华人时，我才感觉到了一点什么我原先感觉不到的东西。

我突然才意识到，我交往的成年人当中，有多少是第二代美籍华人呢？几乎没有，我们的朋友都是和自己一样的第一代移民啊。和第二代、第三代成年华裔美国人，我们又有多少共同的话题呢？除了说说食物的话题，就几乎没有了，更不要讲第七代了。但是今天，我们坐到了一起，吃饭聊天，明天我还要做他的电影的介绍人和放完电影后的协调人，我心里一点没底，怕出洋相。

我说，在我们这里，如果你听一个中国人讲话，哪怕他早已入籍，但是当他说“美国人”时，那指的必定是白人；这位中国人要是见到黑人，他绝不说美国人，而说“黑人”，见到日本人模样的人，也不说美国人，只说“看上去是日本人”，也就是说，在我们自己心目中，早就认定了只有白人才是美国人，而华人在这里多少代都好，都不是美国人，难道这不是很有趣吗？这种自己把人分类、其实也在分等级的言行，有什么样的后果？

他说，自己就内化了，自己也认为美国人就只是白人。

说得真好，内化，一个非常有力量的社会学术语！是的，这个现象在我心里很久了，这说明了什么？说明中国人自己孤立了自己。第一代入籍了的移民，能有柯蒂斯这样的认知，知道自己就是堂堂正正的美国人，真是需要一点觉悟的。

面对他，一个斯文而充满内在激情的电影人、剧作家、诗人、社会活动家，我们的交流还是有困难的，他说话很快，我们之间客观上有一个交流的鸿沟，就是整整200年的中美两国文化和社会气候的鸿沟。他的祖先来美国的时候，是来当苦力的，而且中国女人在19世纪中期是不让入境的，所以这里有很多鳏寡男人；1982年，陈果仁在底特律被两个白人工人残忍地用棒球棍殴打致死，法庭居然只判罚两个白人3000元罚款，而不判他们坐一天的监牢，这一事件，成为亚裔美国人团结起来争取公民权的里程碑，也改变了他自己的人生道路，他成为为亚裔美国人权益呐喊的领袖人物。

我心里始终有一团欲理还乱的麻，我仍然固执地想，再怎么是美国人也好，你不是还是拍纪念陈果仁的电影吗？那令人撕心裂肺的悲剧能震撼他，还不是因为他的中国根吗？可见，中国人永远是中国人，身份上的民族痕迹是无法抹去的。

但是，除了身份，我还看得更透彻了：一旦踏上美国的土地，就应该承认，单纯的中国人和华裔美国人是两码事了。如果我们总抱定自己是中国人，那就意味着我们总是把中国作为自己的退路，如果我们这样想，那融入美国社会永远只能是一句空话；而且融入（integration）在我看来还不是简单的“同化”（assimilation），融入是正面的积极的术语。

只有当你把自己看成美国人的一分子，你没有退路，那么你受到委屈时，不要想着我还有一个中国在那里作为心理上的退路，而是没有退路了，只有在这个新的“祖国”去争取，哪怕是流血、上法庭、游行，甚至是死去，也要争啊，这才是成为一个华裔美国人了，这才是成为一个真正的美国人了！

为什么我会觉得哪里不太寻常，就是因为他说我们对美国人这个概念应该再界定了，这是一个火花。还有我看得到表面上我们好像总在争一些概念，有点话不投机，其实是我们都不愿随便迎合对方而已，因为我们毕竟有同也有不同，我们有太多的话可以好好聊，虽然我心里被冲撞得厉害，但这很正常，也正因为如此，我才能听到一点不同的思想，而不是总听到一些听起来很舒服但只能是重复自己的消磨时间的话，这是多么好的刺激！

一个人的脸只是表面，内在可以令你吃惊无比。幸会，柯蒂斯。

2009.5.25

是时候给出答案

7点20分，开始播放电影《谁是陈果仁？》了，很快就吸引了观众的注意力。电影并不长，只有40分钟，采访的几十个普通亚裔年轻人竟没有一个人知道陈果仁事件：27年前，一个27岁的华裔生命在一个快餐店外面就这样被摧毁，在四天后静静地走向生命的终点；27年后，美国变了吗？什么是可以变得更好的？这部电影的确拍得很是时候。

片子有几处对我有震撼的力量，一个是一位华裔领袖人物说：在陈果仁事件之前，是没有“亚裔美国人”这个词的。我一惊，要一个人的生命才唤起一个内在本身就是多元化的群体（亚裔）的维权意识！这不能不说是悲哀的。

还有蔡海伦，我极为钦佩的一位对亚裔美国人运动起到关键作用的记者。片中有她27年前接受采访的镜头，那时候的她有一张特别生动而秀丽的脸庞，剪着台湾1980年代很流行的那种“三级头”，特别有职业气息；她表达能力很强，很冷静，现在的她老了，岁月呀，对谁都那么不留情。片子出现她27年前说的话：

我认为没有压力就不会有任何的民权运动。（I don’t think any civil rights movement will be there unless there is pressure.）

这的确是真的。

每一次给学生放《谁杀了陈果仁？》，我都会在班上强忍眼泪，难以抑制自己的情绪，但是职业要求我不能由着性子地说话。看这部《谁是陈果仁？》，因为暴力和压抑的镜头少多了，就没有那么激动了，但是我能感受整部片子想表达的“让历史告诉未来”的那种青春而血性的格调；特别是最后，导演有一个手法很高明，就是把这个“who”后面的问号去掉了，就是说从今天起让我们都来知道这是谁吧。这是美国司法史上一件著名的案子，从那以后，才有了对仇恨罪的正式惩罚条例。

放完电影，观众的掌声响起来，我走到一束灯光下，心情颇有些百感交集，也第一次面对电影院的二百七十多位观众，说不紧张是假的，但是有什么好怕的呢？今夜此刻正是亚裔的舞台，我要让大家踊跃提问，好好地认识我们面前这位了不起的华裔民权运动的领袖！我问：有多少人知道陈果仁？

观众中有三只手举起来，我说：“只有三个人，可是不要紧，今天来看电影的人，从今夜起你们都知道谁是陈果仁了，你们可以成为种子，把他的故事讲给你们的朋友和家人听，让我们都来思考，我们可以怎么做，使得社会公正、平等能更多地成为现实而不只是梦想。”接着，我介绍了柯蒂斯的简历，然后让大家提问。

大家提问还是很踊跃的，也有几个问题是提得很好的。比如，拍片子时有没有觉得很沮丧，因为这样的事情几乎就是人的本性，是无法消除的。还有，如果美国可以学澳大利亚，那里每年有一天，全国一起收看介绍澳洲本土人文化的节目，如果美国每一年也可以有一天放美国少数民族的电视，全国一起收看，会是什么情形？

还有一个问题很不友好，说这样做的目的是什么？是让大家仇恨法律或政府吗？柯蒂斯说："绝不是这样的，我只是想让大家记住历史，不要重复历史，我可以在散会后和你单独探讨。"

我们学校工作做得真到家，在这次影展中的每一部电影都做调查。从收回来的学生调查知道，学生对这部片子评价极高，在5分为最高分的情形下，片子得到4.6分的平均分，这是很高的，仅次于我写过影评的《别人的生活》那部德语片。我的学生去看的，都写了一份感想，我要给他们额外分的，许多感想，非常朴实，深深地感动了我。

有一位学生的影评写道："我永远都不会忘记这个故事。我现在认识到我们可以用说出来、不容忍这样的想法和做法来改变仇恨罪的意识形态。我们一定要为公正而战，要提高人们的意识，做到这样必须有一个开放的心，告诉每一个人这个悲惨的事情。"

柯蒂斯那天晚上讲的一段话我印象很深，这些天总在思考，他说：

> 当我们说亚裔美国人的时候，很少有人意识到这是一种把这个种族分化开去的说法。这就像我们平时总说这件事很gay（同性恋的），在这里"gay"就是一个贬义词，当你把一个群体孤立开来时，和负面的东西连在一起时，你就会觉得若有什么坏事发生在这个群体身上好像就不是什么特别坏的事了，好像他们低人一等似的，所以把一个同性恋的人打死，把一个亚裔打死，都不像把"正常"的人打死那么严重。

的确，我们使用亚裔美国人、黑人、西班牙裔（Hispanics，注）这些指称，而与此同时，我们把欧洲裔美国人直接称呼为美国人，这实际上体现了一种等级观念。这一说法我相信很多华人并未意识到，也许很多人会对我这种说法嗤之以鼻，认为：有那么严重吗？别神经过敏了，事实是我们有多少时候能真的逃脱一种众人的习惯性思维呢？当我们习惯性地只把白人叫做美国人的时候，就是贬低了自己的天赋地位和权利，为自己可能遭受的不公正待遇找一个阿Q似的心理安慰。

学生们为见到导演的真人而激动，也为看到这部亚裔在美国遭遇歧视的案子而震惊，在很多人心目中，亚裔人是活得很好的，还有人歧视他们？他们以为种族歧视只是黑白歧视，从此他们知道了：事情远没有这么简单！

陈果仁不仅仅是华裔美国人的一员，他更是美国社会的一员。我看到那么多学生都发出了正义的呼声，我深深相信：正义就在人们心中，只有各种族之间多进行平等的交流，才能一点点地消除彼此之间的不了解和误会，而美国真正美丽的地方，正是多元化的种族都能和平共处，而不仅仅是各种肤色的集合，因为肤色再多，如果还是分出统治民族和少数民族，那又有多大的意义？随着奥巴马政体登上政治舞台，我的确看到一个人员来源上倾向于多元化的政治、司法班子，我想柯蒂斯是对的，他说美国在朝正确的方向而去。

在美国的中国人是美国人吗？这个问题，经过这场电影播放而带来的思考，已经有了答案。答案就是：是的！

2009.5.27

注：Hispanics是一个复杂的文化概念和地理概念，有人说这个词本身含有对讲西班牙语的南美洲的人的贬义，许多西班牙裔的学生告诉我他们不喜欢被称为Hispanics。

奥巴马多大程度上代表了黑人的利益?

2008年奥巴马当选美国总统，振奋了美国以至全世界。说美国的形象，在一夜之间提升，我觉得一点也不夸张。从一个已经被金融危机弄得萎靡不振的超级大国，变成种族主义上有重大突破的一颗新星冉冉升起，美国歪打正着地自己拯救了自己的形象问题。有意见认为，他当选纯粹是人们对他寄予改变的厚望，与他的种族背景没有什么关系。我觉得这种意见，太理性了，把选民对总统的期望理性化得超出实际了，好像人们希望他能改变经济，就是经济期望，就没有其他因素。我认为选民们并非纯粹理性的人，而是各种因素交集在一身的多面人。很难说是一种因素决定人们的行为。事实是95%的黑人把票都投给了奥巴马，这就不能说没有种族因素的作用了，那么怎样才算没有种族因素的投票结果呢？那就是黑人一半的票投给了奥巴马，一半投给了麦凯恩。是这个道理吧？

我的耳边依然回响着11月5日、奥巴马当选第二天一位黑人在接受电台采访时所说的话，他说奥巴马当选对改变美国黑人处境而言，是象征意义大于实质意义；当时我是很为这位黑人的冷静吃了一惊的，因为他说出了我这个“局外人”的感觉。

而且是从一位与新出炉总统同一个肤色的人的嘴里说出来，他们没有狂热掉，还很清醒，我倒是从这种清醒中看到这个种族的水平，如果我们硬要套用种族这个本身就很有问题的“类别”的话。

这位黑人的话让我想到了这个问题：奥巴马在多大程度上能代表黑人利益？他是个典型的黑人吗？要我说，不是。首先是他是两个种族即黑人爸爸和白人妈妈的儿子，他的当选要振奋的更准确的是混血儿们；其次，他不是一般的黑人，因为他的受教育程度远远超出黑人在美国的平均水平，所以他不能在普遍意义上代表黑人这个种族，而只能代表受过良好甚至是杰出的教育的那一拨黑人，换言之，他代表的是黑人中的中上层级的人。普通的、典型的黑人，对奥巴马是望尘莫及的。这就是为什么我在某篇文章中说他是一个白人化的黑人的缘故。让我们看看他的受教育背景就知道了。

他在印尼雅加达受的小学教育，到十岁转到了夏威夷的普纳荷学校；没错，他是在单亲家庭长大，这与许多黑人孩子的处境是相似的，但不同的是，他童年和外祖母一起生活。奥巴马的外祖母是白人，在夏威夷的一个银行做到了副行长的职务。奥巴马从小学到高中所念的都是声誉特别好的学校，学校里只有他和少数几个黑人，可以说他在教育上已属于享受特权的阶级了，尽管他是受过同学和老师的歧视，但是他的起点已经很高。他得到了哥伦比亚大学的学士学位，后来毕业于哈佛研究院法律专业，这是大多数美国公民都很难达到的。

大多数黑人的教育背景是怎样呢？他们在破败的城中城（inner city）中长大，逃学、辍学、吸毒屡见不鲜，虽然有一小部分黑人已走出城中城，成为中上或上层阶级，大概占黑人总体的23%。但是，大部分黑人是美国都市贫困的受害者，因为大量手工工作被自动化取代，同时大量劳动密集型工厂转向了海外，城市中心被资本家遗弃，留在里面继续生活的人，主要是黑人。这就是导致黑人生活贫困的一个主要原因。由于美国的教育资源与居住地带直接相关，导致城中城的教育资源贫乏，直接导致贫穷的再生和代际传承，这也就是许多城市黑人生活在一个恶性循环的怪圈里循环往复的缘故。所以，这不是他们选择的生活，这是生活选择了他们作为产业转型的牺牲品。

我这样说好像是说奥巴马的成长环境与大多数黑人完全是两重天，但是这不影响我对他的敬佩。我敬佩他的毅力和聪明，因为不是每一个受过良好教育的人都能取得他今天的成就。我只是想说，他不是典型的非洲黑人。要理解典型的黑人，为什么总是与贫穷、犯罪、吸毒的环境以及较低的教育程度相关联，我们必须了解美国为黑人提供了怎样的制度环境。这有一个词，叫“制度性歧视”，是看一种制度或政策的结果，虽然可能你没有这个用心，但是结果造成了某个群体受损害，也就是被歧视了。因为奥巴马的杰出的教育背景，而且他是白人祖母养大的，所以他是站在两个种族的边缘，这多多少少也是他得到来自白人中的开明人士的支持的原因吧。一个人支持另一个人，肯定有“认同感”在其中起作用，而不仅是种族因素；奥巴马给许多人很好的感觉，不能不说是他的多种族、多元文化熏陶出来的独特气质决定的。

通过和我的一位美国朋友交流意见，她认为奥巴马当选可能改变了白人对受过良好教育的黑人的看法，但是对大多数黑人的态度和印象，至少在我们这个白人为主的城市是改变不大的。这也说明，奥巴马当选，不会改变太多人们的成见，成见的改变得通过一个群体的努力，而不仅仅是一个成功典范的努力。

美国是一个非常有意思的国家，我听到一个说法，说美国是世界上最好的和最坏的国家，当时一听就觉得很形象，这与电视剧《北京人在纽约》中的纽约“既是天堂也是地狱”的歌词异曲同工，为什么这么说？我的理解是，因为这是一个强调人人生而平等的国家，但是也是这个国家，曾经有一群人的平等、自由是以其他族群做奴隶（黑人）以及被灭绝性地驱逐与杀戮（印第安人）为代价的，这是美国历史无法回避的两难及道德矛盾。历史给这个国家的今天的影响是，虽然越来越多人承认历史的可怕和荒诞，但只要有历史，就有既得利益者今天还不服气于失去的天堂，种族主义的意识形态仍然在一些人心灵深处阴魂不散，只是变换了形式，从老式转成了现代种族主义。

试想，谁用脊背顶起美国建国前的经济的雏形？是奴隶制下的黑奴啊；谁在过去和今天在做着粗活、重活、农活？是墨西哥人和许多中美、南美洲的人；谁在做服务业里低下的工作，领取最低报酬？是黑人、西班牙裔人和各地移民，包括第一代的华人、越南人、老挝人、泰国人……是谁在做着高科技的工作，他们已经是经济上的中上阶级，但是总是被人问“我问你到底从哪儿来的？”，被当做永远的外国人看待，仅仅因为你有着一张亚裔的脸蛋？是华人、日本人、印度人。美国是一个美丽的国家，因为她有最多的人种、文化，她因此而受益无穷。来的人也受益无穷，因为这是人们逃避自己母国宗教压迫、政治囚牢、贫穷生活的地方，所以永远不愁没有人来。然而你来了，就要经历这个少数族裔的生活，就要遭遇偏见、歧视，这就是现实。所以，如何让这个国家变得更美好，是不是只有靠少数族裔和主流群体里的有远见的人的共同努力，争取更多的平等权益？

奥巴马当选了，当然具有划时代的意义。但是有人心里不舒服，上个星期六的报纸新闻让我的心情很沉重。其中有篇文章以“总统竞选激发几百桩种族主义意外事件”为题，摘抄几段：

佐治亚州一个九岁女孩的父亲对她说，他希望奥巴马被刺杀而死。

Potok，白人，说他看到很大一群白人表示他们感觉到他们失去了他们所知道的一切事情，由他们的先父建立的国家被人偷走了。

在缅因州一个叫Standish的地方，有一个杂货店让顾客签名打赌看哪一天奥巴马会被杀，赌金一元。

……

够了吗？够了。

文章最后一段是一个社会学家加拉格尔（B.J.Gallagher）的话，他写道：“一只孔雀在企鹅的土地上……如果我不能伤害我感到愤怒的人，我会把愤怒释放到替身身上，即与他同一个种族的人。”

够了吗？我们可以带着怎样的心情入睡？

2008.11.21

他们有意绕过我

今天我在学校一个关于“本城市与民权”的讲座上见到一位当地的教会私立大学里的法学院教授，他深色西装，打着一条颜色活泛的领带，是一位白人，从纽约和旧金山的大学转到我们这个白人占88%的中等城市工作，也就是四年的时光。

他的演讲颇符合人们对一个法学院教授的期望，吐字清晰，风度翩翩，也许还刻意地展示一种“纽约腔”？因为我感觉得到他很注意自己讲话的语速、讲话的质量、讲话的派头和气质。总之，我对他的演讲水平是折服的。

他列举了许多我们这个城市在公民平等与社会公正方面做得不够甚至很是差劲或糟糕的地方。比如，城市的人权委员会的九个职位在网页上居然全是“空缺”这样的令人疑惑和尴尬的字眼；比如，城市的警察系统被联邦某机构评价为有种族歧视的行为；比如，城市监狱里的黑人比例大大超过其在总人口中的比例。演讲的最后环节自然是提问题与回答。

一个问题来到我心里，我想，我的学生（每一次都是白人男生）常常提出的一个令他们很困扰或他们很想学习的概念——反向歧视（Reverse Discrimination），他们都是基于黑人对白人的歧视而提出反向歧视这个问题的。照我的理解，反向歧视也是歧视，只要是歧视，就是违法的。但是法律上有这么一条吗？法律上规定的条文好像都有一个假定（assumption），就是歧视是发生在统治群体对弱势的种族的歧视上而非相反，但是这个假定本身是否值得问一个“是这样吗”，我为什么不趁今天这机会来问问这位法学教授呢？这个问题，在今天这样人全部坐满，大概有两百多人的讲厅里，是一个合适的问题吗？他不会不知道答案吧？我心里慢慢想着这些问题，准备看时机来提问。

等大家的提问进行了五六分钟后，坐在最后一排的我举手问：“我就是好奇，想请教一下有没有一条法律来界定什么是反向歧视的？”（我的问题不可谓不直截了当简洁明快，因为我感觉时间有限没时间说太多铺垫性质的话了。）

他明显一愣，然后有点口吃地问：“你说的反向歧视是……”我没想到他会把球踢回来给我，我问这个问题时也的确是假设他也知道什么叫反向歧视。

我回答：“反向歧视通常是指少数族裔对主流群体、主导群体（dominant group）的歧视，在学生们的日常对话中，他们时不时地会提到反向歧视这个现象。”

他显得毫无准备，然后说：“反向歧视，这个嘛，呃，这个吗，呃……哦，平权行动法案（Affirmative Action），这是一个常被指责为导向反向歧视的政策。”我马上在下面点头表示对他的支持。

“平权行动法案之所以受到了打击，是因为主流群体在担心人们的竞争是否还是公平的，一味照顾少数族，那么主流群体的利益就受损，在高等教育中对平权运动法案的批评尤其引人瞩目，还有东部消防员的个案，也可说是反向歧视的例子……”这位白人教授找到了话匣子。

他一直在说话，但是一直没有说到有无对反向歧视的法律上的审定和考量标准。接着又有人问他两个问题，他很快地回答了他们，主持人看时间到就宣布散会了。

我想我该去向他表示谢意，或告诉他为什么我要问一个显然令他有点措手不及的问题，也趁机和他再探讨一把反向歧视。

于是我走上前面他演讲的地方，我们学院的一位历史老师正向他介绍自己，并和他交谈，我站在历史老师旁边，很自然地等他们聊，希望他们聊完后，可以开始我们的话题。他和那位历史老师握手言别，这时我以为他会来和我打一下招呼，然而，他跳过我，很热情地去和一位站在更远处的观众席的人握手，我也就跟着站到他们身边去了。

那个人刚才也提问了，现在他们开始谈论一个现象，就是人们喜欢根据相貌猜测谁是罪犯的一个实验，他们热烈而熟络地交谈，以至于我在想他们之前是否就是熟人。他们不停地说着，我站在他们旁边听他们讲，三分钟过去了，五分钟过去了，十分钟过去了。他们不停地在重复一个同样的心理学实验的话题，连我都觉得他们简直就是在没话找话了。只是这个教授一直好像根本没有看见我。

我的耐心和勇气已经近乎用完了，我还要去准备自己的东西呢。于是我退出那块地方，经过主持人身边，谢谢她主持了这样一个很好的活动。在我要走到门边时，我听到那个提问的人问我说：“对不起，是不是我妨碍了你要和他说话了？”

我淡淡地说：“没关系，我得离开了，因为我还有事。而且，那不是一个容易的问题，我知道。”（我心里说的是我就是没事也经不起这么干耗着啊！）

那位法学教授说：“给我写邮件，我们可以讨论。”我点点头谢了他一下。

可是回到办公室，我忽然意识到他其实两次绕开了我，回避我，而去和我的历史学同事聊，和那位显然在谈话秩序上应该在我后面的人讲话，而就是对我的等待视而不见。其实我知道（我自己也做过演讲），做完一个演讲后有人等着和你交谈，你是能看得出来的，要不然你也太迟钝了，可我觉得他是有意避开我，难道是因为他不想和我讨论反向歧视这个（政治不正确的）烫手山芋？这个现象本身不就很有趣吗？

这个大学在当地就算是一个公认的精英学校，里面的教授自然是精英。精英，在这位法学教授身上尽管很微妙却很精确地显示出来：他们不相信除了自己之外还有“明白人”（明白人不等于是真正的明白人，或任何时候都很明白的人，所以我加了引号），他们并不认识自己，自然也就无法真正认识别人。或者他们根本没有兴趣去认识在他们的判断里没有“价值”的人。因为他把我晾在一边“凉快”的过程，不愿去探讨一个哪怕是棘手却也是必须去面对的话题，不就是一个显示他自己的傲慢和没有好奇心的过程吗？

在一个关于民权的讲座上，我像空气一样透明，法学教授在我问了一个他基本上没法回答的问题后，越过我转向了两位白人，我为自己在等得不耐烦之后，选择义无反顾地离开、给他一个脊背的做法感觉很好，为自己喝彩吧！我做了该做的事情。

这件事情很小，对有些人而言小得或许不值一提，但是我看到的是，人与人之间的互动，很多时候极其微妙。

2010.2.27

何谓制度性歧视

这个周末在万维网上拜读了两篇关于美国种族歧视的文章及评论，发现评论不约而同地集中在一个看法上，即认为现在美国已经没有或基本没有制度性歧视，有的只是种族之间互相的偏见。我想说一说我所知道的从社会学角度对制度性种族歧视的定义和例子。

少数族裔与主导群体（minority group vs. dominant group）是社会学种族与族群文化研究的一对重要概念。在这个大的概念范畴里，有几个关键的概念或术语是有明确定义的，因为如果没有明确的定义，就无法进行对现象的分析；所谓的分析，其实就是看可以用什么概念来理解现实生活中的具体事实或社会现象。

这几个关键的概念是：偏见（prejudice）、歧视（discrimination）、意识形态种族主义（ideological racism）、制度性歧视（institutional discrimination）（Joseph Healey，*Race*，*Ethnicity*，*Gender*，*and Class*，5th edition，2011，pp.33−37）。那两篇文章列举了人们日常生活中的行为，很多跟评中提到美国的制度性歧视已经没有了或基本消失了，是这样吗？或者

说，换一个角度，即从社会学角度看，是否这个概念已经基本过时，找不到生活中的实例了？这里我想说说社会学对制度性歧视的定义，以及通过研究指出的制度性歧视的实例。

要弄清楚制度性歧视，不能不提歧视，或个人歧视。这两者是有区别的。对歧视的定义是这样的："歧视，或个人歧视，是指对一个人或多人的不公平对待，而且这种对待是立足于这个人或一些人的群体身份（Discrimination is defined as the unequal treatment of a person or persons based on group membership）。典型的例子是，一个雇主决定不雇佣非洲裔、波多黎各裔、华裔、犹太裔的申请工作者。如果受到不平等对待的对象是属于某种族或文化群体的个人，那么这种行动就是歧视性的。"（Healey，p.34）

制度性歧视的定义是："与个人歧视相对的社会（层次的）歧视。制度性歧视指的是已经模式化了的不平等对待，这种不平等对待是由于群体身份而引起，而且这种模式是编织在、建立在社会每一天的运行中，与社会的操作糅合在一起。而且不论这种行动是不是有意识的。公立学校、犯罪与司法公正系统、政治与经济制度可以以把一些群体成员置于不利地位的方式运行。"（Healey，p.35）

在另一本社会学概论教科书中，对制度性歧视有这样的说明："制度性歧视可以是看起来是对种族持中立态度然而在事实上有歧视性后果。制度中的个人做的是歧视行为而却毫无意识。他们做的决定会使有色人种受到严密检查或审视，即使他们不是刻意要这样做。"（Steven E. Barkan，*Sociology*：*Understanding and Changing the Social World*，Brief edition，p.166）

制度性歧视可以是明显的，也可以是隐形的。明显的制度性歧视有这样几个例子：

1. 住房抵押贷款：20世纪90年代初对全国银行的抽样调查发现，即使是申请抵押贷款的人有同样的信用历史，但是非洲裔和拉丁裔的人有高达60%的被拒绝贷款的概率。2002年的调查也有类似的发现。

2. 2009年的银行调查发现，银行有意地对少数族裔收取更高的利息。对于一个终生贷款，更高的月付可以多出10万到20万美金。

3. 医疗健康领域：有色人种比白人患病的概率要高（Barkan，p.166）。研究发现，非裔美国人比白人更少接受一些可选性治疗手段，如冠状动脉（或静脉）分流术、导管插入术、换膝等。还有一个1999年发表的研究报告了一个实验结果，让几百个医生看由演员扮演的白人和黑人“病人”的录像，每一个病人都向医生抱怨同样的症状和痛苦，然后当医生被问询是否他们认为病人需要进行心脏导管插入手术时，发现非洲裔病人比白人病人更少被医生推荐这个治疗方案。不论这些医生是有意识还是无意识，结果是一样的：非洲裔病人更不可能接受有可能是挽救他们生命的心脏手术，原因仅仅是他们是黑人。

以上三方面的例子来自两本社会学教科书：汉斯林的《社会学入门：一种现实分析方法》（James Henslin，*Essentials of Sociology：A Down-to-Earth Approach*，2011，p.222），以及巴坎的《社会学：理解和改变社会世界》（Steven E. Barkan，*Sociology：Understanding and Changing the Social World*，Brief edition，pp.166-7）。

隐形制度性歧视也有许多事例，这里就不展开了。

也就是说，制度性歧视至少在银行和医疗系统都还顽固地存在。另外在雇人、教育系统、司法公正的执行、媒体报道方面，也有制度性歧视，此文就不展开了。如何应对制度性歧视？这是另一个很大的话题，本文只想说说自己对万维这场“现在还有没有制度性歧视”的讨论的个人看法。

我想别的学科对歧视、制度性歧视可能会有自己的定义，如管理学、政治学，等等。我希望我们能就歧视这个社会现象进行针对具体事物的讨论和交流，如果对于一些关键的概念，讨论时能指明概念的出处就更有利于互相了解各自观点的来源了。我发现，现在的讨论并没有建立在对概念的统一认识上，而是自说自话且缺乏理论来源，这种讨论不会太有建设性。

2013.4.8

附本文中提到的教科书中引用的原始参考文献：

1. Blank，E. C. & Venkatachalam P. & McNeil，L. & Green，R.D.，“Racial discrimination in mortgage lending in Washington D. C.：A mixed methods approach”. *The Review of Black Political Economy*，33（2）（2005），pp.9–30.

2. Turner，M.A. & Freiberg，F. & Godfrey，E. & Herbig，C. & Levy，D.K. Smith，R. R.，*All other things being equal：A paired testing study of mortgage lending institutions.*（Washington，DC：The Urban Institute，2002）

3. Thomas，Paulette，“Boston Fed finds racial discrimination in mortgage lending is still widespread”. *Wall Street Journal*（Oct. 9，1992），A3.

4. Thomas，Paulette，“U.S. examines will scrutinize banks with poor minority–lending histories”，*Wall Street Journal*（Oct. 22，1991），A2.

5. Smedley，B.D. & Stith，A.Y. & Nelson，A.R. eds.，*Unequal treatment：Confronting racial and ethnic disparities in*

healthcare.（*Washington*，D.C.：National Academies Press，2003）

6. Schulman, K.A. et al., “The effect of race and sex on physicians’ recommendations for cardiac catheterization”, *The New England Journal of Medicine*, 340, （1999）, pp.618–626.

注1：因为从网友评论看来中文的“制度”与英文的institution有些不太对应的地方，我想有必要多说一句，介绍一本社会学教科书关于social institution（社会制度）的解释：

“social institutions：the standard or usual ways that a society meets its basic needs—vitally affect your life. They not only shape your behavior but even color your thoughts.

What social institutions are：the family，religion，education，the economy, medicine, politics, law, science, the military, and the mass media.”（Henslin，2011，pp. 90–91）

（译文供参考：社会制度：社会用以满足其基本需求的标准或做事情的方式。社会制度对人们生活有巨大的影响。它们不仅影响人的行为也甚至会影响人的思想。

什么是社会制度：家庭，宗教，教育，经济，医药，政治，法律，科学，军队，大众传媒）

注2：我为什么把institutional discrimination 翻译成“制度性歧视”？

这个概念强调的是歧视已经渗透在人们日常生活中。而这种日常生活其实就是我们和各种各样具体的组织打交道的过程。如果在找工作（经济制度）、看病治病（医药制度）、购房贷款（经济制度）等方面都受到不同对待，那么我们可以说歧视成为一种制度化的实践（institutionalized practice），即整个社会对某些群体有系统性的区别对待。

我对制度这个概念的理解是，严格说来，制度有两种含义，一种是单一的制度，这样的制度下面有相应的群体或组织，如教育是一种制度，它下面有小学、中学、大学，学校体育队、教师工会等；医药也是一种制度，下面有医院，药房，保险公司；所以制度是包括了组织和群体的一个更大范畴的术语。

另一种含义是“制度”也指各种制度的集合，把上述各种制度（家庭、宗教、教育、经济、医药、政治、法律、科学、军队、大众传媒）综合在一起，就是社会制度。

所以当一种制度表现出对一个人群的不利对待，可以说这是特定的制度歧视，如银行的制度歧视，某个用人机构的制度歧视；而当各种不同的制度都表现出某种相似的行为特征，如对某个种族普遍有很不公正的对待时，我们可以说这已经上升为一种社会制度层次的歧视，或称“制度化的种族歧视”。（institutionalized racial discrimination）

而且，我查了一下网上，对这个英文的翻译就是“制度性歧视”。特此说明一下。

亚裔学生在入学申请时受歧视吗?

2013年3月11日美国国家公共广播电台（NPR）的《关键时刻》（On Point）节目很精彩，主持人请的是西北大学亚裔美国人研究中心主任、社会学教授卡罗琳·陈（Carolyn Chen，音译）；另一位嘉宾是曾经在三所名校（包括卫斯廉大学、布朗大学和哥伦比亚大学）里做过15年的招生工作的罗布·布加林（Rob Burgarin）。

这一期节目的话题是：大学录取以及亚裔美国人因素。

这场节目的缘由来自卡罗琳·陈去年12月19日在纽约时报发表的一篇文章——《亚裔：太聪明了也不好？》（“Asians: Too smart for their own good? ”），这一类文章总是会引起人们的争论的，这篇文章同样引起人们关注大学招生中如何对待亚裔学生这个话题。

我星期一就在上班路上听到了部分的节目，今天我找出这个节目网上的连接，也找到陈的原文拜读了。我想对NPR这个节目做一些评论，因为这样的讨论很有价值，它能引发我们更多的关注和思考。

陈列举了两对很有比较意义的数据：亚裔美国人在美国人

口中占5.6%，而在常青藤学校中占12%–18%；而犹太人只占人口2%，但是在常青藤学校的比例达到25%，但是似乎没有人对这个现象有太多异议。

陈的观点是，仅从亚裔在精英学校里的比例已经远远超过了亚裔在人口中的比例看。是的，这好像已经很公平，人们甚至觉得亚裔太多了吧。但是，如果看他们的英才特点（merits），即他们在学校里得到的分数、在统一考试取得的成绩、学术荣誉和课程之外的活动，亚裔美国人在这些学校还是没有达到他们该有的比例。为什么这样说呢？卡罗琳根据的是亚裔在最好的公立高中里（如纽约的史蒂文森高中、布朗克斯科技高中，旧金山的洛厄尔高中，等等）亚裔学生占40%到70%的比例。言下之意，12%–18%的录取比例与在很挑人的高中里40%–70%的比例对比就说明，亚裔录取比例还是偏低的。

在卡罗琳的纽约时报的文章里，她指出，在2009年对9000多申请竞争性很强的大学的学生的调查中，社会学家埃斯彭沙德（Thomas J. Espenshade）和雷德福（Alexanandria Walton Radford）发现，白人学生和亚裔学生在同样的学习成绩的前提下，白人学生被录取的人数是亚裔学生的三倍。这里有什么不对的吗？本来白人就比亚裔多得多嘛！这个问题也困惑着我，我在网上找到这两个社会学家的书——《不再隔离，但仍然没有平等：精英大学和大学生活中的种族与阶级》，简要地看了一下内容介绍，我觉得书的观点是，在一个强调追求多元性的美国社会，实际操作和多元性的追求还是背道而驰。当然我需要具体地去看这本书的观点，这里只能说这是我的猜测。

1920年代，哈佛人在担心，有太多犹太裔的哈佛还是原来的哈佛吗？名校里出现许多犹太学生后，学校就在招生时要求学生交代家庭背景，招人标准上同时出现了一些模糊、主观性的指标，如强调“性格”“领导才能”“有主见”“有气魄”，而今天人们在问，有太多亚裔的哈佛还是哈佛吗？今天与1920年代何其相似！

有意思的是，这种主观招生标准在犹太人在政治上争取到了一定的地位以后，就销声匿迹了。也就是说，犹太人有了政治地位后，对他们在大学里“是否太多了”的狐疑就消失了，而现在轮到的是发出亚裔“太多了”的愤懑之声。

卡罗琳的主要观点是，大学招生的（种族）配额制是不会明说的，但是这确实存在。这些年人们把精力过多地放在去看公立大学里被平权行动法案（Affirmative Action）招进大学的学生，而忽略了受惠于精英大学招生中的青睐校友或富有的捐款人的子女的事实。富人如果能够给学校两百万的捐款，他们的子女进入一个精英学校就易如囊中取物。

换句话说，就是过去一直存在的精英大学更多地招收来自上中产阶级家庭的白人孩子的情况，没有改变，而且后来出现照顾运动员进入精英大学的政策，哈佛大学有很多学生是因有过人的运动才能而招进去的。关于这个情况，我以前写过一篇文章，题目是“了解美国：美国大学招生的平权法案和另一种隐形政策”。当时我写那篇文章想指出相关研究的发现，这种因家庭富有和捐款而被录取进去的学生以及校友关系而录取进名校的学生（遗产学生），其成绩往往比因平权政策而录取进去的学生的成绩要差；他们纯粹是因为钱的因素而被接受，而且其比例高达14%，平权法案招进去的学生比例是7%。而亚裔学生与这两样都不沾边，亚裔还没有富有到能给大学捐款，在运动员这个领域他们并不是一个被青睐或父母也没有鼓励他们靠这个谋生的群体，所以这些方面都没有什么优势，只好靠成绩和领导才能来被挑选。

那么招生委员会是用一种什么样的眼光来看亚裔候选人的呢？大学对亚裔美国人仍然有很多过于简单化的刻板印象，

认为亚裔都是一样的，他们都会弹钢琴或拉小提琴。卡罗琳指出，由于大多数亚裔学生进的是公立高中，这样的学校往往不会像私立高中那样，有咨询员给予怎样写入学申请信的具体建议，看起来这又是一个很吃亏的因素。大学招生委员们希望在申请信中看到学生闪光的个性，他们希望申请者不仅成绩好，还致力于知识钻研、具备知识分子的素质。而要雇佣咨询员指导申请信的写作，一个家庭要花两万美金；亚裔一般没有钱干这样的事。

卡罗琳显然对美国精英学校的招生制度中对亚裔的对待是持有批评意见的。她认为很难进的名校并不是以英才教育体制（meritocracy）作为招生的标准，名校的招生并不公平。名校招生委员会没有给公众一个交代，为什么我招的是这些人而不是那些人。而这样的明显对亚裔不利的招生状况之所以发生和持续，与亚裔在美国政治中没有一个声音，人们知道不招亚裔学生不会有不良后果所以有恃无恐，有直接关系。

听众不时地打电话进来，其中就有一位讲她领养的来自韩国的女儿如何优秀，却仍然没有进到梦想的罗切斯特大学，当然也没有被她的第一个梦想学校哈佛录取。这位听众认为是她女儿的亚裔背景使她不利。否则没有什么别的原因可以解释的。

有一位听众还问：“我女儿一半白人，一半亚裔，她填申请表时是否该透露亚裔身份？”

卡罗琳坦承这是一个极为棘手的问题，可以听得出她没有一个好的答案可以给听众，甚至有些语无伦次了，最后她表示“不管你是否声明自己的亚裔背景，你的姓往往会透露你的亚裔属性，那么这种非常个人的事情就还是你自己做出最好的判断吧！”

第二位嘉宾罗布·布加林与卡罗琳·陈的观点并不一样，

他认为，名校招生不只是看成绩，面对一个90%来报考的学生在每一方面都异常出色的情形，大学考虑的是“多元的多元化”（multiple diversity），考虑的是这个学生可以给校园带来什么，怎样创造一个社区，所以一个种族即使是来自不同的区域的人，也成了一种多元性，所以存在有些来自同一个大城市、同质性很强的申请人，就不一定都被录取，但有可能录取来自小地方的那个同样种族的申请人。例如：一个蒙大拿州的亚裔学生可能就会比一个麻州波士顿市的亚裔学生被录取的可能性大。一个单亲妈妈带大的孩子和双亲家庭出来的孩子，走过的道路可能就是很不同的，这，也是在招生时被考虑的多元化。

第三位嘉宾是来自加州大学伯克利分校的历史教授戴维・霍林格（David Hollinger）。他说，亚裔在他的大学占到50%的比例了，69%的伯克利学生有一方父母是出生于美国之外的。他想声明的大概是该大学的情况和美国大多数地方很不一样。

这场主持人和三位他请来的嘉宾之间的对话是很理性、平和的，卡罗琳这位社会学家对于招生现状中优先招白人上中产阶级的孩子和运动员作了揭示，指出这种优先政策对亚裔学生、对工薪阶级的白人孩子和所有少数族裔的孩子以及移民，就存在着系统性的歧视。

对于这种今天的不平等，对于80年前发生在犹太人身上而今天在亚裔身上重演的歧视现象，卡罗琳认为除了参与政治该别无他法了。作为社会学家，她很可能因为自己的亚裔身份（姓陈）而对这个社会的种族与高等教育的状况有比较深刻的研究和思考。其实，依我看来，许多不流于表面的思考，是因为自己经历过被歧视才会引发的。但我感觉她也有些顾虑，她只能点到即止。而那位在名校招生委员会工作了15年的布加林，则没有觉得招生有什么不利于亚裔的情况，而强调学习成绩不是唯一被看重的，多元性才是被看重的。

这两位嘉宾观点明显是不同的，因此我觉得他们无形中在进行亚裔入学是否受歧视的观点交锋。至于他们为什么会面对一样的事实却有不同的看法，我猜测是由于受到的学科的训练而导致看问题的角度完全不同：一个有社会学视角和没有社会学视角的人看世界的结果是有很大差异的。社会学本身就强调批判性思维（critical thinking），注重看大多数人有没有被特定政策影响，即使有个别人不符合大多数人的遭遇，但是这不能否定普遍的状况。通过这个节目所谈的和我自己的思考，我同意卡罗琳的观点。整个社会对亚裔的偏见和过于简单的看法，精英学校的招生人员怎么可能完全避免呢？招生委员会的人自己的种族构成又是什么样的呢？这些可都直接影响招生的行为。

亚裔学生的硬指标（成绩）和软指标（领导才能），都不逊于白人学生，但正如卡罗琳的文章引用的研究指出的，同样的成绩，白人学生却以三倍于亚裔的比例被常青藤学校录取，这给社会提出了一个带刺的问题，什么是权利、特权，什么是机会、英才管理？为什么我们可以对这种不公平现象熟视无睹？仅仅因为受影响的是一个人数不多的族群亚裔美国人就可以不管？怎么办？等待别人来恩赐是不会有结果的，只有更多的亚裔学生的家长和亚裔社区认识到这个问题，想想看要怎么做，怎样在政治上有具体的作为，这就是这个节目给我带来的思考。

2013.3.16

相关链接：

NPR3月11日的节目Discriminations against Asians in College

Admissions 链接：http：//onpoint.wbur.org/2013/03/11/asian-discrimination。

Chen，Carolyn，“Asians：Too Smart for Their Own Good？”链接：http：//www.nytimes.com/2012/12/20/opinion/asians-too-smart-for-their-own-good.html？_r=0。

我们是否太善良？

引子：美国ABC电视台晚间11点半的清谈节目《儿童圆桌》里，主持人吉米·金梅尔（Jimmy Kimmel）发问的方式引起了华人社区的极大反感和反弹，由于他道歉的态度缺乏诚意，在各大城市引发了华人的抗议游行活动。我这篇文章是对一位华人学者针对此事所做的CNN专访有感而发的。

这些天万维上有很多文章，是表达对由于ABC节目主持人吉米·金梅尔引起的在美华人抗议游行的看法的。我在汪翔博主的文章《华裔，别被他人当枪使》中，看到许多精彩的评论。其中一位叫“真空”（Vacuum）的网友，语言理性、就事论事、逻辑清晰，就一些华人博主的具体观点有针对性地回应了很多让人有很大思考空间的话。

我在这位评论者的评论中看到CNN一个节目的链接，是对位于纽约的佩斯大学的会计学教授李春燕的专访。李教授是参加游行的人之一，还发表了8分钟陈词极富感染力的街头演讲。她对这个儿童圆桌节目有强烈的意见。

节目开始是播放儿童圆桌节目的两个片段，一个是吉米问：“我们欠了中国很多钱，1.3万亿元，怎么办呢？”一个男孩说出了那句现在已经很有名的“话”：

“那我们就到中国去把那里的人都杀了吧。”

吉米说：“把中国的人都杀光？噢，那是一个有趣的主意。”

第二段是这个主持人又来了一句：“我们是否该允许中国人活着呢？”

这一次，镜头上有两个孩子的形象，一个是那个说要杀光中国人的男孩，一个是坐在他旁边的女孩，你可以清楚地听到有好几个声音是说“Yes！”，而有一个声音很清楚，就是开头说话的这个男孩说了“No！”。旁边的那个女孩有点惊讶地看着这个男孩说出了这样的话，镜头到此截断。

主持人指出，正是吉米·金梅尔问的第二句话引起了很大的感情上的反应，这句话被认为是非常不尊重人的。

主持人说：“李教授，你对这句话有强烈的反应。”

李春燕说：“作为教育者，我对此事的关注、担心多于被冒犯。我关注的是这样的事给公众播出所带来的后果。在CNN的公开的所谓的道歉中，这个第二句话没有被提到并回应过。尽管主持人已经就此事道歉了，但他在10月28日华人第一次抗议游行时说的是‘今天是很怪的一天。如果我说了什么而冒犯了任何人，我道歉。如果我冒犯了你，对不起’。我们不认为这是一个真正的道歉。我们问过很多人，都认为这不是一个真正的道歉。从那以后，我们的愤怒升级了。”

一位主播问：“现在已经道歉了，那么你们认为要怎么样才行？”

李春燕不卑不亢地说：“首先我想声明，我们的愤怒不是针对那个六岁的小孩；下一步是建立一个沟通的渠道，来表达我们的关注和担忧。所以我很珍惜今天这个机会，来表达作为一个少数族裔的担心。不论何时，当我们听到这一类的种族评论，我们会感到恐惧。因为我们来自一个种族歧视的背景，来自排华法案的背景，来自1980年代针对陈果仁的仇恨罪背景，甚至日本人被关入集中营也出现在我们的对话中。

人们会想，哇，你们把这事弄得太大了吧。但是如果你可以换位思考的话，就会理解我们真的很关注这个事。

除了这个种族的事情，作为教育者，我担心的是，我们在给我们的孩子传递什么样的信息？”

另一个坐得比较远的主持人打断了李春燕的话，说：“在这个国家有很多种族歧视，这不是第一次歧视中国人、意大利人、爱尔兰人……都受到过这样的歧视，但是为什么这一次就击到了按钮了？”

李春燕说：“我们也反省了很多，为什么他会挑着中国来说？是不是我们太善良了，太好人了？我的一个朋友的儿子说他想做一个传单，写着‘不要因为我人好就想占我的便宜、利用我’，这句话真是令人心碎。这真的就是我们的感受。如果是别的债主国，会怎么样？还会觉得这么滑稽吗？——如果也播出来的话。”

这时候旁边的主持人说，“迪斯尼对这件事很认真，他们不想失去中国这个巨大的市场，迪斯尼在中国的市场有25个亿。”

节目片段就此结束。

我的看法：李春燕是一个严谨的学者，她纠正过自己一句“我们想怎样”为“不是我们，是我，我只是孩子的母亲和一名教师”。这句话让我觉得，不随便代表别人而只代表自己，是一种清醒的自我评价，这和中国式的谦虚还不是一回事，这是严谨的政治参与意识。

· 李春燕在采访中，不卑不亢，没有一点愤怒或不理性，只有就事论事地表达自己的看法。当时看到她是会计学教授身份时，我有一点出乎意外，我想这样的民权活动的领头人，不是从事政治学、社会学、社会工作的，而是会计系的，这只能说明她更棒！她用《排华法案》、陈果仁事件来说明为什么这件事会引起华人社区这样的反响，真是正中问题的靶心。我为华人中有这样一位据理力争、敢于面对大众传媒表达自己看法的人而振奋。

这次全美华人在大城市的游行抗议ABC播出不尊重华人内容的节目的行动，确实证实了在美国这块强调公正和自由的国土上，各族裔的权益要靠自己用正当手段去争取的道理。我觉得从结果来看，行动是很有成效的，ABC做出了道歉（尽管有为自己在中国商业利益而担心的考虑），取消了儿童圆桌节目。我相信这一次事件会在美国少数族裔争取权益的道路上留下一个痕迹，不管网上有多少种负面的声音、打击或嘲讽，历史在遇到有自尊自信的人群时，会有它相应的记录。

2013.11.19

李春燕CNN节目链接：

http：//edition. cnn. com/video/data/2.0/video/bestoftv/2013/11/12/kimmel-china-comedy-skit-turner-newday.cnn.html

被收回的微笑：我所遭遇的种族歧视

我在社会学概论课上，讲到种族歧视、尤其是为了说明个人歧视和制度性歧视这两个概念的不同时，喜欢用自己的一段飞机上的经历来作为现身说法：

三年前的春天，我去西雅图开会，开完会坐飞机回来我们这个城市。当飞机着陆后，大家一个个排队准备离开飞机。走道很窄，一次只能允许走一个人。

我听到飞机上唯一的空姐和乘客们道别的声音，“祝你下面的旅途愉快”“希望下次再见到你”“祝你下午愉快”……我已经准备好她也会和我道别，也准备好回应她一句同样友善的话语了。没想到，她见到我，那原本已经弯下的腰僵硬了一下，微妙地回到了原位，而我似乎都能从她那嘴角的准备运动中看到有一句问候的话到嘴边，却又缩了回去。她什么也没有说，就是这样看着我从她身边离开。我记得我用一种意味深长的微笑看了她一眼，我相信她能感受到我的微笑，我走下了飞机。

看到一些学生有些惊愕的表情，我说我给你们示范当时的情形吧。我做了一个弯腰致意然后又慢慢把头有点傲慢地昂起来什么也没有说的姿势。

学生们很安静地看着我示范，我能感受到他们在暗自思忖的神情。

当时的情形是我听见她又对后面的每一位乘客重复问候道别的话，所以我确信她只是忽略我，刻意不跟我打招呼。

我说："你们怎么看？这是歧视吗？"一些学生点头说，是。

一个男学生举手，他说："可能她看到你的样子，认为你不会讲英语。我在亚利桑那州坐飞机的时候，乘务员经常不对我说问候的话。"

我问："你觉得为什么会这样？"

他说："因为我是墨西哥人，他们可能不喜欢我们这样的人。"

"哦，他们判断你是墨西哥人所以不问候你。"我说。

"我的样子是比较美国化的墨西哥人吧……"他自我解嘲地笑着说。我也笑了。但是我心里同时在冷笑，我冷笑这些势利的飞行公司。

一个男生举手，我示意他发表看法。

"也许这位空姐有许多年给亚裔、墨西哥裔打招呼的经历，但是从没有收到过人们对她的回应，所以她认为不值得再付出努力了。所以就不给你问候了。"说这话的是一位白人学生。他痛恨美国巨大的贫富差异，可是到这个判别种族歧视的关口，他说出的是这样的话。

心里一下觉得似曾相识，不止一两次，当我说这个例子时，总是有学生为这位空姐的行为找原因。这次是这个理由。上次是"可能她看到你是亚裔，而亚裔是比别的种族聪明，所以她感到被你侵犯了。"——作为亚裔我就要对让空姐看到我这张亚裔的脸都会给她造成了冒犯而抱有内疚感吗？这也是

“理由”啊？

我说：“你为什么要为她找理由呢？为什么你会觉得亚裔和墨西哥裔就倾向于不给她回一句问候呢？”

他说：“没有，我只是在想可能是这个原因。”

另一位男生要求发言，他说：“我在机场工作，可能是因为她觉得你穿的衣服比她有档次，所以就嫉妒，就不问候你了。”这是一位墨西哥裔的男生。

我觉得很好笑，学生们也在笑，我说：“你是在开玩笑吧？哈哈。”大家都放开来大笑起来。气氛很轻松。

我说：“行了，我们别为她找借口了。她做的事情是歧视就是歧视。我认为这是个人歧视，如果她对所有不是白人的人都这样，而如果我们这些不被问候的人都去投诉，而如果公司不对她采取任何措施的话，那么这种个人歧视就上升到制度性歧视了。”

一位女生说：“即使你认为乘客听不懂英语，你可以微笑，微笑是大家都明白的语言啊。”她显然对那位男生的找借口不满。

又一位中年的女学生问，“那么你做什么了吗？”她是一位墨西哥人和美国土著人结合的后代。

我说：“是啊，过去的班上学生也问我这个问题，我没有做什么。事情太小，我急着回家，所以就没有投诉。飞机场上的情形，让你很难停下来和她认真计较。但是我是应该要去做点什么。所以我就给你们讲我这段经历来教育你们了。”

这位学生接着问：“如果在这个城市的饭店发生这样的事你会怎样做？”

我说：“我会去和他们的经理谈。饭店的情形不同，你不急着去哪里，要谈。”

我觉得这个女生追问得非常好！

我并不是想推论到总体，但是我发现模糊之中是有规律的，通常都是白人男生倾向于为空姐的行为找借口。很有意思，不是吗？

这正说明了另一个概念："白人特权"（White Privilege）是如此真实地存在。白人特权是什么？是白人与生俱来的由于肤色而享有的一些日常生活的特权，如他们享受一些"人上人"待遇，容易被尊重，被器重，走在不是他们居住的社区里也不会像黑人那样被尾随，甚至被怀疑要偷鸡摸狗而引来警察。但是他们并不意识到自己有这种肤色带来的特权，而且白人特权指的往往是白人男性的特权。

美国，一个无法回避种族问题的社会！

2014.6.4

在美华人关于美国种族问题的几种惯性思维

我写博客的网站，是一个定位为“全球华人精神家园”的中文网站，在这里“种族”可说是一个热门话题，我经常看到探讨美国有没有种族歧视的文章，分享作者遇到的具体事情然后问大家这是不是种族歧视的文章，也看到写美国司法系统不公正案例的系列文章。我自己因为教种族方面的课，也会分享一些我看到的美国社会学者对种族问题的研究结果，或提出一些令我比较困惑的概念希望得到高人指点迷津，比如反向歧视，比如平权法案。有些文章变成讨论的热点，收到大量评论，有时多达上百个，这当然是好事。耐人寻味的是评论很多元，有的给我很多启发，也有不痛不痒的，还有很多对我揭示美国有种族歧视冷嘲热讽、气急败坏、破口大骂的。这些评论者都是第一代移民，绝大多数是受过西方高等教育留在北美工作的，也有少数人文化程度不高，还没有理解文章的意思就跳起来反驳。网络时代的好处是大家可以“畅所欲言”，但公共场所使用的语言毕竟是人自己心灵的写照，那些破口大骂的评论暴露的是评论者自己的素养极低和心灵阴暗至极。

总的来说，大家对标题有种族字眼的文章会很感兴趣，都想来说点什么，但我觉得某些话反映了华人的一些思维定式，也可称为习惯性思维。一群人看同一篇文章看到同样的例子，有些人的看法会比较趋同，另一些人的看法又表现为另一种走势，人们不约而同地会有比较类似的看法，不同的人好像被不同的吸铁石吸过去了似的，表现出不同的意见群组。

首先须要明确种族主义的定义：在社会学上，种族主义是一种基于对种族的看法而做出的歧视性行动。这定义说明种族主义既可以是种族偏见（指态度和观念）和种族歧视（指行动）的综合体，也可以只是行动本身而不涉及观念或偏见。

对于种族问题，总结网络评论，我认为华人表现出以下几种：

1. 分不清偏见与歧视是两个概念，混为一谈，而且在有人指出以后不愿相信，固执地坚持这两个东西就是“一回事”。这种思维反映了对种族议题至少没有好奇心，自己的主观意见成了压倒一切的结论。

2. 认为美国已经取得了很大的进步，没有种族歧视了，有也只是个人之间的歧视，小事一桩不值得追究。即使面对陈果仁事件这样的被法律蔑视亚裔生命的血案，连很多美国人在也是第一次知道后都义愤填膺，对司法系统作出质疑的时候，不少华人自己却无动于衷，认为这是个别例子。他们不知道只要涉及司法系统，个案就是系统有问题的反映。甚至有人幸灾乐祸地说：这样的事情有多少啊？等一千年才等到了陈果仁的案子，拿种族说事的人当然不能放过这个出风头的机会了。这种挖苦语言真是极其恶毒的。我相信这样没有是非感的人的心已经不是正常的“人心”了。

3. 认为除非专门研究种族主义，否则不要天天讲种族主义，因为歧视是不可避免的。在美国谁钱多谁就是主人，所以没钱就认命被欺负就是了。看到女性博主写种族歧视，还“好言”劝告女人还是说说怎么做点好吃的，说说怎么打扮，干吗要给自己添堵呢？这是对问题采取回避态度、以为回避了问题，问题就会自动消失的一种思维定式。而且还有一种对女人的偏见在这种思维定式里。

4. 认为歧视哪里都有，自己要放松、想开点。此外，还要检查是不是自己太敏感了，往往觉得有歧视都是自己太敏感造成的，或者没本事的人才会被歧视，有本事的人走遍天下都吃香。华人被歧视是由于不去选总统、不做志愿者，所以该改变的是自己而不是社会。有很多人看到我介绍的陈果仁的案子后，表示华人应该反省自己不愿去投票，不去了解美国社会游戏规则只圈在自己的小圈子里头，造成不了解社会所以被歧视。这种看法貌似有理，但常常是在偷偷转换话题，因为它始终就没有承认过种族主义是存在的，反而是否认其存在的。或者说华人一旦被歧视首先该反省自己做错了什么。对于陈果仁这个案子，我不知道如果陈果仁是自己的家人的话，他们还会这样做高高在上状教训陈果仁该好好反省反省自己吗？

我认为这种喜欢反省自己的习惯性思维和中国人追求“和谐”、遇事喜欢息事宁人的文化密切相关。对于陈果仁被害的案子，有评论说：“陈果仁真不该去哪个脱衣酒吧，那是‘红脖子’们藏污纳垢的领地，一只羊进了狼窝，能有啥好结果。”可以说这就是这种思路的反映。

5. 认为美国的歧视状况并不严重，大家该知足了。这也是相当普遍的一种思维，每一次讨论什么事情是不是种族歧视时，总会有不少人表示美国比中国强多了，不要吹毛求疵了，言下之意这讨论都是浪费时间的。我奇怪的是到了美国，有些华人并不觉得应该以主人的姿态生活，反而自觉地做二等公民，为什么要提中国以转移话题或用中国的状况“更差”来安慰在美国的自己？阿Q精神万岁吗？

6. 首先认定美国就是天堂，是天堂怎能容忍有第一代华人来批评美国，说美国有种族主义？有人认为讨论种族歧视就是在宣传乌托邦思想，是想把美国变成共产主义国家的痴心梦想。对于种族讨论总是如临大敌，生怕有社会学或心理学训练的人出来说美国还有制度性歧视这种非常难以改变的痼疾，只要说了必唱反调反驳之。有趣的是说这些话的人往往文化程度不高，但说出来后就会人追随，还表示对说的人勇气的赞赏。追随者是许多在美国拿了博士或硕士学位的人，这个很有意思。这里反映的问题是受教育的华人对制度性歧视这个需要一定洞察力和理解力的概念选择“集体失明”。只愿承认存在比较容易辨别、伤害性远没有那么大的个人歧视。更有甚者，有人认为指出美国有种族歧视就是想分裂美国。还有我发现抵赖美国有种族歧视的行为，事实上也是在反对一向坚持新闻公正、促使公众思考一些棘手议题的美国国家公共电台。只要有公共机构讨论种族歧视，就有人恼羞成怒。

我暂且把以上这些思维定式定义为“内化了的华人种族主义现象”。

华人通过自己的艰苦奋斗和找对了突破口，在美国这块新大陆上获得个人的成功的例子比比皆是，这也促使第一代中国美国人中有一种很普遍的思想：相信靠个人努力可以在美国改变自己的命运、取得成功，同时因为我们的聪明勤奋甚至会比美国人更成功。这与美国主流社会的个人主义思想是如出一辙的，而更有讽刺意义的是，这种个人主义信念受到土生土长的美国社会学家的尖锐的批评，他们指出：美国的个人主义，认为个人奋斗就会成功，不成功就只能怪自己做得不好不要怪社会环境，这种思想本身就是种族主义思想。当时记得我看到这样的研究结论时非常震惊，好几天都缓不过劲来，但细细思考之后我承认这个脉把得很准。我让学生看同样的文章，他们也表示这条观点太“辣”了，真受不了。

有些华人移民在国内没有受到过社会学、历史学的思维训练，没有从机构、制度以及它们形成的历史去思考的习惯。华人到美国后忙于生存的挣扎，少有闲情逸致静下心看看历史，想想权力是怎样决定哪个群体有更多的成功机会、哪个群体注定与监狱为人生伴侣。结构性的思维角度（而不是个人性的思维角度）告诉我们，一些少数族裔如黑人、墨西哥裔因早期受压迫而导致的在资源配置上恒久处于劣势、这种劣势影响到几代人的发展。更要命的是，社会认定黑人贫穷是因为懒惰，这种负面标签会引发一个人破罐子破摔从而印证这种标签的“准确”。华人成功者多数是靠读学位、靠从事技术工作取得中产阶级的中上层地位，华人确实也要强、努力工作。但是我们要看到的是，社会怎样对待一个陌生人的“你”？如果走进一个不熟悉你的环境，你的学位、地位可能不如你的长相和说英语的方式那么明显可见的时候，你会感受到社会如何看待亚裔、华人，你会看到什么是“真正的颜色”。

有人愿意分享一些学术上已经得到承认的成果，而有些人选择无动于衷或否认种族主义的存在，我可以不夸张地说，我们许多华人是在为美国种族偏见和歧视推波助澜！要改变种族歧视这个集体性的遭遇，首先一个群体要形成一种意识。而拒绝承认种族主义存在就是拒绝形成一种集体意识，那么我们这个族群在美国社会的地位只会原地踏步甚至倒退。也难怪儿童圆桌主持人吉米·金梅尔在2013年还会问“我们是否该允许中国人活着呢？”这样的问题。

我对种族也是到美国后才有了一些思考，而且发现我的思考和非社会学背景而且拒绝接受社会学角度的人的思考很不一样，这种发现和自己同种族的大多数人思考方式和结论完全不一样的处境使我倍感孤独。我2014年回国买到一本向往已久的书，是在美国某著名大学任管理学教授的刘贤方博士写的《人生落子无悔》（河北教育出版社，2006年版），6年前光看到这书名就令我激动了很多天。书写得很感人，也有许多实用的励志型的人生指导。然而当我看到下面这段话的时候，不能不停下目光重复看了几次：

> 美国政府每年投入几百亿美元以帮助社会下层群体，并制定了一系列反歧视和保护弱小族群的法律法令，以纠正历史上遗留下来的不公正，可是黑人的经济地位仍然没有得到根本的改善。今天，仍然还有人把此状况归罪于存在于一百多年前的奴隶制度。
>
> 我无法认同那种寻找替罪羊、为自己开脱的心态。这不是进取的态度，不利于当事人的奋起。而且，它也是站不住脚的。
>
> 我初到美国时，从事过最底层的工作……最后我改变了命运，可他们中的大多数却仍在挣扎。……很多华人，初到美国，一无所有，靠着自己的努力，逐步地从社会底层崛起。
>
> 总而言之，我坚信，在大多数情况下，客观因素不是起决定性作用的。……我们只能创造生活，实现个人最大价值。

这段话和我用的种族关系这门课的教科书上的一段话简直可以说一模一样，只是说类似的话的是一个白人女性，是她在接受访谈时对非洲裔美国人处于社会底层表达的看法。而教科书是把这段访谈作为解释一个概念来引用的，这个概念就是——现代种族主义（Modern Racism）。

现代种族主义的特征之一是相信少数族裔处于较低的地

位是他们自己的错，社会已经没有正儿八经的歧视了，是少数族裔自己有毛病。我相信刘教授作为一个著名大学管理学教授不会赞同传统的种族歧视思想，大概也不会知道这样的思想是会被社会学种族理论这样去看，这个概念和我上面说的认为个人主义信念就是种族主义的表达方式实质是来自同一个思辨思路。这个令我和学生都觉得很“辣”的思想的确够我们喝一壶的，但是看到一个来自中国的美国成功人士表达这个看法还是令我很感慨。也许在学习融入美国社会的时候，多数人想的是怎样学一个可以生存赚钱的专业，但是我们是否多少也有点必要学一下社会科学、人文科学对美国社会和历史的研究、看一下他们批判性的思维方式，虽然这不像学习如何投资炒股、市场营销，会给你带来明显的经济效益，但是它可以使你有一双敏锐的眼睛，看到社会对待人的方式，使你看一看自己是不是平等地活着，使你看到自己这个族裔在社会的眼里到底是如何被打量的。

美好的生活是要靠众人去创造的，美国宪法有追求平等的理念，使我有理由相信有希望最终实现平等。既然种族的事情和每一个人都有关，那么社会学关于种族的严肃思考不该被我们接触一下、学习一下吗？为什么有些人要抱着那么反感的态度去对待社会学的理论，仅仅因为它说的是不那么中听的大实话吗？我们能否想想不但要有技术立身，也要在尽自己的公民义务上做点什么，以确保你身边的人对你、对每一个人都平等、充满善意。

2014.9.10

第三章

我在美国当教授

引言：关注平凡

2001年我到美国，2002年9月拿到博士学位就开始在斯波坎社区学院做兼职老师，从未正式讲过课的我一上讲台就要教美国学生，而且是讲社会学这个比较复杂的学科。我没有学过教育学理论，不知道怎样当老师；博士学位也不是在美国读的，而是在当时很多人还不太了解的香港中文大学。很多关于教育的东西是通过事后的反思，慢慢琢磨出来的。开始教书的那五六年，我经常感觉自己在和学生的碰撞中“头破血流”，迷惑、不知所以、被挑战、尴尬、失败，以至于自卑感都形成了。深感语言障碍巨大之外，还有不同的思维方式和文化背景的隔阂。我可以和学生交流思想，但不自如，苦恼找不到可以让我显得“有学问”的词，常用些通俗易懂的大白话，但后来事实却又证明能用通俗易懂的大白话说清理论的关键或精髓，才是更不容易的事，这当然都是后话了。不管怎么说，语言包涵着的是文化的规范、看世界的方式，有太多的细节我要先去相遇，然后思考。

在中国，我一直是老师眼里的好学生。在我的学生时代，中国的学生从小学到大学都并没有被鼓励要提问题，我们擅长的就是做笔记、死记硬背。直到研究院时代，看到香港老师上研究生课程时，鼓励并要求学生发表自己的见解，才使我看到原来课可以这样上，受到很大的启发。香港岁月奠定我在美国教社会学的方法：要讨论，因为讨论里面有思想的声音。而我在美国教书最大的乐趣也是听学生讨论问题，从讨论中你才能听到学生对同一篇文章的不同见解，才知道他们掌握了什么、忽视了什么。美国的学生是敢于直抒己见的，有时候直抒己见就是对老师的挑战，而且学生里面有极其多元的思想、社会背景，学生本身就不是一个整齐划一容易分类的群体，你不知怎么就踩到了学生里的地雷，如种族、性取向就是这样一种“屡踩屡爆”的话题。所以学生中的大多数根本不是我自己原来设想的单纯、好学、尊师；许多时候恰恰相反，他们有的经历很多，有的根本没把你放在眼里，认为自己的经历胜过一切教科书知识。我最高兴看到的是一些原本自以为是的学生在学期快结束的时候说自己学到了很多东西，发现社会学很有趣。

因为知道自己的短处，我是真的把一些学生当成我的老师去看待。我觉得中国的大学老师在尊师重教的文化里受到学生的尊重，学生只能以“教授”或“老师”称呼，美国人，至少在社区学院这样的环境，推崇平民文化，学生有叫我博士、教授的、更多的是直呼其名——我已习惯于自己和学生在人格上的对等。这样实践的一个好处是，许多时候我感觉我和学生就是同班同学，我们是在一起上一门课，我不想拿着架子假装知道文化的奥妙之处或怎么解决棘手的社会问题；社会学这个学科的性质决定了我们对于人的属性、社会的性质，并不提倡什么标准答案；承认有大量的问题没有答案，只有如何去解读，我和学生都是在探索“为什么”一类的问题，我的工作是介绍相关的理论或概念使学生明白一些原本看不透的事情。在我的这门课上，学生们通过讨论和做报告获得思想交流、碰撞和交锋的机会，进而扩大自己的视野。这门课得到了美国学生的认可和欣赏。

这里收入的文章是我和学生在课堂的互动，你会看到我的喜怒哀乐和学生的思想观点。我在教学上并非顺利得不经“事儿”，我的学生写过充溢种族主义思想的作业，我受到过同性恋学生的挑战和抗拒。遇到麻烦事后，我的系、学院的同事、领导帮我处理这些事情，我倒是看到了美国民主精神的具体体现。学校对学生的言论处理非常慎重、以人为善，对我这个新老师的提醒、给予的建议也让我感到个人的教学理念和方法是受尊重的。

据观察，我所工作的地方——社区学院并不会受到大多数留学移民的华人的尊重，因为华人关心的是“藤校”和排名，我这种学校哪里会被放在眼里。我的例子的意义，就是展示在这种不起眼的学校，学生的思想表达、教师的教学方式都有严格的程序去保证表达的自由、教学的自由。

在社区学院教书的经历对我是有所改变的，它促使我开始关注平凡的人，促使我开始思考教育的意义究竟何在。很多人在年轻的时候都认为自己是不平凡的人，以为能做出一番宏伟的事业，这是我们的理想主义教育在我们身上留下的痕迹。但是等毕业20年后我们也能看到大多数人都是平凡的人，然而平凡并不等于懒惰，平凡就是努力工作，接受结果的平淡，不要后悔。能够身心健康地活着本身并不容易，我感谢我遇到的人和事，我在国内时接触的人是单位大院、研究机构里的与我背景类似的人，而我在美国能够做一名教育者，接触美国普通人家庭出来读社区学院的学生，他们80%都半工半读，有五花八门的社会经验。与学生接触的经历使我庆幸自己在中国不用那么辛苦工作挣学费，促使我做出对社会从下至上的思考，使我具备分析能力。

作为“火”的社会学

社会学（sociology）对我的影响是什么？这是近年来在我心里越来越频繁发问的一个问题。原因不外乎两个：一个是我很多时间是教社会学基础课，这个学科所提出的问题大都直指个体与社会的关系。我的学生在课堂上对一些热门社会议题五花八门的反应让我看到在一个崇尚个人自由的国度个体思想的多元性，这令我很自然地会和我上大学的时候对比，追问那时候我们能否有这样的多元性，想必今天的中国大学课堂在这方面已有所改善。

另一个原因是和我的家人讨论问题、熟人朋友聚会谈论一些事情的时候，我感觉到我和许多人对特定问题的看法不太一样的，什么问题呢？比如对同性恋的看法，对婚姻平等（同性恋婚姻应否合法化）的倾向性，对美国社会有没有种族歧视的看法。我注意到我们很多人对黑人、西班牙裔的印象，很多不过是重复主流社会固有的简单化印象。我猜测，因为大多数从国内来美国读书后留在这里生活的人，读的是研究院，而且多数是技术性学科，所以他们不需要上社会学的课程，对这些事情的看法都不是上社会学课程后而有的，而是自发的原生态的个人角度。我相信，如果一个人去上一些社会学的基础课，那么他对一些棘手的、没有简单答案的社会问题的看法是会受到挑战的，而且至少会对自己自发状态的想法在心里有些辩论的。

要说社会学对一个人的影响还要看一个人受到的是怎样的社会学的教育。中国大陆和美国的社会学教法是很不同的，教出来的社会学学生也必然是不同的。

多年以后我才认识到，社会学的确是一个很特殊的学科，其特殊性在于它有一种批判精神，它喜欢问权力是怎样形成的，喜欢问人们习惯于照单全收的知识是怎么来的，这是知识的知识学了。很多学科是为了传授予人一种技能，或说得直白一些，是要传授知识以便将来直接去解决技术问题，而不是去问社会的现状（如财富、权力怎样配置）是怎样形成，社会的系统对个人有什么样的影响，可以说这些传授技术的学科不会强迫人们走出很有限的生活圈子、跳出习惯性思维，去意识到个人之上还有一个社会，这个社会才是我们赖以呼吸的空气和立足的土地，我们不过是一棵植物，空气和土地的质量直接影响着我们的身体、心理健康。

在一个不用社会学视角的空间里，个人想的总是怎样做才能达到个人利益的最大化，个人能责怪自己的也是自己还不够努力，人与人之间能互相指责的也是他人的懒惰或不够努力。尤其在美国，个人主义是这个社会普遍接受的价值观。追求自己的梦想，从底层也可以攀到最高，只要你努力，并且要非常努力——这就是美国梦，是几乎所有美国人信奉的“圣经”，很少有人会去怀疑它。但是社会学却会去怀疑它，社会学里的冲突理论角度会让人们看到，能否攀到最高不仅只是个体层面的问题，还要看制度设计对哪些人有利，而哪些人被长期排斥在梦想之外。这就是为什么一些群体的美国梦延迟了这么多年，还没有实现。可以说如果每个人只要很努力，就可以实现自己的美国梦，即机会平等，被平等地对待，那么这个社会就达到了公平、平等。但至少目前，这仍然是许多人的一个梦。

这些思考是社会学带给我的。这种思考得益于一个概念：意识形态（ideology）。意识形态是对现状进行合理化的一种信念或信仰。如果现状明显是不合理的，而却有一套说法（往往是自上而下的，在媒体里经常看到听到）在说这种现状是合理的，那么我们可以肯定，这是意识形态在起作用。这种情形很多，白人至上种族主义思想就是一种意识形态，今天的社会不会让这种思想再像50年前一样肆无忌惮地大行其道了，但是更微妙而隐蔽的现代种族主义思想却悄然登场，所以才会造成今天仍然有许多制度性歧视的存在，而这种制度性的歧视的直接后果就是各种族之间还没有接近竞争条件上的平等，虽然在法律条文上的平等已经达到。而制度性歧视仅用肉眼是不容易看到的，这里需要一定的分析能力。有人说今天的美国已经有黑人总统了怎么还有制度性歧视？要说明这种观点的幼稚需要篇幅，也不是我在这里想展开的，只能说这个观点是把一个复杂事情看得太简单了的例子，而持有这种太简单的观点的人估计还不在少数。改变制度性歧视需要人们的集体意识。如果集体处于无意识状态，那么每一个人都有可能在事实上滋长这种现状而不自知。

性别不平等在一百年前也是很合理合法的，女性没有选举权被认为是天经地义，这种什么是“天经地义的”往往就是意识形态的表述方式。今天的性别意识形态是什么？女人要瘦削才美，瘦得像广告里的模特一样才美，还要表现出顺服于男性的样子才美；女的当不了领导、当不了总统，因为女的就是要差些。这些就是今天的性别意识形态的例子。

当我意识到社会学的主体精神，即大多数社会学家体现出来的东西，是一种怀疑的精神，是一种对极端的特权持批判性态度，同时也自然而然会对弱势群体的生存状态多一份关注的时候，我对自己在中国受到的社会学教育也就不能不用批判的眼光去看了。我认为我们在20世纪80年代末受到的社会学专业训练，只注重研究方法而不敢去触及社会学的精髓：批判性视角看社会，或者说以当时的历史条件确实无法具备介绍批判性视角的能力——我们当时的老师都是从别的系抽调来，也不是受社会学训练出身。这与当时很多人认为社会学不需要专业训练，只要会讲哲学、政治经济学就能教社会学这种庸俗化社会学的思想是相合拍的。许多老师在教了我们以后就出国留学，到国外学习社会学去了。

我们的本科训练先天不足，而整个中国社会对于接纳带着尖锐思想锋芒的社会学思想和思维方式也是先天不足。尽管五四新文化运动时期李大钊先生倡议过“群学”也就是社会学，但由于历史和现实的原因，社会学鼓励的怀疑精神在大学课堂、在民间都是欠缺的。

不排除有一些希望维持现状而造成事实上迎合当权者的社会学家，也有一些只想采集数据、对社会基本就是进行统计性归纳而不触及社会深层次问题的社会学家。然而，还有更多的社会学家面对权力过度集中、贫富分化的社会问题，向当权者提出严厉的拷问。许多著名社会学家代表社会的良心，为平民、为底层做了许多实实在在的事情。这样的学科能不特殊吗？从事这样的学科的人身上是有“火”的，这可以从美国一些社会运动的领导人，一些成立帮助穷人、移民或难民的非营利组织的发起人，就是有社会学学位或受过社会学课程训练的得到佐证。我这学期和一位已经教社会学27年的老师一起合教一门课，她上课时对“美国梦就是美国主流社会的意识形态”有到位的分析，比我更直截了当，令我受益。在一次与学生的讨论课上，这位对奥巴马政府寄予了希望的社会学老师说过的一番话令我印象很深，她说：

> 美国总统总是有经济顾问，那些经济顾问认为他们知道如何解决问题，但是我认为他们还不懂。要懂得美国，得有社会学的角度，得懂得美国的方方面面。经济不是唯一的引起问题的原因。我认为如果总统自己能有社会学学位会更好，那样他们会知道怎么解决问题。很多人都认为自己知道解决问题的办法，但是我怀疑。因为只有当你懂得问题出在哪里，你才真的知道可以怎么解决问题。

我觉得这番话也完全适用于中国，中国的领导人改革后也一向倚重于经济学学者的意见，但我认为这其中缺乏社会学的角度。其实中国的许多问题即使是经济为其外在表现形式，而内在还是由于资源、机会的不平等分配导致，即深层次而言这是社会学的问题。

社会学还是一个极其不受尊重的学科。很多人觉得用社会学方法做的调查研究得出的结论不过是自己早就知道的常识，所以认为靠想象就可以猜到结果。社会学说出来的话不像有些学科如国际政治学、经济学那么高深莫测，那些学科的报告会把人听得一头雾水，而社会学说的好像不过是平常人的生活琐事，是街谈巷议似的东西，于是不少人以为只要买几本书在家看看就一样可以掌握社会学的真谛了。但是社会学的批判性思维不是一时一日之功，这种批判性思维也有赖于一颗不那么功利、势利的心。甚至就是从事社会学研究或教学多年，如果你没有有意识地去思考一些棘手的问题，而是绕着走、挑安全的东西来弄，那你仍然可以是一个缺乏批判性思维的“名义上的社会学家”。

社会学是尊重现实的，要求的是真实，要避免方法上人为制造的偏差而导致研究结论的无效或扭曲。注重方法论的社会学者本身会特别珍惜、看重来自一个群体或组织各个角落的声音。我记得我的硕士指导老师在评价她在大陆做工人研究的经历时说过：

> 我做过田野研究后才知道研究是一件多么花费时间、精力、要很用心去想去分析的事情。所以我尊重每一个花时间去做的研究。而且我也发现很多人对做社会学研究没有什么尊重，包括从事社会学的人或是企业里的管理干部。他们以为只要给你几个工人去访问，你就可以回家写论文了，他们也不愿给你你想要的研究对象，而只是派那些平时听话的工人来给你做访问。其实很多人不知道什么是社会学，也不尊重做社会学的人。

我的导师为了做博士论文，出身于富人家庭的她在深圳和香港两个玩具工厂的流水线工作了一年时间。很多年前，从英国留学回国的费孝通为了研究瑶族人的文化，深入广西瑶族山区，他年轻的新婚妻子也落入捕捉动物的陷阱而死去。社会学研究是很艰苦或危险的，那么在课堂里讲课应该轻松了吧，但是我和我的有种族主义思想的学生的交锋，就像一场看不见硝烟的战争，经历了才知道其滋味。这些又何尝不是一场真实的田野研究呢？

为了能进一步深造，我去香港的一所大学上研究院。那时候去香港读书要办理复杂的留学手续，香港是一个神奇、充满魅力、中西文化融合得极其自然的地方，也是把我悄悄改变了的地方。虽和深圳只是一河之隔，但的确是两个世界，因为那里的政治制度与大陆不同，那里的老师都是留学西方知名学府的博士，采取的是西方国家的教学路径，我们的指定阅读全部是英文。而且这些材料中很多是美英学者对中国社会经济、改革的批判性的分析，一个个颠覆性的概念、理论被放到眼前，我感到思维受到极大的冲击。

在那里的六年，改变了我对中国社会模模糊糊的认识，变得更具批评性，就是因为那里的教育的直接后果。对来势汹涌的大陆商业化、消费主义的反感和困惑，使我冥冥之中走了一条和很多当时一起读学位的同学完全不一样的路，他们拿学位后回到自己的单位或调到更好的大学，相继担当了学术或行政重任。而我来到了本土博士都不容易找到理想工作、竞争性极强的美国。

诚实地说，在香港的六年，使我对中国大陆开始有了一点批判性思维，但另一面对美国却是一边倒的崇拜。以为美国就代表了公平、正义，最先进的国家，最好的理念。殊不知正是由于要教社会学，而接触了大量美国本土学者对自己这个社会的分析，加上本来已经有意识被训练的看问题的视角，我看到了由社会学家们所揭示的一言难尽的美国。人生是一个过程，能够一点点思考和认识一个在许多方面都是“世界第一”的国家，无论怎样都是一种提升。

我认为美国大学和政府没有某种依附关系，大学有很大程度的学术自由，这是最可贵的地方。教学也有自由，什么议题都可以讨论，不能回避。即使人们知道一些东西很敏感，可是不会因为敏感就得绕道而行。我喜欢让学生讨论，发表见解，既有幼稚的声音，也必然有老练的声音。从学生身上我总是学到很多，我感谢他们，就是那些让我感觉“头破血流”（心里的感受）的学生，我也感谢他们，因为没有碰壁就没有成长。

社会学身上是有“火”的，这种“火”，正是它可贵的地方。认识到这种“火”，认识到这种“火”对社会的影响，是目前我的一点思考。

2013.4.1

校园枪声犹然在耳：一个永远的问号

2007年4月16日上午7点到10点之间，在美国弗吉尼亚州的布莱堡镇的弗吉尼亚理工大学发生了震惊全世界的校园枪杀案：一名枪手手持两把手枪，在学生宿舍和教学大楼里先后枪杀了两名学生及30名正在上课的学生和老师。这起事件是美国历史上死伤人数最多的校园血腥事件，美国再次因校园枪杀而令国内及世界震惊。第二天，这个枪手的名字就通过媒体传遍了世界，他叫Cho Seung-Hui（赵承锡），23岁，生于韩国，8岁随父母移民来美国，是该校大四英语专业的学生，计划于5月12日毕业。

我最关注的问题是：他为什么要这样做，美国人自己怎么看这个事件？

我在“社会学概论”课上问学生的看法，他们都说“很可怕”。一些学生说他们最想知道是什么事使他要做这种可怕的事，是什么样的挫折使他走了这一步。

我和东华盛顿大学社会学系的一位老师谈及此事，她从香港来美国读书，博士毕业后到该系任教，我们之间说话较为直率。我们平时总用广东话交谈，感觉很亲切。我用庆幸的语气说好在枪手不是中国人，她马上说“不过都没有分别的了。他们（指美国人）看我们的样子都是差不多的了。”我却比她乐观，或者是天真吧，我愿意把美国人往好处想，就说：“那还是不同的吧。要是这都分不清，也太糟了。”她说：“你看报纸上强调的是他是外国人，其实这跟这件事根本没关系嘛。”我说：“是啊，他在这15年，是受这里的教育长大的呀。怎么能还说他是个‘外国人’？”

一种悲痛的情绪总跟着我，忍不住想找朋友说说这个事，排遣心中的悲伤和压抑。报纸上已用非常肯定的调子说美国的个人拥有枪支权法案不会因此事件而有改变的希望。此事促动了我的一段回忆：去年教“美国社会问题”这门课时，我曾给学生出过一道辩论题，“你认为加强个人枪支控制会改善校园枪支犯罪吗？”，令我心中暗暗震惊的是，十五人的班居然没一个人举手表示“会”，在一面倒的气氛中，我想有人即使想说“会”也碍于从众压力而不说，但并没人下课后和我私下里说点什么。这个班绝大多数学生不相信也不愿意个人拥有枪支的自由被约束。他们振振有词地说他们从小就是在有枪的家里长大的，关键是父母得管好自己的孩子。而就在上这门课的同一周，美国三个州发生了三起校园枪杀案，其中影响最大的是送牛奶的卡车司机在宾夕法尼亚州枪杀近十名Amish（阿米西人）小学女生的案子。可是就是在这样的事实面前，这个班的学生仍然难改初衷，不愿改变一下思维方式，那还有什么好责怪的呢？问题似乎出在平民们自己身上啊。我当时真有寒心的感觉。

我打电话给好朋友爱芙，她是一位70来岁退休的白人社工。她听到我说为4月16日的悲剧十分难过后，说了这样一番话：“那的确是一个悲剧，但是，我们每天在伊拉克的土地上，每天都使孩子失去父母，父母失去孩子，这些人的生命价值难道就比在东边那所学校的年轻人少吗？可是我们这样大张旗鼓的去报道过吗？”我内心受到很大的震动，因为我看到了一颗正义的心。但我还是把话题带回来说校园枪击事件更引起我对个人枪支法的关注，她赞同我的说法。

枪手的姐姐在20日公开发表了一份代表全家和她个人的声明，题目是“他令世界流泪”，文章写得真实，表示家里人也有太多的困惑需要解答，有几句我记得特别清楚的话是：“我们是一个相爱而亲近的家，我弟弟很安静内向，同时也挣扎着想融入社会。”最后这一句话，一下击中了我的“社会学想象力（the sociological imagination）”那根筋，我想我已经猜到了一个故事的另一半——一个只能由枪手的家人如这个姐姐和他的小学老师和朋友来述说的部分，而这个部分，是理解所有问题的关键。明确地说，就是一个移民要融入一个崇尚过了头的个人主义的、蔑视穷人、人人只顾自己、无暇顾及他人的社会，一种不是写在纸上却是一些人做事的潜规则的文化，在这种文化中长大的孩子，在多年的压抑后，走极端就会出现这么一种结局，原因难道真的仅仅是“他自己做出了错误的选择”“父母该管好自己的孩子”吗？

枪手在学校里几乎从没有用眼睛正视过老师同学，媒体这样报道：“他总是戴一顶帽子，坐在最后一排。”“一次老师让每个人写下名字，他画了一个问号，老师问他，你的名字叫问号吗？”

4月20日东华盛顿大学的社会学系有一个午餐讲座，主讲者是做社会公正的理论研究的，我与他的沟通印证了我的感觉：个人主义走到极端就是没有社会责任感，如果有人早点和枪手真正地谈谈，让他不至于孤立自己到极点，可能会不同。我说中国的班里从小学一年级开始就由班干部和老师沟通学生情况，见到一个同学不理人、不对头、情绪反常是要干预的。他连连点头，说这个很重要。

朋友，还记得我们做班干部的年代吗，也还记得有同学反感班干部管得太宽吗？个人与集体永远相互依存，不是吗？至少，这位社会学家已向我表示反思和重建一种超越惯性式的个人主义新文化的急迫性，枪手的姐姐在呼唤沟通，到底是什么让枪手上路，真希望这不会只是一个永远的问号。

2008.5.5

几个“浪子回头金不换”的学生

我有许多学生，令我印象深刻。有从小到大都是好孩子的学生，来社区学院上学图的是这样的学校注重教学而不是研究取向，他们认可这里学费比较公道、不宰人，两年后会转去四年制大学就读；而有些呢，是犯过“事”的，蹲过监狱的，来这儿寻找新的起点，是金不换的浪子。这里我写的是后者。

善良的贾里德（Jarad）

昨天下午三点半，概论101课考完了第三次测验，我拿着考卷准备回办公室时，在走廊上见到了一个男生，正甜蜜兮兮地打着手机，轻声细语地，一晃而过。我感觉似曾面熟，再仔细一想，哦，这不是贾里德吗？他是我2006年秋季的学生，是我在这个学校教书的第一个班的学生。

这门课最大的一个作业是让学生写“自我和社会学想象力”，剖析自我是怎样受到社会（阶级、性别、种族等因素）的影响而形成的。2006年秋是我第一次布置这个占30%的成绩的作业，结果效果奇好，从此我每学期都布置了，但两年后我自行取消了这个作业，因看长文章的工作量太大。

很多文章写得感人而分析力极强，贾里德的文章并非很学术味，但是令我大吃一惊的却是他在文中的坦白，承认自己曾经进过少年监狱八个月，因为在一个加油站打架斗殴而入狱。在文中他说他不是肇事者，但被黑帮的大头冤枉了，进了监狱。他说："监狱的生活跟外面太不同了，那里有自己的行事规则。……在那里，我第一次感到自由是多么可贵，所以我会珍惜铁窗外的自由。许多东西都是当你拥有时不会有什么，只有失去才知道它的价值。我要学习，拿到学位，开始我的新生活。我现在在全职工作，我每时每刻都在争取做到最好。"

看了他的文章，我流泪了，因为太震惊，没想到一个平时总是笑眯眯的学生，在班上有不明白马上就举手问的爽爽快快的学生，第一个抢先做新闻分析的"吃螃蟹"的人，有这样惨痛的经历在心里徘徊。

更让我记住了他的，是在那个秋季学期的最后一周。那晚我突然在家昏倒，子夜时分住进医院检查后发现有胃溃疡并有内出血症状（至今想起还是不寒而栗）。而第二天就是贾里德所在的班最后一次测验发放成绩和对答案，我躺在医院没能去上课，托付先生代劳。于是学生们知道我病了，而那次我没有食言，我答应他们要吃匹萨庆祝学期结束的。先生代替我买了匹萨给学生吃，后来我难得才那样"大方"一次，可能非常规的事情毕竟需要激情才做得到。

冬季开学的第一天上完课，在教师休息室我正吃午饭时，有个老师带进来一个学生，说有人找你。一看，是贾里德！他说："我想拿回那份关于自我的论文，而且来看看你，你好吗？我们知道你病了，我们几个商量给你写个电子邮件，问问你好了吗，但没写，对不起。"

当时我那份感动，是很难用语言形容的。因为我一直处于低潮中，为没有得到工作的事情沮丧着，为兼职工作的境遇悲观着，尽管就是从那年秋季开始，我开始爱上这个学校的学生，但那是一个过程，从此刻到后来“花开”，此刻只是萌芽。

贾里德，很有人情味儿的一个“金不换”学生。

风趣的迈克尔（Michael）

迈克尔是一个非洲裔美国人，可能快40了，大大的脑袋，大大的眼睛，喜剧演员的模子，常常诡异地眨一只眼笑笑；几乎青皮的头，头上有疤，他很大方，嗓门挺大，一看我就老远地叫开了：“Dr.平，你好吗？”还喜欢说“你今天穿得真好看”之类的话，毕竟年纪大了，懂得人情世故。

他从一开始就没隐瞒自己曾买卖过毒品的“罪行”，而且种族身份感明确，常常开口就是“I am African American，so my experience is based on that……”（我是个非洲裔美国人，我的经历就是基于这个……），他的坦诚打破了白人和黑人之间常存在的不好随便讲话的拘泥，在班上创造了良好的讨论气氛。他也很认真，对中国有好奇心，这点是很难得的。

最让我开眼的是当麦克尔做一个阶级的报告时，别人只是从书中念念东西，但他却做了个极具技巧性的报告，用幻灯片做了半个小时的报告，把他负责的工作穷人（working poor）的部分讲得有声有色，完全是自己家庭、家族经历的分析和展示，我记得他说：“在南部（他指密西西比州）我们那个住宅区，犯罪是家常便饭，我奶奶从不指望我能读完高中，退学是家常便饭，加入帮派是家常便饭。”虽然好像大家对这么说南方的非洲裔美国人已经司空见惯，可是从他嘴里说出来，特别直接，没有吹牛，也没有在责怪谁，事实本身就沉重得让人喘不过气来。他让你看到非洲裔美国人今天的生活结果是制度性安排的产物，他诚实地展示了他所住的地方的人因为堕落而导致贫穷，他没有为他的人群辩护，他想弄清原因何在。

今天他还电话留言问我他昨天的测验分数，是这么说的："你好博士，我是麦克尔，你最喜欢的学生，我想问一下我的测验成绩……"，自封是我最心仪的学生？实话说我是比较喜欢他，这么说也不过分；可这样来问分数，还真是麦克尔卖瓜，自卖自夸呀！有一点不过分的自信，也挺好。秋天，他就要转到当地大学去念社会工作专业了，真为他高兴！

给我起外号的乔纳森（Jonathan）

这学期的"婚姻与家庭"课，乔纳森来修了，他是我2007年秋季概论课的学生，也是因为和我熟悉而来重修"婚姻与家庭"这门课的。

在自我和社会学想象力的那篇学期论文中，这个阳光一样灿烂的学生乔纳森披露了他也曾是少年盗窃犯的经历，说因为结友不慎，被拉下水，犯过事。在文中他说："我再也不是中产阶级了，曾经我是，但现在我是工薪族，不再穿名牌，不再用名牌，我看到自己阶级地位的改变，这归咎于我的同伴文化不健康。我不会再和他们往来，不会再自己毁了自己。"当时也像知道贾里德的过去一样，我吃惊，但不再震惊。他的文笔比贾里德漂亮，写得很好，我给了他98分，他很高兴，悄悄给我说："老师，这学校只有你知道我的故事。我从你这里真的学到了很多很多。我会一生都记得你教我的东西。"

乔纳森说我是"closet partier"，也就是关起门来开派对，走到公众场所又一本正经的人，这一说法惹得大家和我都哈哈大笑。我是从他那儿学到这个生动的英文俚语的。他因为是老学生了，很放得开，也很帮忙。虽然调皮还是很调皮的，而且还是和概论课时一样，频频要上厕所，我心说你是不是有啥毛病啊。不过又能拿他怎样？总不能不让他上吧。

昨天我改到他的家庭档案的大部头作业，我又一次被他虽然调皮但交货总是认真漂亮的风格感染了。他的家庭历史的展示，温馨动情，虽然生父离婚而去，但他把生父一张很有风霜感的照片放在单独一页，对亲生爸爸的感情可见一斑。而再嫁人的母亲，和后父的感情很好，乔纳森也很喜欢后爸，很认可母亲的第二次婚姻。

这里是乔纳森文中在最后一段总结在“婚姻与家庭”课学到什么时写的话：

“我在这门课和2007年秋季的社会学概论课里从平苹老师那里学到了很多很多。这两面课主要让我学到了一些社会学的分析方法。在过往的六个月里，我开始培养出一些社会学的视角了……我开始分析情境，分析两个人之间的互动……”

我喜欢这段朴实的总结，没有装模作样的渲染；其实社会学视角就是上两门课，也未必真知道它是什么东西，他能这么去尝试，把它用在生活中，就是个活学活用的好学生了。

乔纳森是白人，贾里德也是白人，迈克尔是黑人，他们都是普通人，是我的三个很有特点的金不换学生。相信他们会珍惜生活，会走得稳当，走得越来越好的。

2008.6.12

教学日记一则

今天在社会学概论课上我让学生们做报告和评论，主题为“美国的阶级”。有几个学生的表现比我期望的要高。

在9：30的课上，当学生杰基（Jackie）讲到阶级会影响一个人选择什么样的配偶，特别是上流阶层（阶级）为了延续他们的家族，对子女找什么样的人做配偶诸多要求；而低些的阶级就不太在意。而且穷人的离婚率更高，许多是由于经济方面的困境而离异的。讲完后，下面的朱力曼（Julieman）举手要求发言，我就让他讲，这个学生来自卢旺达，平时就很善谈，他以卢旺达的难民身份来美已经13年。

他说：“在我的国家，人们不离婚，我在那里12年，住过城市，农村，我没有一个朋友或熟人的父母离婚的；而在美国，我朋友中有一半人是父母离了婚的。”

同学们在那里点着头。看得出来人们在思考他的话。萨拉（Sarah）举手说：“我相信这里有文化的不同，在别的国家，人们愿意为了维持婚姻作出让步、努力，可在美国当夫妻有不同意见，合不来，就放弃，我们就离婚吧。这可以是文化。”同学们也点头。不知道在座的同学有多少是在离异的家庭里长大？根据我从书上看来的统计，保守估计该有三分之一。

另一个学生卡梅伦（Cameron），说到upper middle class（上层中产阶级）的生活，说他们不但钱多，而且人们对待他们的态度都特别好。他说他一个朋友的爸爸是很有钱的人，他们家有钱有地位，这个朋友开车超速被警察抓到，两次了，都是一问他的姓（family name），就不罚了，让他走。我吃惊地问："真的吗？""真的。"卡梅伦说。看来这种"我爸是××"的现象也不仅发生在中国。

下午的课，桑都（Sandu）介绍阶级对人的健康状况的影响，他说阶级对人的健康及所能享受的医疗服务是至关重要的。他有一个没有健康保险的朋友摔断了右边胳膊，去医院，医院给他包扎了一下，就让他回家，一个星期后再去，那个伤口已经自己在长，医院再把他的伤口打开，进行治疗，但已经晚了。这个医院就是我们这里、附近几个州都知道的一个大医院。我在那里住过，服务很好，但现在看来服务好坏和你有没有保险是有关的。

接着特拉维斯（Travis）也说了阿拉斯加州的情况，他说那里很多人就死于寒冷的冬天，他们是一些酒鬼，有点钱就拿去喝酒，这些人都是阿拉斯加土著人。他说当自己看这段（阶级对人的健康状况的影响）的时候，"I just keep thinking and thinking."（"我不停地想着想着"）。他说这话的时候，情绪有点激动，这是我从未看到过的。

"I just keep thinking and thinking."这样的话不是随便说的，不是那种只为了完成任务的人能说得出来的，因为这就发生在他的生活中，而社会学的阶级理论看来可以解开心中的疑团，所以才会由衷地说出这句看似普通其实很感人的话。

有那么一个时刻，我突然很感动。我坐在下面，学生站在上面，他们说出一些生活中朴实无华的真事、我们从报纸上并不常看到的事情，或从已经成功的人那里也不太听到的事情，我突然觉得能和他们这样在一起互相学习真好。人，只有在学生时代，才是最本色的吧。

我提醒自己：保持一点本色吧，像他们那样——我的学生。

2009.3.9

令我倒吸凉气的“文化中心主义”

我在上周末改学生一份关于文化中心主义（Ethnocentrism）的作业，在一个班里的45份作业里，我看到两份这样的文字：

定义文化中心主义

我的信念是白人是这个国家比别的族群更高人一等的群体。有很多理由使我有这个信念。这些理由与合法的公民身份、工作质量、社会交流有关。

不是我歧视少数族裔，但因为我是个美国人，而这里是美国，我认为我可以很安全地说主流群体可以被分类为比别的种族高人一等，而美国的主流群体是高加索人。

移民来这个国家和这里的高质量工人竞争，他们去做短期的、简单的、低薪工作，所有的美国雇主都正在陷入这场阴谋中。我相信与廉价的移民劳动力相比，一般的美国工人所生产的产品质量更高，这些移民劳动力来赚些快钱然后就没有任何成就地离开。绝大多数的工作，那些支撑着我们的经济命脉的工作，是由白人来做的。如果你看看世界500强公司的名单，你可以看到它们主要都是白人经营的公司。

……在一个国家就要说这个国家的语言，有一定的社会标准，人们要以一种别人都能完全理解你的方式进行沟通。我发现和那些不说我的语言的人要沟通非常困难，或者和那些不是以大多数的人的标准方式来沟通的人进行沟通非常困难。我不是说你有自己的文化传统是不可接受的，我只是说你在公开场合和美国的主流人群沟通时，有一个标准需要维持。

作为结论，我要说我并不是要歧视谁，我也接受人们保有自身特性。但是在这个国家，是白人制定生活和工作的标准。我不觉得我作为一个人比任何一个单独的种族都优越，我只是觉得作为美国的主流，高加索人比任何美国别的种族都更高级、更优越。

我的国家

我相信白人种族远比任何别的种族优越且高于别的种族一等，并且我们的国家是积木上最高的一只领头狗（our country is the top dog on the block）。我的理由如下：我们国家是由白人男性在18世纪早期建立的。这些男人创造了世界上最伟大的国家，由最伟大的种族作为其脊梁支撑着它。白人在世界梯子的最高位置。我们走到哪里都是被作为一等公民接待的。我们讲英语，不管走到哪里我们都期望在所到之处与我们交谈的人也讲英语。为了吸引美国人来自己国家花钱，有的国家已经学会做任何事情来让我们美国人宾至如归。当移民来到美国他们被期望要在一夜之间变成美国人，如果他们想被接受的话。他们必须说英文而且要穿得像我们一样，要不然他们就会被叫成是弃儿并被人遗忘。

移民来到美国，他们也想要实现一点美国梦。我们开放了国境线，让这些低人一等的种族（即墨西哥人）进来，因为我们可怜他们的处境，他们可不像我们那么了不起。从别的国家来的人总是想说我们国家的不是，然后当他们的国家被攻击的时候，或者当他们输了一场战争的时候，他们总是乞求我们超人一等的帮助来拯救他们的困境。

（我的）底线就是白人男人是最伟大的并且我们生活在最好的国家里头。

这两份作业是两位白人男生交来的。在社会学概论这门课中，有一个很重要的概念，就是Ethnocentrism，其定义是：人们用自己的文化作为标准、标尺去衡量别的文化，而且往往得出别人的文化不如自己的文化的负面结论，这样的一种现象，称为文化中心主义。只要我们问问自己，并且对身边的人稍微有所观察就知道，其实这是一种几乎人人都有的现象，因为每一个人都是在一定的文化环境中长大的，通常都是倾向于认为自己的文化（文化指思维方式、行为方式，及一些可以传承下去的物品等）是正确、甚至是唯一正确的，而对别人的文化则喜欢以他们和自己的文化有多接近来作为评价、判断别人文化的是非的依据，离得越远，往往就觉得别人越古怪或差劲。

怎样让学生形象地掌握这个概念呢？我觉得让他们写一份“什么是你自己的Ethnocentrism，它发生在什么情况下，并且反省（reflection）从这个概念里学到了什么”，是一种最直接、最有说服力的学习方式。

每个学期我都要布置这份作业，而且从中了解了很多学生的实际经历和想法，绝大多数人都能从中获得反省的效果：认识到自己的文化中心主义，并认识到要用开放的心态去看待别人的文化的必要和重要性。这个概念，对于很多见识不广、自以为是、自我中心且毫不自知的美国学生，是一个尤其重要的概念。在两个班近90个学生中，大多数的学生都能做出反省，有的写得相当深刻。

可是这两份作业让我看下来倒吸凉气，这是我第一次收到这样毫无顾忌、可以说是赤裸裸地表示白人至上主义的观念和信仰的作业。这就是许多美国人都会说的“这是不对的”的种族主义（Racism），在两个不到20岁的学生作业里体现出来。交到我这个显然不是“说我的语言”（My Language）、非白人的老师手里，这作业不能不说是有点挑战和“分量”的。当然，诚实地说出自己的想法是符合我的作业要求的，从这个意义而言，我也欣赏他们，但是，我还有一条要求：反省中必须问自己：你从这个概念学到了什么，反省了什么？这就没有被触及了。按照他们的信念，这反省也根本无从触及。

亲爱的读者，你看了这样的文字，如有什么反应、想法，不妨指出来。我思量再三，决定要把这两份作业给我的系主任、院长和从教多年的社会学同事看看，我很想看看他们会怎么说。

2009.10.26

我要和他们谈一谈

收到两份在文中大胆、诚实地表白了自己白人种族优越意识的作业后，有一个星期我都在考虑下一步该怎么办。说实话，心情颇为压抑，也想过是否不该追究什么，但是作为一个教师的责任感让我难以就这样算了。我知道这是一个言论自由的国家，但是这份作业的目的除了让人们在言论自由的环境表达自己的文化中心主义之外，还要反思，从这个概念可以思考些什么，从而每一个做了作业的人，都经过一些思考，至少知道自己的文化优越感可能会有碍于自己去做一个心胸开阔的人，而这样心胸开阔的人才能接受或欣赏不同文化的优秀之处。从这个出发点，我没有理由不去让这两个学生知道他们的作业没有完全达到我的要求。而且，他们在作业中的用词颇为傲慢自大，从我作为一个有色人种老师的角度看来，无论是否针对我都有那么点挑衅的味道，我知道唯有通过和他们个别谈话才能了解他们深处的想法，而这场谈话不会很轻松，但是我决定不管多么尴尬都要和他们谈谈。

所以在上上周五，在两个学生作业上除了写上评语（内容为文中缺乏反思而且观点难以令人信服）外，我贴了一张纸条，写着："某某，谢谢你的诚实，我们能否坐下来谈谈？"我把作业发回给全体学生，那个写"定义文化中心主义"的学生没来上课，而那个写"我的国家"的来了，我看见他翻开作业看，然后愤怒地一下合上。一下课，他就愤愤然离去，根本没有就能否坐下来谈谈和我表示一下，是没时间表示一下呢，还是不愿谈？我的心真有点灰暗，所以决定要和院长以及社会学同事交换看法。

我和系主任在周四已经交换过看法，我给她看这两份作业，教政治学的她边看边连连惊呼并吸凉气："哦，我的上帝啊，怎么会这样？！"然后她迅速地翻看我的评语，说："我会写和你一模一样的评语，但别把这事看得太严肃了哦，哪里都有这样的学生的。"我说："是啊，只是我在想怎么样能让他们按要求做这份作业。"然后她问我是否受到了威胁，我说："那倒没有，不过这是一种价值观的威胁，种族主义思想就在我们校园里。"她点点头赞同，然后就急着开会去了。

我以为事情在系主任这里就算完了，但是过完那个周末，她把我叫到办公室说自己就作业的事与两位老师做了交流，那两个老师都说这是一个"教育的时刻"（teaching moment），这件事情应该跟进。我建议把这件事告诉院长，她马上表示赞同，她说很想看看业界专家怎么看这件事——我们院长是一个研究歧视与偏见、研究人权的心理学家，在他的领域内颇有名气。

于是，我在上周二把事情的原委写邮件告之院长，为了不让他受我的评语的影响，我自己用电脑打了一遍学生作业，隐去学生姓名，附上我的作业的要求的文件，并请他告之读后感和建议。同时，给一位教社会学二十年的老教师，也是上一届系主任同样内容的邮件，寻求反馈。

院长在欧洲开会，但是他马上给我回了两封邮件。

第一封邮件评价我的反应是冷静而有节制的，但是学院希望能找到一个方式可以厘清一下这件事并使之成为一个学习的机会。他的建议是，找那位我也写了邮件的社会学同事电话谈谈。他相信这位同事比所有人都有经验处理这类事。

第二件事，他问我有没有觉得这是一个不安全的教学环境，因为我提到学生愤怒地离开教室，他才问我这个问题。

院长的第二个邮件两个小时后来了，他说他没有想逃避对这件事的回应，他仍然认为那位教学二十年的同事是最可以给我有价值的建议的人，他也告诉我如果是他会怎样和学生讲。重要的是要让学生投入到一场对话而不是对抗，所以表达自己不同意他们还不如告诉他们："我作为老师已经听到你的声音了，并且我期望你们能在这个课堂里依然对别人的声音保持开放的态度。我感谢你的诚实，我感谢你能在这门课里一直愿意听别人的声音，特别是当我们谈一些类似这种很困难的话题的时候。"

院长说他会向涉事学生发出谈话邀约，而不是去惩罚他们，这是一个非常善意的进一步的举措。

院长说，不论下一步是什么，你的学生已经收到你的信息了，你已经种下了一颗种子，现在你也许看不到即时盛开的花，但是也许在以后的路上会有影响。

院长的话对我当然是很大的安慰，也给我指出了一个努力的方向。同时，收到那位资深社会学老师的回信，说这些学生真的没达到这份作业的要求，你的确需要和他们谈一谈。这位老师说，一般来说她不会布置这种在个人层次作出反思的东西，除非他们可以把反思与社会学想象力联系起来。

我对她不布置个人层面的反思的作业可不敢苟同，在我看来，教育的一个目的就是要让人们学会反思，如果个人不反思，只擅长于指责别人的不是，这个人就不会深刻，对别人也不公平。但是我也为她指出应该和学生谈而高兴，看来我们都想到一块去了。

星期三，我看到那个写“我的国家”的学生回来了，我走到他的座位那里，问他有没有一点时间可以和我下课后谈谈，他说有，我真心地、愉快地说好的，让我们下课后谈谈吧！

下课后我邀他到办公室。他坐下后，我说这份作业有两个目的，一个是说出你的文化中心主义（Ethnocentrism），一个是反思你学到了什么，你非常好地完成了我的第一个要求。他有点吃惊地看我一眼，大概没想到我会夸他做得好，说：“我这份作业做错了。”

我问：“怎么错了？你怎么知道？”

他不好意思地答：“汉娜告诉我做错了，我以为这份作业是让我写出我的种族主义。”

我说：“对，你的种族主义思想可以是一种比较典型的文化中心主义，每个人都有自己的文化中心主义，我也有，但是知道有还不够，还要反思这种思想对自己的行为有什么影响，极端的文化中心主义的后果往往是消极的。”

然后我们谈了他是怎么长大的。他在南加州一个白人占少数的地方长大，黑人和西班牙裔都是多数，而且互相不能来往做朋友。在那样的地方，他有一种一生都难以忘怀的经历，就是肤色不同的人之间交往的冲突、敌意，“那是一种你一旦经历过就会永远跟着你的东西”，我一下子明白了他说白人是最伟大的种族的来源，与童年经历密不可分，这几乎是一种自我捍卫的需要。

他是在军人家庭长大，难怪他说美国到处帮人们去打仗了。军人家庭的人，有的人有一种无法说清的爱国情结。我又明白了一些。

他生父家里是意大利人，妈妈是欧洲后裔。他和继父生活在一起。我告诉他意大利人也曾经是少数族裔，被英国人欺压，后来才爬上高层的。他一怔，看出来开始若有所思。

后来，问他能否加上反思的一两句话，他爽快地答应了，还说星期五就给我。（但是星期五我抓住他问，他说没有做，并道了歉，说下周一交，我且看他能否实践许诺。）

将近谈完时，我说我很快乐今天我们能谈谈，这样即使我们互相有不能同意的地方，但是至少我们交流了，增进了了解。他看去也很愉快，和我说明天见！

我觉得心里一块石头放下了，这场谈话的意义，超过我和一个功课第一次就能做得很好的学生交谈的意义，我深深地感到，找他谈是对的，这种真正的谈话对双方都有好处。

于是，我给院长、系主任和同事都报告了这最新进展，院长马上回复了，说他钦佩我对这场谈话的处理，说我找到了教学的时刻（teaching moment），操练了聆听的技术，听到了学生观点后面的背景。我不是想为他找借口开脱什么，而是找到一个最好的途径去和他沟通。把他和他爸爸作为意大利移民的历史相连，在院长看来，这是理解该学生思想的关键点。

“你今天真正地教育了学生，我为你骄傲！”院长邮件中的这句话在我心里引起了阵阵涟漪，看来，教育不是只在讲台上，真正的教育是启蒙，是敲开启学生心灵的门，令他们对自己的一些观念、做法产生怀疑，愿意多思考一下。

星期四，那个写白人是优越种族，并听不惯不说“我的语言”的学生回来上课，我也问他能否下课留下，他也答应了。

这场谈话因为火警模拟而无法在办公室举行，就在教学楼旁边的另一座楼房的屋檐下，在微微细雨中我们谈了50分钟。

这个学生比前面那个学生壮实多了，大个子，是学校田径队扔铅球和铁饼的队员。问他的名次，他说得过联赛第七名，我说我高中时扔过铁饼，还得过第一名，他马上说那你该来我们队扔呀。从运动着手谈开去，气氛轻松起来。

他来自一个农场主家庭，成长在只有两千人的小镇，家里曾有2平方千米果园，雇的是墨西哥人，最多时家里摘苹果和草莓的工人达到600人，现在家里的地有0.6平方千米，我说，你是富人呢，他笑笑承认了。生父很早去世，妈妈是学校秘书，妈妈男朋友是邮差。

然后我们讲到那份作业，他也说他以为这作业只要讲自己的文化中心主义，我也承认他这方面做得很好，但是没有反思。

我说："一种认为一个种族比别人优越的观念可以说就是种族主义的思想，你认为这样对吗？"他不置可否，我不想冷场转而问他："既然你不习惯和不讲你的语言的人沟通，那我讲英文是有口音的，你听得懂吗？"他说："你没事，我只是……"他倾斜过来，有点不好意思大声说："我讲的是那些，那些……"我接上："墨西哥劳工的英语？"他马上点头。

我问他将来想干什么，他想当体育老师，或空调工人，他姐姐还是读法律的研究生呢。我心想，你该和你读法律的姐姐谈谈你的文化中心主义，我想知道她会怎么看。

这个学生的谈话又给我另一种了解：一个在果园长大，帮过忙，但是没有真的摘过太多草莓的孩子，他看不起墨西哥劳工，这不正常吗？好像也正常也不正常，全看他自己的造化了。即使我自己，如果我和他一样在那样的环境长大，是否也很可能跟他看法类似？我无言。

小雨很耐心地下着，这位学生也答应明天（周五）就交给我反思的话。

周五，他真的交了反思。我看了，是这样：

> 对这份作业的反思我想说几件事。我想人们有文化中心主义是好事，因为人们应该相信他们想要的，

并为他们的背景而自豪。我也认为如果有人对自己的文化中心主义有偏差，那会让他们有点小麻烦，他们也会被认为是种族主义者。我认为每个人都有他们自己的偏差和文化中心主义，人们应该允许相信他们想要的东西。

我看了以后，说不出来的感觉。这份反思，反映了一个再也真实不过的心灵，就像很多网友在我的上篇文章后面评论指出的一样，一些白人是有白人优越感的，这种东西太根深蒂固了，不是一场谈话就能改变的。而且白人看到大势已去，有一点出于本能的自卫的优越感，并不难理解。

现实就是现实，做一个美国人其实不是一件容易的事情。但是无论结果如何，我觉得已经尽到了我能尽的责任。成长，不是一场或几场谈话，一份或几份作业能达到目的的。只要能让他们知道，在他们学业途中，有一个老师，是有色人种中的一位，和他们谈过话，也许，在今后的人生中，会有一些场合让他们想起这件小事，会让他们把世界重新拼起来，用另一种眼界，那时候才是真正的反思发生的时刻；或者，哪怕他们永远不必经受什么挑战，就让他们带着他们的文化中心主义，过好他们自己的生活吧。

至于另一个学生的反思，我还带有一点期待，不过也似乎已经期望不高了。

2009.10.30

只缘身在“花园”中

在收到其中一个学生的反思作文之后，事情并未结束。

两个学生我都邀到办公室交谈过了，也都答应要再补充一段对自己文化中心主义的反省。上星期五只有两个中的一个给了我再做的作业，而另一个没交，倒是和我道歉，说好了下个星期一交。星期一了，我的第二节课上完，看到那个学生收好书包大摇大摆地走了，我断定他没有实践诺言，但是此时的我已经学会不失望了，心想尽到我的责任就好了。

可是等我回到办公室把学生作业分类时，在一堆作业里还是发现了这第二位学生，即写“我的国家”的作者，交来的重做的作业，看来他是趁我上课之前去办公室拿东西的空当时，悄悄地交了他的作业。

这份东西我当然要看，但是前一位学生的作业已经令我对这份不敢再抱什么期望了。于是我深深地做一口深呼吸，再闭上眼睛祈祷这篇不要和上一篇完全一样，然后睁开眼睛，读起来。

在回顾我自己的文化中心主义并且有时间和你交

谈之后，在知道世界上别的人怎么看我们以后，可以看到我对我的国家、我的种族的思考方式也许有点太无情了，而且是高高在上的那种。并不是说我会改变我的信念或对别的人群（other people）的看法，但我的确看到了这些人群是从哪里来的，看到了我的家庭曾经从哪里来的，我们是怎样开始的。我开始理解我们全都是美国人了。（I have started to understand that we all are Americans.）

这句话让我的眼睛几乎湿润了："我开始理解我们都是美国人了"。

一句看似很普通的话，令我的思绪翻腾不已，因为我看到我们之间终于架上了一座桥……

因为这句话发自内心，尽管他说他不会改变他的信念，即他还是认为白人是最优越的种族，但是至少他看到了他的家是从意大利来的，而我告诉过他："你在学种族那章的时候会看到，意大利人在1820年到1920年期间，也是少数族裔。"那时候，他的神情有点不同。看来，那句话他是真的听进去了，正如院长在邮件中指出的，提意大利人是找到和他连接点的一条途径。原来，他的祖先也曾是少数族裔，原来意大利人也曾经不是严格意义的高加索人，其实直到今天也依然如此，那么他这个本身就是"少数的白人"（"ethnic white"）的后代，还抱定白人（高加索人）是最优越的种族，这是否有点打自己的耳光？当然，他可能还不知道白人里还有"少数民族白人"（Ethnic White）和高加索人（Caucacian）的等级分别，还以为只要长得白白的就都是高加索人了，这些属于社会学范畴的知识只能去慢慢地体会了。

在我心目中，这一份短短的、重做的作业可比无数因为政治正确而不得不说的违心的漂亮话、假话要有价值一百倍，尽管还是信念不改。但是，这是思考后的话：诚实、朴素，即使还透着一丝傲慢。但是我理解、接受、欣赏。我觉得自此以后，我真正地和一位白人学生打过交道了，知道了他的内心了。

到这里，这个“一波三折”的故事可以画上句号了。不过，我还想把一位心理学同事的话记录于此，因为我觉得这是对我极有启发的一个思想：

> 首先，对学生要公平。他说的是他的信念，但是缺乏历史的系统的思考，这可以与他是如何长大的、如何受教育的、家庭的政治取向等有关。从表面看是对的，美国的大公司、政府、立法机构、银行等都是白人把持的，这一位学生看到的是“大树和森林”，但是没有理解让“大树和森林”长成这个模样的历史根源。我相信这学生也是基于宪法赋予的言论自由权利才说这些，尽管谁都能读出些字下面的东西来……这是一种极端片面的信念，我们可以说这是浅薄的看法，但……让我们善良（nice）一点。
>
> 其次，要指出社会的基础对社会的超级结构有直接的影响。这种超级结构包括了历史性的文字、信念、意识形态、框架和整个社会特定的价值观。在这里，让这学生停一下，告诉他：从最初开始，美国经济、政治和意识形态中镶嵌的，就是大屠杀、奴隶制这些议题，当你的游戏从一开始就排斥或设置障碍予一些特定人群，那游戏的结构和谁会赢其实都是预料之中的，或至少对一个特定的人群是有利的。从奴隶制，到南方的吉姆·克劳法，到学校和住房的种族隔

离，存在着各种制度性歧视……而另一些议题就是这个国家是由华人、黑人、意大利人、爱尔兰人、印第安人等族群一起建立起来的。

这位同事打的比方非常精彩：

> 我会给学生指出，对自己特定种族感到自豪没有什么错，但是你有责任从更高的视角审视自己的言论，这就像你走在一个花园里，花园很美丽，表面来看，所有的花都在你眼前，可是，问题是——什么样的土壤状况塑造了这个花园的模样呢？我们是否禁止某些品种的植物才让如今的花如此成功地绽放？我们可曾用了毒药来杀死自己不喜欢的品种呢？
>
> 最后，我想你做得很好，如果这学生让你感到似乎被冒犯的话，我很难过。住在这个地方，我时不时地会遇到这样的事情。我希望，在教育的名义下，我们可以'温和'地指出他们所看不到的方面，希望有一天他们可以改变他们对世界、对地球的看法吧。

这封邮件，令我犹如醍醐灌顶，深受教育。我庆幸有这样真正在乎我的教学和感受的同事，在这个事情上伸出友谊的手来拉了我一把，这种温暖将伴随我的一生。其关于花园的比喻，何其精深而缜密，我们每一个人，都可以问问自己，今天你看到的社会，电视上或网站上看到的导读新闻、收音机里不断重复因而就显得很重要的"新闻"，甚至包括万维博客这个小小的圈子，在一些表象的后面，有什么是被剪掉的"非主流"，有什么是不受欢迎而被"毒死"或压抑掉的品种，所以才有了被人们尊为模范的花园的模样？

是权力，是特权，在背后操纵着事情。这在哪里都一样。但是关键是有多少人明白这一点道理，如果明白了，还怕社会不会做出一点点改变吗？

这个比喻还显示了我这位同事对民主的理解何其深入精髓，民主听起来非常美妙，但是民主的实质到底是什么？谁能说得清楚？这位同事通过这个比喻说出来了，如果能看到所有表象都是某种权力操纵的结果，这种批判性思维的能力就会促使人们建立一种规则从而可以监督权力，确保人们参与政治决策，确保每一个群体或个人有平等生存、开花结果的权利，而不是只允许某个群体开花结果，这大概就是民主了？

不知道您喜欢这个比喻吗？这是我看到的一个最好的比喻，因为她，深意无限！

2009.11.9

苏醒：一个学生的课后思考

今天是个好日子，因为这是冬季学期教学结束的一天。尽管考试还是下周的事，但至少我可以停止做循循善诱“误人子弟”状，可以小歇一会，再开始下一个循环做循循善诱状。这是“种族与族群关系”（Race and Ethnic Relations）课，我祝愿学生们今后学业成功，希望他们能学到一些一时半会儿忘不了的东西，并希望他们成为种子，把学到的东西告诉身边的人，能让多些人尽量不带偏见地生活在这个各族群天天相处的世界。随着墙上挂钟的指针指向12点45分，下课时间到了，我的心为掐住点讲完了该说的话而一下子轻松了起来。

学生们陆续给我上交各种作业，我一一接过这些作业，看到泰勒（Tyler），这是在我旁边等了好一会儿的男生，以为他也有作业要交，叫一声他的名字，他首先伸出手和我握了一下，说：“我感到很难过，我们再不用来这里上课了。我希望能多上这个课。”

我心里顿时涌上了感动。

“泰勒，我很感谢你这样讲。我也很享受和你们一起上这个课。”我说。

“我喜欢上这个课，我学到了很多东西。我春季的课已经选了，你秋天上什么课呢？”他问。

“我秋天还上这门课，还有概论。除非你还想学概论，那个课，我有了些新想法，相信会很有趣的。”我接着说：“不过我不指望有谁上了种族与族群这个200程度的课程后，还会来选概论这样的100程度的基础课。”

“那好，我秋天一定来选你的概论。秋天见！”他脸上是明朗的笑容，再次伸出手和我握了一下，离开了。

这个学生总是坐在第一排我眼皮底下，安静，认真，理解能力也比较强，我知道他之前并没有什么社会学基础，但是他的成绩相当不错。看得出来他是下了工夫的。几乎每一次下课，他会说明天见。周五时，总不忘记说周末愉快，我要去开会，走掉三个教学日，热闹的教室里一个声音说：“祝你开会好！”一看，又是这位泰勒在说。多么有礼貌的学生啊！真不容易呢，在今天这个世界。

学生走光了，因为这种感动，我没有马上锁门，反而在教室里坐了下来，决定看看今天提前交来的自我反省总结。其中就有泰勒的。我打开看起来：

> 这是我在这个学校的第二个学期。我很想上你的社会学概论，但是全满了，于是我决定选这门200程度的课。第一次进入这个教室，就很激动地想知道这门课是教什么的。我对这门课的期望是学尽可能多的种族、族群文化性（Ethnicity）、性别，及这些是如何与整个社会联系在一起而发生作用的。我期望受到一种与课程相适的方式的教育。
>
> 如果你是种族主义分子的话显然这门课就不可能教得好了，但你教学的方式使我学到了很多东西……

这是一个年轻率真的学生才会说的话，我还从来没有收到过这种揣摩老师的话，觉得很有意思。文中接着说：

> 我来自一个很小的城镇，95%的人都是白人。我没有什么种族主义或受歧视的经历，也没有经历过不同的文化。我从来没有以少数种族的角度去看每天的生活是怎样的。作为白人，主流群体的一员，在美国，我没有经历过任何歧视，也不知道这些事情的存在。经过这个学期的学习后，我的思维方式整个不同了。我看到不同的角度，不同的文化和种族，看到我们的日常社会是怎样对待不同的人群的。通过这门课，我学到怎样去感觉到偏见与歧视——当我看到他们的时候。我也学到了每一个人都是真正平等的，不管人们从生活的哪一个角落走来。这一点很重要。我们都是人，没有人应该因为种族、族群、性别、阶级、性取向而被判断。
>
> 我相信这门课是我生命中上过的最重要的一门课。
>
> 我从这门课里面学到了最多东西，我感到每一个人都需要上这门课从而受到种族、族群、社会性别等等的教育。
>
> 上这课前，我以为我们因为肤色而不同……现在我明白了，只因为我们肤色不同，并不表示我们是不同的，我们都是一样的。我们都是人，想在这个世界上共同生活而已。这一点很难解释，但请相信我——我真的感觉到我的整个生活都因为这门课而改变了。

在后记中，这位学生写道：

> 这门课改变了我的生活，在于我思考社会作为一个整体的方式发生了改变。我会告诉我的朋友们来选你这门课，因为我相信你的这门课可能是这个学校能给学生的最重要的课之一。我想说谢谢你，教给我种族、族群、社会性别、阶级之间的关系。你的课非常有趣，非常能开阔人的视野。

这无疑是一篇真诚的反省，我省略了一些我提出的专业问题的内容，只挑选了一门课深深改变了一个人的思维方式的部分。我记下这些内容，不是为了炫耀我的学生或自己，而是以此给自己鼓气而已。因为我的生活世界里，主要是华人社区里，没有多少人真的有兴趣了解社会学对种族的观点与看法，尽管这个问题与人们密切相关，人们更多关注的是投资、赚钱，以及与这些事情密切相关联的专业。人们生活在一个以为自己是中产阶级、模范族裔就万事无忧的感觉中。

很多时候我真的怀疑自己的专业是错了，因为我常常感到自己非常孤单。人们饭桌上热衷的话题是与钱相关的东西，不是与思维方式相关的。从一些学生对种族这类敏感话题的激烈反应里，我也怀疑自己的教学价值何在。所以我需要看到这样的反省，人需要给自己打气，当气不足的时候。这个气打得我这个皮球又可以再鼓起劲去“蹦跶”一阵子了。

有的老师说，他们喜欢教学因为喜欢看到学生眼睛里那一闪而过的亮光——受启蒙后突然领悟了什么的光。

我喜欢看学生明朗的笑容，和那一下子明白了真相的“开窍”的瞬间。人，需要苏醒。我也需要苏醒。

2011.3.17

同性恋学生给我上的沉重一课

这个学期要是能有位高明的算命先生算一算，该能算出是风波多多、命运多舛的一学期？从收到含有种族主义思想的学生作业开始，让人头大的事情就没停过。这些事情多少都发生在我讲述种族主义、制度性歧视等概念用到一些实际的例子的时候，10点半的社会学概论班里就像开了锅一样热闹。而到了前天，在这学期最后一个星期里，又出现了因同性恋学生发难而引起的风波。

在种族与民族性课上有一个组的同学做因性取向而引起的歧视的实证研究，其中我对一位35岁的男性同性恋的采访片断印象深刻：

> 我年轻时把自己的性取向作为自己的主要身份，而现在我年纪大了，我认为性取向不该再是我的决定性特征（defining characteristic）……

这句话给我一个启发：我听到在日常谈话或在背后议论人时，太多的时候人们会把一个同性恋作为一个话题来强调，好像这个人是同性恋就是一个压倒一切的特征了，就一定什么都与众不同了。而这个被访者的话显示出，就是同性恋自己，也不一定总是把这个事情作为一个伴其终生的特征来强调，这涉及“主导性地位”（Master Status）的问题。主导性地位是指一个人的认同度最高的身份，这或许是人的不可更改、继承性地位（ascribed status，如性别、肤色），也可以是获得性地位（achieved status，如财富），当一个人很富有时，别人或其本人都会把富有作为自己的一个主导性地位。而且，你自己认为的主导性地位和别人认为你的主导性地位可以很不一样，比如一个职业妇女可能认为她的主导性地位是其职业，而在别人眼里，可能总把她看成一个妇女、母亲而倾向于看低了她的职业身份。

于是到了之后的课堂上，我就把种族课上听到的这段话与学生分享了，而且我说分享的目的是让他们看到，现实生活中的确有个人对主导性地位的看法与社会对其主导性地位看法不一致，这就是一个例子。这时候，一个女生举手要求发言，根据她这学期一向的发言所强调的东西，我猜测她是一位同性恋（lesbian），她说：“同性恋可以是他们身份的一部分，但是你在给他们贴标签，你这样的贴标签让我受到了冒犯，刚才你自己就展示了一个给别人贴标签的例子，你没有在提升多元化，而这可是社会学的课。”

她是一个常常面带一种愤怒表情的人，好像从来没有开心一笑过，只是冷笑或讥笑，而且在班上常盯着我，作为老师我不和她计较这些。

哦？！此时此刻简直没办法形容我内心的震惊，我给她贴标签了吗？我怎么没有觉得我贴了呢？我在引用那个受访者的话时，是按照他对自己的身份的说法，即男同性恋（gay），来提到这位受访者的。我说，这位受访者自己认同，他是gay，他在受访时说了这样的话，云云。难道这样说就是在贴标签？

我强压住一股被扣大帽子的火，说：“那么你希望我怎么来说这句话？”

这位学生斜着阴森森的小眼睛看着我说：“你就说人（people）嘛，我们就是people嘛，那你希望我怎么来称呼你？一个亚洲人？××（她直接叫了一声我的名字）。”

我马上说：“当然，我们全都是people，我们是一个种族，都是人而已，而我用这个例子无非是想说明同性恋也不希望人们老是只看到他们性取向这一单一特征，他们就是常人中的一分子，就像我们在座的每一个人。而我们都知道，一个异性恋的主流社会总是存在对同性恋的人的偏见与歧视，我希望有一天当我们不再只盯着同性恋者的性取向，而是以平常心待之，那么这样的社会也就真正地平等和美好了。”

她还要说什么，根据我的经验，我敢打赌这样下去准没完了，我将完成不了我的教学计划，所以我对她说：“今天我们还有很多东西要完成，明天还要听你们做报告，如果你还有评论，让我们下课接着讨论吧。”她轻蔑地摇摇头，嘟哝了一句什么。

我换了示范内容，开始讲今天我们要学的东西，这时候一个男生举手要讲话，我就让他讲，他说：

“如果你不想让人们贴标签，那你不要做符合标签的举动啊。如果同性恋的人不去为他们的权利游行请愿，别的人也不会去给他们贴标签的，我不认为老师在给同性恋贴标签。”其他同学纷纷点头表示同意，然后又有一位女生举手要讲话，我也让她讲，她意思大概也是说我们没有在针对你们同性恋社群，而老师只是在分享她另一个班里的研究发现而已。

我说：“好了，我们没有时间继续在课堂讨论了，还是回到今天的主题来。”于是接着往下讲。可是说实在的，我都有点被气糊涂了，要强压内心的震惊继续讲，并不容易，但是我告诉自己必须把这些东西讲完，按计划！

这时候，我听到这个女生站起来离开课室的动静，还不是一个，而是三个人！三个女生，坐在一起的，一起离开了教室。我装作什么也没有发生，因为我知道我要是问她们干吗离开不是明知故问吗，我无需这么多余。而同时，我心里也说，好，我教学生涯中第一次出现了学生离开课室的情形！真给我碰上了。

学生中出现了小小的动静，有吃吃的笑声，说干吗这么大动静，不就是讨论吗？然后陆续有三位学生的手举起来，我只好再叫他们讲话，他们的话都是一个意思："我没有觉得你在给他们标签，别以为我们和她们想的一样。"我说："好了，我们还是回到正题来。"接着继续讲课。可以感觉到，学生有点吃惊，可能觉得奇怪我居然还能继续把课上完，我感受到他们的吃惊还在于他们居然能特别安静，很专心地做笔记，这让我想要是你们天天都这么"乖"，大概你们能学得比之前好很多！

上完课，回到办公室，过了十来分钟，我看到那三位离开的学生雄赳赳、气昂昂地由一位老师带领着，经过我的办公室，往另一个方向去了。那位老师一直大力推动校园接受同性恋实践，本人也是公开的同性恋。我马上猜到，她们是去系主任那里告状去了。

等了近一小时，我给系主任发邮件，说我要见她，需要指导，问她何时有空？她很快回复："现在就来！"

我去了，她说："你知道她们来过了？"我说："是的，那么你需要听听我来讲述这件事情吗？"她表示同意。

于是我把事情原本经过描述一番，她说："她们现在讲的主要不是你讲的那段访问的话的分享，而是她们感到在班里很不安全，以至于在学校也很不安全。她们认为整个班对她们充满敌意和仇恨，这令她们极为恐惧；再有她们担心你会不接受她们的志愿者学习的作业，不让她们考试，她们还是想通过这门课的。”

我一听第二条差点又气糊涂了，不让她们考试和拒绝收作业？这是我会做的事吗？我会这么下作、分不清两码事吗？系主任说，有的老师可就是这么做的！我说，我会让她们睁开眼睛，我会让她们知道我不是那种人，这是两码事，而且她们这么想我已经冒犯了我。

系主任还向我转述了那位学生说的另外几件事，其中一件事我是知道的：

开学一个月左右，她曾向我反映每当她发言，讲到应该看到多种家庭观念（其实就是同性恋也是家庭里的一种形式这样的观念）时，有两个坐在前排的女生就会盯着她，这让她很不舒服，以至于不想来上课，她希望我能解决此事，于是我找两个女生谈，问她们怎么回事，她们说她们没有盯她，只是看看是谁在发言，这个我倒是相信的，因为学生有时候是喜欢转身看看谁在发言的，这算盯吗？至多是看，但是可能这位女生感到被“看”的眼神是“盯”吧，那我确实要处理了。于是我和女生们谈话，弄清之后，她们表示如果这让那个人不舒服，她们愿意道歉，我觉得这样最好，于是安排她们下课后在一起，两位女生表示了歉意，而这学生也说了她很感激同学能这样做。

我以为事情有了圆满结局，没想到这位同性恋学生（现在我可以100%肯定了）在系主任那儿说，这是一个没有建设性的结果，那两个女生以后还在盯着她或在背后笑她说的话，我一听就说那她该让我知道我才好再干预呀！系主任耸耸肩，表示无可奈何。另外这学生还讲了我不尊重同性恋文化的事，可我后来想起来，她纯属栽赃于我，事情根本不是她说的那样，而是相反。

由于已经为和主任谈话而占用了自己下一堂课五分钟的时间，我不得不结束谈话。上完课后我再去找她告诉她我想起来那件事纯属学生乱讲，系主任听了一笑，说“有趣啊”。然后说：“这样，你愿意明天我们坐下来，和那三个学生再谈一次吗？”好啊，我马上答应。

第二天上完课，按预定时间去了系主任办公室，接着那三个学生鱼贯而入，我还和那位走在最前面的发难的女生打招呼，可她就像没看到我一样，脸一横坐下了，我心想：“你想让我尊重你吗？至少你要拿出一个值得让我尊重你的姿态吧？！”系主任主持，她说：“第一个问题，老师接受你们的作业，并让你们考试；第二个，你们从你们的经历谈谈，再听老师从她的经历谈谈。”

第一个问题轻易就过了，我看到她们脸上的表情缓和一些，切！说到底，还是小人之心度我君子之腹，怕我不让你们过考试，我没那么可笑。

第二个问题，那位发难的女生说班里的同学都在针对她，说她穿得像个男人，就是gay，而他们怎么可以这样给人贴标签呢？而同学的这种敌意才是令她离开课室的原因，因为她们感到极度不安全。而且说她已经忍受这个课、这个班很久了。（当然，这个班有种族主义思想的人可不少，所以真的不奇怪这些有种族主义思想的学生也难以忍受同性恋，我心里想）。她还说她走出去后还故意在课室门口停了一下，看那些同学会不会停止笑她们，可是没有，我听了也倒吸凉气，原来她还留在课室外面不走，而我那时候已经在讲新东西了。

我再次重申自己引用那个同性恋访谈的目的，并强调这一行为被认为是在贴标签实在令我震惊。我说的其实是在反对贴标签，即不要老是认为同性恋的主导性地位就是他们的性取向，而别的东西则不值得去关心。

我说我很珍惜这个沟通的机会，如果我讲话不清楚而引起你的误解，我道歉。而且我会利用考试的机会告诉学生要尊重彼此，不能给人贴标签。

系主任问她们，希望老师怎么做才会觉得有一个安全的环境？她们回答说希望老师强调每一个人都有发表自己意见的权利并要互相听，互相尊重，并且在学生开始攻击她们时去制止学生。我回答说："一开学我就要大家都签行为合约其实就包括这点，不过看来还是讲得不够，我还得不断重复啊，谢谢你们教了我一课！"

而对于后面的学生评论，我承认当时我只想着赶快进入新概念的学习，我没有完全听进去学生在说什么。（再说，在当时情形中，我还处于自己被震惊得无以名状的心理，我根本想不通怎么那段话拿来分享，就是在给同性恋贴标签了。至今仍未想通。）

三位学生的脸色慢慢缓和，最后我再次重申考试日期，并许诺给她们安排地方单独进行考试，最后我收了她们的作业，并祝她们周末快乐。等她们走了，我和系主任轻轻地拥抱了一下，主任说我看谈话进行得不错，你感觉是这样吗？

我能说什么呢？我正处于终身教职的三年考察期内，任何一件来自学生的"事儿"都可大可小。"我希望会圆满解决。"我答了一句，谁知道下面还有什么冬瓜豆腐？

这就是我作为一个社会学老师面临的现实，无法回避一些有争议的题目，永无消停。有时候我真的很羡慕一些非社会学专业的老师，好像很少听到他们表达自己教学生涯中的苦痛经历，我也知道即使都是社会学老师，有些人遇到棘手的话题就是一个充其量的"好的聆听者"，而不会试图让讨论进入"棘手"的层次。他们很聪明地（我不知道这是真的聪明还是滑头而已）不和学生摊开来讨论，或说一些政治正确的话就打住，这样也就免去了被学生冒犯的机会吧。我问自己：是否我实在是水平太低，才老遇到这些麻烦事？我这是干什么来了？是来接受这种有时候真是匪夷所思的挑战吗？我承认：我的确有很多值得改进、反思的地方，而且歧视同性恋者绝对是错误的，不合法的。但是这个弱势群体的个别人，是否也有过于敏感的时候，而这种误解老师观点、乱扣帽子的行为，就不值得反思吗？如果你本身是和大多数人性取向不同，而要大家接受你，到底该怎么做才比较好呢？

我觉得这件事给我出了一道题：在一个大多数人还是不能接受同性恋作为一种正常的性取向的背景下，在一个比较保守的城市的背景下，如何创造一个让同性恋学生感到安全、可以正常发表意见的课堂环境？而我想要的课堂讨论效果，又是大家，包括异性恋和同性恋者，不要拘泥于政治正确，可以说出内心真实的看法而又互相感到不受威胁。也许我本来就不该奢望有什么真正的讨论？感到安全和听到真正的意见，是否两难？

这可真是一道难题，不过我愿意把它看成一道好题目。

2009.12.5

后记：经过五年再回头看这件事，我也看出当年这件麻烦事其实也反映了我准备得不够因而也十分慌乱和困惑，我自己的观念就有许多值得质疑的东西。今天如果再上这样的课，如果发生了同样的事情，我就不会继续按教学计划讲课，而应该抓住这个教育机会让学生发言、让大家思考我们对同性恋的态度有没有问题，不同立场的人看待同性恋的理由是什么，思考我们应该怎样在一个多元化社会和平共处，我的同性恋学生给我上了沉重的一课。

令人敬佩的难民学生

11月10日对于我们这个城市的一个服务难民的非营利组织是一个大日子。这一天下午4点到7点将举行一场庆祝仪式，是为祝贺一位老挝难民发起的“摘水果回报社会”的活动所取得的良好社会反响。

这个仪式将有城市议会的主席、市民健康部门的城市官员、难民自发组织的领袖、受益于摘水果回报社会活动的普通市民等人发言，大家享用由难民自己推选的厨师代表当天亲手制作的晚餐、由这个组织发给参加摘水果活动难民志愿者证书这几个环节。

我是这个服务难民组织的委员会成员之一，承担了找到志愿者来做准备工作这项任务。在我的两个社会学概论班，我的询问得到了14位学生肯定的答复。

早上9点，安排了做春卷的四个学生来了三位，他们很准时，比我都早到了5分钟。看到三个学生坐在桌子边，在给水果项目的小牌子系绳子以备用，我真的挺感动。

10点，三位安排照顾厨师带来的孩子的女学生准时到了。可惜这时候没有任何厨师带来他们的孩子。于是这三位加入了做春卷的行列。另两位安排在厨房帮忙以备不时之需；随时要出去商店买东西的男生也在10点到来了。

做春卷的小组要把生菜切好，把葱切碎，把春卷的皮子泡好，把胡萝卜切丝，这些准备工作都很花时间。一位女学生还在厨房里把鸡肉拉扯成块，她一边做一边嘟囔着：“哦，好脏，好麻烦。”这时候我想起墨西哥来的劳工在美国工厂流水线上处理鸡肉的情形，我想，经过这种撕扯鸡肉的亲手体验，这位女生一定会对墨西哥劳工的劳动多一分理解和同情。

我去熊猫快餐店取回我订的炒面炒饭和炸春卷，回到活动地点，学生们一下就围了上来。房间里已经和我离开时的50分钟前大不一样，桌面上摆上了绿色桌布和水果篮，100来个皮子透明、非常有春天气息的绿色春卷已经整整齐齐地摆放在桌子上了！角落里增加了几筐装得满满的小南瓜，那是两个在厨房帮忙的男生合作从停车场抬到会场来的，在此之前他们也买了几趟的东西，我看到他们俩满头的汗，说“南瓜非常沉！”我知道他们是累了。

学生们愉快地大吃起来。我接着邀厨房里的厨师们来吃午饭，顺带认识了两位来自布隆迪的黑人难民。他们五年前来到这里，其中一位已经拿到了厨师证书。通过和他们交谈，我了解到在布隆迪，学生是没有鞋子穿着去上学的，因为没有钱。我问大概有多少人有鞋子，多少人没有鞋子穿，回答是一个班39人，只有3个人有鞋子穿，别的人都没有鞋子，或穿不起鞋子。这种贫穷的状况令我吃惊。

下午2点，布置会场的四个学生也准时来了，他们马上工作起来。两个为厨房采购、抬了很多重物（南瓜）的男学生已经无法掩饰疲惫和倦怠。他们在帮忙布置了会场后提前半小时离开了。

布置会场的其中一个学生被安排去切胡萝卜和黄瓜。我和他一起把黄瓜和胡萝卜洗好，削皮，然后我们就切起菜来。因此我得以和这位叫贾马（Jama）的来自肯亚的学生交流起来。

贾马的背部一段脊椎骨已经松动，所以一当疾病发作时，他就很难正常行走，而且非常痛苦。难怪他这周缺课两天。贾马说他没有医疗保险，所以他去看病，医生总是建议手术，但也告诉他手术的成功率是50%，他说自己还年轻，不想冒这个险，如果不是100%会成功的话。他说这里的医生知道他没有保险，所以看不起他，连止疼药都不给他开。他可以感觉到医生对他的那种藐视的态度。

贾马说他来美国前，就是一个在街上长大的孩子，无家可归。他从不记得爸爸是怎样的，妈妈后来再婚，他不喜欢继父，就离家出走，在街上流浪，后来他妈妈找回他，把他送去上学。直到五年前作为难民来到了美国。开始他有政府资助——食物券，一个月大概350元补助，此外还有医疗补助，大约一个月200元。找到工作后这些资助就停止发放了。

我问他怎么付学费，他说他有两份工作，一个是在赌场的酒吧做调酒师，一周工作四天。从下午4点半到凌晨12点。

另一份工作是做翻译，他会四种语言，所以可以做四种语言的翻译。他告诉我，英语有三种，法庭上用的英语叫宪法英语（Constitutional English），医院里的英语叫做医学英语（Medical English），平常会话英语就叫日常英语（Regular English）。我问他一个月要做几次翻译呢？他说大约七八次，45元一小时。每月能挣600美金。

“那你怎么休息呢？”我问他。

贾马说：“我没有多少时间睡觉。我最后一堂课是中午12点半结束，接着在4点前，我做作业。然后我去赌场上班，到晚上12点请朋友把我送回家，我的朋友也在赌场工作，我付她汽油费。然后我1点睡觉，早上6点起床看书，再去上学。我是一个积极面对生活的人。我告诉自己要尽力去做，一切事情都会有解决的办法。我会制造气氛、容易相处，所以我总是有一群朋友，可以在我需要的时候帮帮我。”

我心里掀起了波澜，一个自己也是难民身份来美国的人，现在在用自己的实际行动帮助别的难民。

他这学期有三门课，两份工作，还答应了来帮我这里的忙，而且这周他的背部毛病犯了。

他还告诉我，他以后要去主修政治学，他在上我这门社会学的课前，修了政治学的课，他喜欢那位教授上课，非常严格，使他学到了很多。那位教授是从德国来美国读书后留下来的。他喜欢上我的社会学的课，因为“在你的社会学课里，每个人的认识事情的角度都得到正视，那样才可以从别人身上学到东西。我喜欢讨论，从讨论中可以学到很多的东西”。他说他喜欢我们这种不是美国出生的老师上课，因为我们这样的人，上课讲得很具体，课也组织得好，准备得充分。

听了这些我自然获得了意外的欣慰，我知道他很尊重老师，而且他在课堂上经常问一些很好的问题，我为我的课有他这样的学生而深感庆幸。

就在这样类似闲聊的家常话里，我一边切着黄瓜和胡萝卜，一边听他给我描述他的生活和他的政治学志向，渐渐地我涌起波澜汹涌的感动和愧疚交加的感觉。想到自己的身份，一个在社区学院教社会学的移民，我经常会陷入一种难以自拔的沮丧：因为有学生吊儿郎当不在意自己的学习；因为学生里面的确有人素质不够好，水平不够高；因为社会不太看得起社区学院的学生以及老师。这令我这个内心对自己还是有一定要求的人常常感到不平衡和无奈。

可是面前这位高大的黑人学生，嘴唇因为缺水还是什么原因（也许还缺觉）而水泡叠起，很自然地告诉我他喜欢上我的社会学课和我同事的政治学课，他是认真的学生，做过认真的比较才这样讲。他上一个学是这么艰难，每天睡眠不到5个小时，还会在周六这样该休息的时候跑来帮我这个服务难民的忙。也许正因为他的难民身份，他觉得应该回报难民才来这里，但是我觉得他还是很不简单的！

四点半，陆续来了一百来人，大家穿着自己的民族的服装，我感到他们的神情和我们华人协会聚会时的神情还是不同的，好像少了一些张扬和神气活现的喧哗，而多的是一份谦逊和诚恳。从缅甸一位女性总是带着谦逊的神情和我说话、默默做事的样子，我仿佛看到了已经在我们（中国人）身上不太感受得到的一种失去的美德。移民和难民毕竟地位不同，这个我也知道。但是我们好像还是失去了一些东西，是谦逊、朴实还是别的什么？说不清。

我怎样才能从自己那点狭小的世界里走出来，走向这个多元而并不平静、美丽与丑陋并存的社会？怎样既能融入而又觉得生活的意义并没有丧失？

从难民这个独特的群体进入美国和找寻自己生存之路的现实中，从这个难民自发举办的摘水果回报社会的活动中，我觉得我可以好好思考一些东西了。

什么是志愿者精神？就是不求回报的精神，默默奉献的精神。

什么是一个人该有的道德状态？是不是尽可能不要想社会该回报自己的努力什么什么，而是问心无愧地工作和尽力服务一点社会？

无论学生们的动机可能怎样各有原因，有人说是为得到额外分数而来，有人是为做研究课题或做“从服务中学习”的课题而来（这是我的课程要求，要做一个研究题目或从服务中学习的题目），从这次的活动得到14位学生的热情支持，把一个活动完整漂亮地支撑了起来，我看到学生们火热的心，负责的为人，我为我的学生感到骄傲，你们教育了我，特别是和我一起切了四盘黄瓜胡萝卜的贾马，我会永远记得他给我的心带来的震撼和感动！

2012.11.10，深夜

康州小学枪击！

每年的这个时候，小小的雪花就飘下来了，告诉你：冬天来了。圣诞节就要来了。

每年的这个时候，就有学生的学期总结或报告交到手里，或塞在门下的缝里，弯腰拾起这些学生的脑力劳动的果实，像收获稻谷一样地收一个满捧。然后就是头大的反应，不知道有没有时间改得完这许多文章。每一个人就算只写四页纸，也有520页纸。

每年的这个时候，倒是不用上课了，就专门在家里赶紧地改这500多页纸。只恨时间不够，恨寒假太短。圣诞节眼看就要来了，女儿已经慢慢大了，会不停地问怎么我们的圣诞树下怎么只有几个礼物而不是一堆呢？不满十岁的她已经把她给全家的圣诞礼物做好了，细心地用圣诞包装纸包得整整齐齐地，放在了那棵会飘散松树香气的圣诞树下了！难怪她要催我们了，全家只有她这个小孩子是用一颗虔诚而透明的心在盼望着圣诞老人把她的圣诞梦想带来的。她的哥哥已经是一个少年，早已过了相信圣诞老人的年龄，万圣节也不再有兴趣把自己打扮得神神怪怪地去人家门口要糖了。孩子们长大了，但是看到女儿透明的心还是很开心，觉得这就是童年的真正的趣味。

每年的这个时候，是面对500多页纸发愁但是也为学生表露的每一丝所学所思的思想火花而欣慰的时候。有的报告，是用心去写出来的。昨夜看一份“种族与族群”班的学生交来的东西，写她对她的外婆做的关于曾外婆一生的报告。她的曾外婆从挪威移民，嫁给了一个美国牛仔，因为她不会讲英语只会讲挪威语，受到牛仔和他的家人嘲笑，艰难地融入美国社会。她曾说“生活把她逼成了一个坚强的女人”。最后她和丈夫离婚，也因此开始了更好的生活。我看到这个学生因为做了这份报告而对20世纪初的挪威移民有了深深的理解以及一种深刻的同情（不仅如此，还得到了对所有来自世界各地的移民面临的生活不容易的理解和同情），从而发出了感叹：“我真高兴美国是一个移民的国家。我们有这么多文化在这个国家里共同生活与存在……”那一刻，联想到她学期开始时对移民那种不那么在乎的表情和言谈，我看到了她心里走过的路，我的眼泪不由自主地流下来。

是的，我的学生令我感动，可以说无数的学生写的东西打开了我的眼睛，让我看到了他们生活世界里不会那么轻易去与人分享，也没有多少人有时间去坐在那里听完每一个人的经历和感悟，大概这就是我的这份职业特别的地方。我头大，但是我也为此而感到幸运。能走入学生内心世界，是一种荣誉。

写到这儿，我去打开电视，因为我想北京台的《养生堂》就要开始了。先打开的是昨晚在看的NBC News（美国全国广播公司新闻）。上面的字幕使我的眼睛停在那里，写着：射击者被认为是瑞安·拉扎（Ryan Laza），康蒂涅格州一个小学发生射击事件。一会儿字幕变成了“26人死亡，孩子18人、成人8人。”

我的心在那一刻冻在那里，我读了两遍这个字幕，18个孩子、8个成人，26人死亡。18个主要是幼儿园的孩子，5岁到10岁，我不敢相信又发生了枪击事件，在一个小学！

还要多少次我们会收到这样的新闻，从科罗拉多电影院的血案，到不久前俄勒冈州一个商场里的枪击致使两人死亡，到今天26个生命瞬间被残酷地杀戮。而且有一位死者是这个枪击手的妈妈。

我什么也说不出来。我上网查了一下相关信息，然后我给我的网络课程的学生写了一个告示，说今天早上我在改他们的自我反思总结。我为他们所学所思而高兴，然而我没有想到我还要在本以为已经结束的网上课程的通告牌上写上这样一个事情，我让那些来这个课程看一眼的学生表达他们对这个事件的感受。也许我什么也得不到因为他们已经放假，也许还偶然有人来这里表达他们的感受……

“每年的这个时候”——这本来是一篇心情随笔，但是整个调子瞬间就变了。我本来想说的是，每年的这个时候，我就得特别密集地改文章，心情特别紧张，所以我要写这么一篇东西来缓解已经够绷紧的神经。然而，什么也不用说了，也说不出来了。

这样的枪击，还要持续多久？当家长们目送孩子上学的背影，我们的心该怎样祝福我们的孩子？

2012.12.14，深夜

附言：难道奥巴马总统发表的简短的悼念讲话没有所指吗？他说：“让我们放下政治，面对这样的事情吧。”这是否指对枪支的管理？难道美国的枪支管理还不能被讨论吗？原因是因为有些人醉心于打猎而且打猎是一种不可剥夺的人权？

与学生讨论枪支管控问题

去年12月14日的那场校园枪击案发生之后，我一直在想怎样在我的社会学课堂里讨论这个案件引发的一系列现实问题和社会学角度的思考。

我布置了八篇对事件的新闻报道、专栏作者的文章作为阅读材料，要学生回答四个问题。其中一个问题是：为什么在过去的十年里，在发生了许多学校和公共场所的枪击事件后，枪支控制还是一个这么棘手的议题?

两个班的学生都交来了作业。

粗粗看一下，两个班不约而同地有许多人对这个问题有相似的看法。这种看法可以说很有代表性。

有一位学生说："这个枪支控制的所有观点都是荒唐无稽的。枪支控制是一个棘手难办的事情是因为我们作为公民具有携枪权利，第二修正案（注）给了我们这个权利。"

有一位学生说："所有的枪支控制法就是想把守法而理性的公民缴械而已！所有的枪支控制法和无枪区想做的就是保证愚蠢的傻瓜可以拿出枪来打人而没有人可以射击回去！那样有什么用呢？"

有一位学生说："枪支控制威胁了第二修正法案，这个法案保护美国公民不会被一个极权政府所镇压。枪支控制会给政府太多的权力。希特勒、卡斯特罗、斯大林、列宁、奥巴马——是要把枪从普通老百姓手里拿走。结果就是政府对公民的大屠杀。……有一篇阅读文章说国会议员如果支持禁止具有很大杀伤性的枪支流通民间的法案，就会失去工作，这是因为他对宪法不忠。"

上面是三位男生的作业。

有一位女生的作业说："枪支控制这么难办是因为总统和NRA（美国全国步枪协会）看事情很不一样。这次枪击事件发生后，一些人同意NRA的看法，因为枪可以保护他们自己和他们的家庭。但一些人也同意总统的意见，因为他们认为让人拥有枪会很危险。但我认为枪不会杀人，是疯狂的人在杀人。如果他们真的要杀什么人，他们会找到一切可能的途径去这么做。"

这位女生的看法也是很有代表性的。就是老生常谈的"枪不杀人，人杀人"。

我支持对枪支进行控制。我认为拜登副总统提出的提案都很有针对性，如果实施，会和以前不同。在这个事件发生后，看到许多来自共和党的政治家表态说，这个惨案使他们重新问自己对枪支控制问题的态度时，既感到事情可能有转机的一线希望，又知道事情不会这么简单。现在学生的回应正是对我的预计的一个印证。学生的回应也是美国社会的一部分声音，而且更具体更个性化。上周末奥巴马总统让副总统拜登提出对枪支控制的意见书后，民间对这个要加强枪支控制的提案反应强烈，有八百人在爱达荷州首都游行抗议要枪支控制的提案。有父母让他们七个月的婴儿穿着一件印着冲锋枪图案的T恤，写着"来，拿去吧"字样的衣服。

我希望看到理性、认真的讨论，我希望看到民间的心声。只要观点的表达是文明的、参考不同的声音，简略说明资料来源，就会有好的分数。

2013.1.22

注：美国宪法第二修正案保障人民有备有及佩带武器之权利。

与学生讨论枪支管控问题：续篇

前面一篇是“和学生讨论枪支控制”，这是续篇。这个周末看到的学生作业比前面看到的要理性了许多，文字的语气是说理多于情绪化的宣泄。

“在过去十来年已经有许多校园枪击事件发生的背景下，为什么枪支控制是一个这么棘手的问题？”

有部分美国学生认为，枪支该被控制，拥有枪支只能在一定限度内。

一位女学生说：“枪支控制为什么这么棘手呢？因为这是我们美国人从小到大就知道的，我们要用火力来对付火力。有一篇文章说：NRA回应这个事件所说的观点，是没有在这个令人悲伤的事件发生后，怎样制定一种法律来平衡负责任的枪支拥有者的权利和阻止不负责任的枪支拥有者。我不同意在我们发生了这个悲剧以后，我们‘想’（that we “think”）要有荷枪实弹的保安在学校里巡逻、‘只有一个带枪的好人才能阻止一个坏人’，我真的认为作为美国人我们有权利保护我们自己，但是携带枪支只能在某个程度上实现这一点。”

我看到NRA想确保宪法第二修正案，确定我们保持我们已经被赋予的权利："With guns，we are citizens; without them，we are subjects"（有了枪，我们是公民；没有了枪，我们成了目标）。

一位男生说："枪支控制如此棘手是因为第二修正案和NRA。NRA想把事情搞得更糟，追求更松动的枪支控制法。NRA还威胁要发起运动去对付那些不支持他们的人，对那些改变对枪支控制立场的人，要把他们清除出去。"一位男生说："枪支控制是一个非常棘手的事情，因为不是所有的人感觉都一样。有人认为要完全安全的唯一方式就是要有枪。就像NRA说的那样，要好人有枪才能阻止坏人。在这个社会里还有人感到，用武力来控制武力不是解决问题的答案。当人们持续有不同意见时，这个棘手的事情只能是总是存在。"

一位男生说："枪支控制的棘手是因为第二修正案，问题是这样的枪击事件还要多少才算够多了？我们真的需要冲锋枪来保护自己吗？冲锋枪只该在军队里或更高层的执法部门里，不该被普通市民拥有。手枪、短枪和来福枪应该就够了。我们应该禁止其他的枪来防止更严重的威胁再次发生。

这个事情发生没有让我震惊至极。我们生活在这样的一个世界，暴力是正常的，就是会有暴力发生的。我们需要基本武器来自卫，不是冲锋枪。我的意见与别的人不一样，但是这就是美国可爱的地方。我们都有自己的意见，没有正确和错误，只有什么是法律什么不是法律。我们生活在一个时代我们可以想社会的事情，这就是我们的想法。"

也有许多人认为，禁止大杀伤力枪支是违反第二修正案的，而且也是不会有效果的。坏人怎么样都可以弄得到枪。

一位男生说："枪支控制棘手是因为现在的做法是反对宪法的。第二修正案说了，人们拥有枪支和携带枪支的权利不可侵犯。因为这个修正案平民可以在任何时候都有枪。枪支控制会威胁平民买枪和持枪的权利。政府看到越来越多大型枪杀事件发生，枪支很容易被得到，所以认为有必要控制枪支在公众中的流通。有人认为有了枪支控制犯罪就会减少，大型枪杀就会减少；而有人认为药物是不合法的，但是人们还是可以用任何手段去得到药物。这个和枪控是一回事，只有坏人才能得到枪，平民无法很好地保护自己。”

在对这个26人被害的事情的感受上，这位学生说：“这事没有让我怎么惊奇。对于这样的事情发生了又发生，我已经麻木了。现在这样的事情几乎已经是正常了，打开电视你会看到又有射杀了，谋杀了，爆炸了。我是从个人角度看这个事的，当我发现这个射击者做了这事后自杀了，我很高兴他完蛋了。”

一位女生说：“枪支控制这么棘手是因为我们作为美国人有权利携带枪支，这是第二修正案说的。如果拥有枪变成非法了，那么还是有人可以用非法途径得到枪，那样守法的人没有办法保护自己了。然后还有一个灰色地带就是精神病人，还有很多人不去登记就买了枪，所以没办法知道谁有枪，怎样可以使有些人无法靠近枪。有人建议我们在绝大多数公共地方都派执法人员，但是我们没有足够的资源这么做，谁能说哪些地方需要执法者哪些又不需要呢？而且我个人觉得这样做我们会把我们想保护的地方变成了更大的攻击目标。我认为NRA说的保护自己被坏人袭击的办法就是我们自己有枪，我认为这是好主意。如果枪被禁止了，我们就无法保护自己了。”

一位女生说：“枪支控制如此棘手是因为你能做的只有这么多，很有限。我的意思是太多地方有枪击发生，在每一个地方都安排荷枪实弹的人是解决不了问题的。而且，人们要自由，所以他们会用合法或不合法的途径去得到枪。而且，要创造一个新法律并不容易，辩论总是会有，有人总是不同意，然后会行动起来去反对辩论。公众相信一个禁止冲锋枪、禁止大容量子弹夹、严格的购枪者背景调查没有多少机会会被通过。行动会有，但是要在众议院通过这个禁止令的可能性几乎为零。”

班上有一些国际学生，他们都来自不能私人持枪的国家，日本、韩国、中国大陆和中国香港学生表达了与美国学生截然不同的看法。

一位日本男学生说：“当这个事情发生后我和朋友们谈这件事，我们谈论说发展到要靠枪来保护自身安全本身就是够可怕的一个主张。我是说如果没有人有枪，他们就不需要担心任何控制枪的事情了。我们知道要改变一个主张是多么困难，因为美国是一个非常复杂的社会，有许多移民，安全是不稳定的。但我们打赌为了挽救孩子们的生命，改变还是值得的。”

一位香港男学生说：“NRA说去防止一个坏人就是要好人有枪。这不是一个好的方式去谈论枪支控制。因为最有效防止悲剧发生的办法，是用法律来限制对枪的持有。这一条应该对任何人适用，不管什么好人、坏人。”这是我看到的对NRA自以为是的“好人坏人言论”很有见地的评论。

一位韩国女学生写了非常详细的回应文章，条理清晰，论述分析均有理有据。我这里想引用的主要是她对怎样从社会学角度看这个事件的内容。这里也间接回应了为何枪控如此棘手的问题。

她的分析很全面，首先从历史角度看，美国是一个建基于松散的殖民地的国家，没有警察来保证公共安全，所以需要携带枪支来保护自己。这是第二修正案的由来。

文化角度来看，由于历史背景，美国人对枪很熟悉。有的沃尔玛超市就卖枪，电影、录像、媒体里都是枪。这影响了十几岁青少年的观念和行为。所以枪击事件很多是青少年引发的。

从社会结构角度看，我们需要政府来管制枪。可是美国游说团是合法化的，NRA用钱来使政治家达到他们的游说目标。NRA是支持共和党的一个最大财团之一。这就是为什么国会，特别是共和党人，要特别小心应付枪支的事情的原因。1月15日，他们对枪控进行投票，共和党的支持率仅为18%，民主党和独立党派的数据为64%和31%。

大多数美国人不同意枪控，60%不要控制，40%想严格控制。许多美国人并没有认识到枪会制造悲剧。

这位学生还用游戏理论（game theory）来解释美国人的心理。因为一旦实施枪支控制，大家不知道谁交回了枪支，谁没有，大家都变得很焦虑。所有每个人都要继续拥有自己的枪，以保护自己不受别人伤害。这样大家就宁愿守着原来的法，而不愿实现新法（控制枪支的法律）。

我对这位韩国学生付出的努力和她的分析能力之强充满敬意。这个学生对美国社会的洞察和对美国人心理的观察，我看美国学生自己也未必到这个深度，至少作业里没有体现出来。这也符合旁观者清的民间智慧的说法。她把美国人虽然生活在一个非常自由的国度，却并没有多少安全感的状态提示得很清楚。也许自由的代价就是没有安全感？她分析是因为这个社会其实是人人自危，才竭力要维护现状，即使发生康州枪击案也不愿被约束，这其实是一种可能自己也难以说清的心态，但是至少她揭示了这种心态。

我可以看得很清楚，每一个人的确都是、也只能是自己社会、文化的产物。土生土长的美国学生，面对这起惨绝人寰的事件，大多数人是悲痛的，他们把自己震惊和悲愤的心情很好地表达在了作业的相关问题里。也有一些人，正如我列在这里的，是没有什么“感觉”了。因为这已经习以为常，但这种麻木其实也不是一个健康的社会该有的对这类事件的反应。因为生命不是高于一切吗？怎么能对这些孩子的生命无动于衷呢？

对于美国人，拥有枪支好像等于是天赋人权，政府要控制枪支被等同于要禁止枪支，我一直困惑不解，这两者怎么能画等号呢？难道进行必要的、都称不上严格、而只是加强枪支购买者的背景调查都违宪了吗？那么人的生命，这个能享受平等自由、高贵的生命是否真的被看重了呢？自相矛盾、一面倒——这是这些作业引发的我的观察。这也许是美国人的一种由于历史而形成的思维惯性？由于自相矛盾的历史起点（既宣告人人平等，但是那种平等并不属于所有人）而形成的一种思维惯性？

来自国外的学生，对这起事件也是非常震惊而难过的。而且他们对枪支控制的看法是带有自身社会的文化烙印的。“用枪来保护自己的主意本身已经很可怕了”，我想美国学生听到这样的话大概才会“震惊不已”吧，而让他们听到这样的声音，对他们未尝不是一个必要的刺激。听一听有什么呢，又不是要这样去做。世界是一个整体，对于关乎生命的法规，各国本来就需要互相学习，互相借鉴。

2013.1.29

你能接受交换配偶吗？

在“婚姻与家庭”课上，大家要看一篇写于2000年、对1092个有交换配偶（Swinger）经历的受访者的调查文章。这些受访者接受交换配偶网站上的问卷调查，其中70.1%是男性，29.9%是女性。

受访者多为40到50岁的白人（白人占90%），他们的平均结婚次数为1.5次、婚龄平均为10.5年，政治倾向方面：认同共和党为多数，47%的人常去教会。值得一提的是，他们中的多数支持同性恋取向及同性恋婚姻。

这篇文章引发了学生很大的兴趣。讨论热烈，有一位38岁的乌克兰移民表示，她从未听说过这样的事，直到看到这篇文章的时候。“交换配偶！还有这种事！”她表示极大的震惊。

有一位女学生提出：“这个研究说那些交换配偶的人是为了发展友谊而跟别人的配偶上床，难道发展友谊要靠这样的方式？不可以开一个晚餐聚会或者别的方式？”

另一位女生以开玩笑的口气回答她：“因为那样的友谊才动情啊！”

这位开玩笑口气的女生说：“我不知道他们怎样教育自己

的孩子关于‘性’（sex）这个概念？”

乌克兰移民来的女生表示：“我是绝对不会教我的孩子这样的‘性’的！”

讨论渐渐进入尾声的时候，我说：“从今天的讨论看起来，大家对交换配偶似乎有点反感，那么……”我还没说完，就被一位女生打断，就是那位问难道发展友谊要靠换配偶的女生，她说：“我没有反感，我很开放（open），我认为这是一个选择。”

我决定顺水推舟，问：“那在你自己的婚姻里会这样做吗？”

这位女生说：“‘性’是很美好的事情，我乐在其中。我爸爸妈妈可以做换配偶的事，只是我希望他们不要让我知道。我自己的婚姻，也不排除这个选择，也许我对‘性’厌倦时，我会试试这个选项。我是美国新女性。”

她19岁，多次说她喜欢谈论性，喜欢过性生活，并不是今天才这样开诚布公。

我问大家，你们在自己的婚姻里会这样做吗？

来自乌克兰的学生（她是四个孩子的妈妈）马上说：“不，永远不。我无法想象你怎么可以和别的人上床了又回来对我说你爱的只是我，你可以分开上床和爱情。”

一位男生说：“我不会这样做。但是，但是……”他犹豫了一会，笑着说：“如果有一个很有吸引力的女性的话，也许，我会这样做。”接着自己笑个不停。

我说：“这该是一个很诚实的答案。”

旁边的男生说：“这真的是一个诚实的回答。”他接着说：“我嘛，我会比较开放，我不会说绝对不行，如果我认得要和我们交换配偶的那一对，我认识那个要和我上床的女生，或者我认识要和我妻子上床的那个男生，我可能会ok。”

下课后，乌克兰学生留下和我说话，她说这是违背道德的事情，就算她没有宗教信仰，也不能接受。我说我完全理解你的看法，有趣的是你看到你的同学和你的差别了吗？许多人说他们不会拒绝这样的行为。为了提高不离婚的概率，这个研究说了，调查显示这样做的人很满足，对婚姻的满足感高于从前。

我说："你看到了代际的差别了吗？"

她说："是啊，也许我已经老了。"

我说："老也不可怕。周末愉快。"

这是一个有意思的讨论，所以记录下来。

2013.6.7

学生的朋友被谋杀之后

11点25分，我的一个黑人学生在上课前5分钟走进我的办公室，他扶着额头进来，我以为他病了。

他说："今天我感觉不是很好。"我心里嘀咕一声又怎么了，这学期他的几个孩子生病或在学校被校长处分的事情是他无法来上课的原因，难道小孩又有什么事？在吭哧了一会儿后，他用几乎听不到的声音说："我的一个朋友昨晚被谋杀了。"

我大吃一惊，第一反应是他今天计划要做的研究报告肯定做不了了。

我说怎么回事，你知道你的朋友是被谋杀而不是事故？

他摇摇头："是谋杀，"眼睛无法睁开的样子使我为他而尴尬和难过。泪水由眼角渗出，他接着说："昨晚我一直在他的家中。"

"这位朋友15岁的时候，我就认识他了。他比我小五六岁，和我的小弟弟一样大。"

"他32岁。凶手的车已经找到，但是凶手还是自由的。"

"就为了80元钱，他（凶手）杀了我的朋友。我今天没法做我的报告，对不起。这位朋友是和我一起做研究的。”

这位学生的研究是关于“有多少已婚、有家庭的男人去无上装俱乐部娱乐？”至于他为什么要做这个题目，是因为他的最大的孩子的母亲就是跳脱衣舞的。他们没有结婚，有一个孩子。由此他对脱衣舞俱乐部的从业人员颇为熟悉，所以选择做这样一个比较不常见的题目。

这个学生在我的婚姻与家庭课上，一直是很积极参与讨论的学生。他有三个孩子，都是非婚生，所以他对婚姻抱有极大的怀疑态度。就在两天前的星期二，他还说出“噢，这个课令我想再一次沉入爱河。”我听了自然很高兴。然而今天的世界对于他就是黑暗的，他的一个17年的好友死于谋杀。这是一个多么残酷的现实让他去承受！

我虽然震惊，但也没有更多的时间去说更多的话，我还有几个组的研究报告要听和评论。他答应去上课，给大家解释一下他不能做报告。我慢慢地习惯了学生会突然告诉我这样的一个事情。毋庸讳言，上我们学校的不少学生来自低收入家庭，社会学研究已经证实，低收入家庭的人生病（身体疾病和精神疾病）、惹上法律的麻烦的机会都高于高收入人群。我也慢慢地意识到，这就是我的工作的一部分：要接受残酷的现实。因为如果来自社会的较低层，会有更大概率发生比较残酷的事。事情都是有关联的，当一个人，在昨晚的这个城市，被谋害，失去了生命，他给他的朋友带来的悲痛使其无法做同学们翘首以待的研究报告。

我感觉一定要去鼓励他一下，于是我走上前，本想拥抱他一下，但是改成了用双手扶着他的双臂，用力地摇着他的手臂，我说：“你还好吧？你可以上课去吗？你要振作、保重！”

生活对于一些人是特别艰难的，我愿逝者安息，学生平安。心里有一种无名的愤怒和无奈，无处述说，只好将它放在这里。

2013.6.13

旧金山中国城里的社区学院

2013年4月24日到26日，我因同行推荐去旧金山参加了APAHE 2013年会。APAHE的全称是：高等教育中的亚裔与太平洋裔美国人（Asian Pacific American in Higher Education）。

这个会的参与者是多代的，事实上，我推测整个会议的参加人员，第二代移民比第一代移民多，虽然都是从事学者、教育者、行政人员的工作性质。我在会上有机会与他们中的一些人做简短的交谈。与会者有350人左右，整个大厅总是坐得满当当的。

这个会议的主题是：我们的生活，我们的故事，我们的未来。

这个会议有两个地点，一个是下午的场次，在旧金山金融区的希尔顿饭店进行，而早上的会议则在旧金山城市大学中国城/北海滩中心（City College of San Francisco Chinatown Center / North Beach Center）进行。

这个早上进行大会的地方，即旧金山城市学院中国城中心/北海滩中心，是一个非常有意义的地点。这是美国第一所在中国城里的学院，它也是一所社区学院。这个学校是经过旧金山城市学院的行政与教职员工以及校董会的人经过近40年的努力和不懈的坚持而争取来的！

40年，在一个我们都知道聚集了很多亚裔居民的旧金山市，要争取40年而得到这样一个漂亮、现代装备的教学大楼，这其中的艰辛与创造历史的成就感，的确是只有参与其奋斗过程的人才能知道。

来这个学院上学的人，有老有少，这与全国的社区学院的学生的组成模式是一致的，而且这个中心提供很多非学分的课（non-credit classes）。而据介绍，来这里上学的人，平均年收入是2万美金。也就是低收入的学生为多数。

在会议讨论中，我听到一个数据，全国范围内，亚裔美国人有50%在社区学院上学。这个数字令我吃惊，因为我们很多时候眼睛看到的耳朵听到的、或者在人们的讨论中高频率出现的，都是亚裔学生上常青藤或竞争性非常强的大学，而其实，亚裔及太平洋岛的人，即API，有一半是在很多上层华人们都嗤之以鼻、不屑一顾的社区学院里就读。这个数字同样令我反省自己认知的局限性，这个数字直接与一个概念相关，就是“模范少数族裔”（model minority）。这个数字提醒人们要正视亚裔作为一个多元性极其复杂的大群体，正视其中有许多没有享受到社会服务的人群，特别是太平洋岛国来的移民和后代、东南亚国家的移民和后代，他们的经历不是中国、日本、韩国、菲律宾移民这些亚裔中的亚裔“模范”群体可以替代概括的。虽然大家都是黄皮肤，可是把大家全部囊括在所谓的“模范少数族裔”这个套子里显然有很多误解。

这个会是为在高等教育里领域里的亚裔太平洋裔美国人发展领导才能而设立的。用心可谓良苦。会议请的嘉宾，许多都是亚裔太平洋裔里已经做到了一定层次的领导：有社区学院和四年制大学的校长，有律师，等等。

会议还请了伊凡·罗（Evan Low）来做报告。他是坎贝尔市的市长，非常年轻且有领袖魅力的美国华裔，报告的题目为“克服困境向前走”。会议评论员肯尼思·方博士（Dr. Kenneth Fong）说他仿佛看到未来的华裔奥巴马在讲话。他是一位公开的男同性恋者，他说：“我可以主持人们的婚礼，可是我自己不能结婚；我可以组织人们献血，可是我自己不能献血。”他的演讲得到了全场起立和热烈而持久的鼓掌。

在会议上听越南、柬埔寨学者做他们的族群的教育方面的研究，也令我有很清新的感觉。

还知道了一个叫Chinese for Affirmative Action（CAA）的组织，成立于1969年，是一个为移民和美国公民争取平等权利的华人组织。这个组织的领导者是文森特·潘（Vincent Pan）。我问他：如何看待亚裔在进入常青藤学校时可能遭到不同对待这个问题。他说他自己就是毕业于常青藤学校，常青藤学校对亚裔考生的确是有不同对待，但是他强调说：“我们应该关注更大多数的亚裔学生，这些学生在旧金山城市学院，他们比整个美国去上常青藤大学的亚裔学生都多。还有很多事情要去争取。”他的这番话给我很深的印象。我的确对亚裔在美国的处境有了和以前不太一样的理解，我感到我看这个问题的视角可以更开阔。

有一个现象我回来后才想起，我遇到了像我这样的第一代，从中国大陆来并且在高校工作的参会者了吗？没有，我遇到了从日本、韩国、中国香港、中国台湾来的第一代，遇到了来自越南、柬埔寨的第二代学者，但是居然没有一个中国大陆为族群身份的参会者，也没有从中国大陆出来在社区学院工作而来参会的。这真不知道是偶然还是什么了。我知道社区学院是被很多上层华人不屑一顾的教育机构，但是那又怎么样？美国有一半的亚裔学生在社区学院，从潘这位藤校毕业生口里说出的话，难道不能令人思考吗？这些在社区学院工作的教师、行政官员很多自己就毕业于常青藤或名校的大学本科、研究院，而现在从事着社区学院的工作，并花巨大精力组织APAHE这样的会，我由衷地钦佩这些为移民和低收入学生争取教育权的教育者。

同时，我也在想，是什么造成了上层华人们觉得自己可以昂着下巴去看不起社区学院？因为他们在中国的出身很高贵？或来美国读的是名校？如果因为出身高贵就可以看不起社区学院，那么这是美国社会所要的民主精神吗？另外，一个人的精力毕竟有限，既然异国已经是家，我们要了解这个“家”，是不是也该全面地了解华裔或亚裔的第二代、三代在怎样生活而不是眼睛只盯着华人自己的第二代第三代怎么上名校学高收入的专业？

我希望通过这篇文章向人们介绍，加州活跃着这样一个组织APAHE，有这样一群华裔、越南裔领袖人物；了解美国是不是也包括他们？而且了解他们，知道他们不只是去上了名校，出来后还在为这个族群争取许多应得的权益，而不仅仅是从事医生、工程师这些被华人普遍尊重的成功人士行业，是不是能打破一点点我们以为海二代不过就是高分低能儿，去了藤校或名校后就没有人生理想和奋斗的一种慢慢被我们内化的简单化印象？这比泛泛地讨论一些民主问题是否又具体了一点点？我认为他们就是在美国实践着让这里变得更美好的理想的人，他们是看到了美国社会是一个只有自己为自己争取权益的社会实质，所以只能去做实干家和教育家。

教育是亚裔很多群体非常重视的一个人生道路，但是在美国怎么来做教育？美国是我们的居住地，了解这里的亚裔和华裔领袖人才的奋斗和梦想，并力所能及地做点什么，是不是比大骂中国的政治制度并且一天到晚寻思着告诉中国应该怎样走中国自己的民主道路更可行些?

APAHE，是开启了一扇思想之窗的会议。人间何处不芳菲？第一所坐落在旧金山的中国城里，由第二代亚裔教育者们自己争取建立起来、为了移民和低收入阶层学生方便修课而开设的旧金山社区学院中国城分校，你矗立在高高的希尔顿酒店的旁边，不卑不亢、清新、温和，拥抱着来自世界各地的学生，你让我感受的很多，很多。

2013.4.28

第四章

我的女性视角

引言：温柔的缰绳

如果以20世纪初在美国以争取与男性平等投票权为标志的运动来算，女性主义已经有一百多年的历史了。耐人寻味的是，这是一个许多人至今摸不着头脑或人们普遍对它带着偏见和误解的学说。1994年我因为读硕士而开始正式学习女性主义文献，我的硕士论文指导老师李静君博士是我的启蒙者，她受香港中文大学社会学系的本科教育，在美国加州大学伯克利分校获得社会学硕士和博士学位，再回到母校中文大学任教。她在学术上成就斐然，发表了很多有影响的文章和专著，她一直没有结婚，没有孩子，也可以说和学问“结婚”了。她擅长马拉松长跑，身体很好，在我接触到的老师和学者中，她是很特别的一位，不仅是独立思考、专心做研究，而且因为她有一种不愿人云亦云、随意迎合人的律己与严谨。严谨是真正的学者需要具备的素质，我敬重这种素质。

我的硕士论文是从社会性别（gender）的角度看中国国有企业女工与企业关系的转变。从这个题目我学习如何做定性研究，开始找到了怎么做研究的一点感觉。

女性主义不仅是一种学说，也是一种研究方法，更是一种世界观，它改变了我看周围世界和事物的方式。我相信一旦被女性主义启蒙，有了“社会性别”的意识，你看到的世界从此将不再一样。女性主义的信念是：男女生理上的差异不应该成为性别不平等的理由，争取男女在经济、政治、文化等领域权利平等是女性主义的任务和目标。女性主义主张不仅要有学说，还要推动公共政策、发起社会行动来改变社会现状。

女性主义视角使我找到了深刻反思自己的入手点，让我看到我自己身边的人即我父母、丈夫、公公婆婆许多根深蒂固的性别观念。我会把思考的东西和家人交流，我会告诉他们性别观念怎样局限了女性的生活机会。老实说我发现这样的交流不见得会让家人感到愉快，大概是因为人们不愿意被挑战已经习惯成自然的“传统观念”。家庭是因父母而来，父母的观念在他们做父母前已经形成，要想让人们认识到自己根深蒂固的观念是一种文化建构或虚构、从而醒悟大家都不过是被社会这个模子塑出来的“机械工艺品”谈何容易。社会学女性主义研究指出，家庭是延续性别不平等的温床；家庭是教给孩子社会性别观念的地方。看看我们自己的家庭经验就知道，家庭对性别的直接与间接教育来得比学校多得多，而且学校教育和家庭教育往往是矛盾的，学校告诉人们两性平等，男女都该追求理想、事业，但是家庭实际在做的却告诉人们男女平等只是“书本知识或理论而已”，家庭实践告诉人们“平等是不可能的”“总要有一方要做出牺牲，而且为家庭牺牲是女性的美德”。为了追求所谓的效率，经济平等、人格平等只能被放在一旁，男主外女主内仍然被许多人不由分说地推崇为天经地义的分工模式。

在家庭闹意见闹矛盾时，我们喜欢追求一种“难得糊涂”的境界，也可以说默认“麻木不仁”是过日子的“规范”，回避问题或能拖则拖倒成了解决问题的“良方”。一些耳熟能详的教人如何做男人做女人的“老话”“俗话”，往往都是希望人们服膺于社会不平等的现实，说女人红颜薄命的同时也悄悄地塞进了对女子相貌的高期望值，因为往往先要具备“红颜”才能博得社会舆论的注意力；“男怕入错行、女怕嫁错郎”把男女定位在不同的人生轨道，告诉男孩只要有事业就能娶到漂亮女人；告诉女孩嫁人是头等大事，有没有事业和独立能力是次要的。“命”的观念更多时候是针对女人，“认命”成了女人的口头禅，这当然会促成性别不平等的社会结构世世代代延续下来。这种情况不仅在中国普遍存在，美国女性在受相关教育前对女性主义也并不是很了解的。我认为所有的女性都应该读一些女性主义的文献，所有的男性也都应该在听到这个名词就有种抗拒或不知所云的感觉之前先了解一下女性主义是什么，再决定怎么看待这个学说；女性主义受到普遍的误解或污名化，连很多女性自己都避之唯恐不及。事实上不断更新的女性主义学说不仅主张女性与男性平等，也提倡两性合作、共同前行。女性主义思考者进一步地分析，在一个男权社会，男性也是被压制其个性而没有自由的一个社会性别，所以光靠女性呐喊和努力也只是势单力薄，男性要参与到女性主义目标的追求中来。

女性主义提倡倾听女性或处于弱势地位的人的声音，我认为这样的态度才是解决人们关系中存在紧张和敌意的关键。只有真正愿意倾听的人，才会有良好的家庭、人际关系，两性之间的互相欣赏、尊重才能形成。现实中我们常常在做自相矛盾的事情，一方面呼吁男女要平等，一方面两个性别又都自觉不自觉地维持男尊女卑的格局并还自鸣得意。如女性在被人夸出得厅堂下得厨房时总抑制不住地暗自得意，女性仍然难以超越做一个“贤妻良母”这顶高帽子的水准，敢于做超越贤妻良母的“我自己”。所有世俗对女性的夸奖的背后都可以看到一根温柔的绳子，它拴紧了女性自由的翅膀，使其失去追求自我的勇气或可能性。

我在这里收入的文章是让学生用女性主义来分析现实，或我对美国婚姻的观察，或我眼中的几位美国全职母亲。而且我作为一个女性，也被男权社会灌入了性别化思维习惯和意识，对性别本身深感剪不断理还乱，就算声称自己是女性主义者，我仍然有许多困惑和自相矛盾的思绪，我愿在此给您呈现出来，我们一起思考。

2015.3.10

你要对自己好一点

学期结束那周的星期五晚上，我和先生去参加了迈克（Meike）和她丈夫弗洛伊德（Floyd）在家举办的小型红酒聚会。两个孩子第一次被我们留在家里，因为在邀请的邮件上就明确讲了："请你和你的伴侣来，和我们一起享受食物和酒，一起说，一起笑……"

迈克是我的同事，教政治学。她来自德国，嫁给美国人，有九岁的女儿和四岁的儿子。我们不仅是同事，也是朋友，还同一年出生。

她的家在北边一个中上阶层的小区里，我们去晚了一些，迈克和她丈夫一起来开门迎接。令我稍吃一惊的是，迈克打扮得好漂亮！她一身长度及膝的短袖低胸黑色裙装，透明的黑丝袜，黑色的高跟凉鞋，戴着珍珠项链和珍珠耳环。看起来光彩照人，像要去赴一个盛装宴会，这与我看惯了的华人家庭聚会时女主人通常都是一副持家模样的低调打扮截然不同，我深深地赞叹这种自信和光芒四射的情调！

弗洛伊德穿着一件挺括的白色衬衫，西装裤子。屋里灯光调得偏暗，但却有不下10支大大的圆蜡烛摇曳着溶溶的光。当我回到家时，想了一会儿才明白，为什么我感觉到一种与别的大型聚会颇为不同的请调，皆因此烛光；没有那烛光，也就没有那种温暖而浪漫的气氛。

几个系里前后来了五对夫妇，每个人都有不小的空间周旋。大家站着围在厨房里搭起来的几张小圆桌旁，喝酒，吃东西。食物相当简洁，但是足够了。我都不知道迈克究竟做了几个菜，因为她没有像通常的女主人那样称赞大家的菜，从而必然要带到她做了什么菜这样的老套谈话。确知的是她做了德式面包，弗洛伊德烤了只小火鸡，都很好吃。其他的菜除了那个蔬菜色拉，大概就是客人们带去的。从色泽、味道、花样而言，都无法与华人的晚餐聚会相提并论。

但是那放松的气氛，不可或缺的背景音乐，享受简洁而并不丰盛的食物，那种没有想通过食物去展示，有时甚至转化成了比试厨艺的状态——像一些超过20多人有时超过50人的华人聚会无形中给人的感觉那样的。也只有像现在这样，才有可能让大家在随意的交谈中舒缓身心。

华人聚会鲜有烛光，我们有的是色香味俱全的菜肴点心。不大有音乐作为背景，常有高谈阔论的大嗓门儿。中国人的勤劳持家在聚会上是寄望于女主人去表现的，但是作为客人的我总为坐在旁边看女主人洗碗惭愧得慌。

不难发现，作为第一代移民的华人开晚会与美国人的不同之处，是我们总怕客人不够吃的，而且似乎要不停地忙碌才像个好主人。

当然，丰盛的食物本身无可厚非，还是主人慷慨热情的最佳注脚，但我们往往在为准备食物忙了一天后已经在心灵上蓬头垢面，疲乏不堪，对于真正意义上的交谈是心有余而力不足了。

而客人们呢，面对一桌色香味俱佳，由主人做的和客人做了带去拼成的大餐，每次都是不由自主地吃个“一撑方休”，但往往也应了老子的那句话“五味令人口爽”，吃得太多反而食而不知其味了。

我知道迈克为了保持两人世界，常定期把孩子交给临时保姆几个小时，与丈夫出去看电影、吃饭、聊天，她丈夫的第一次婚姻没能持久到老，就是因为与前妻在两个孩子长大后两人一下子变得相对无言而导致分手的。我想她是刻意避免类似悲剧再次发生，因而特别注重容光焕发的生活状态，注重夫妻间精神上的沟通。

去了这对德美夫妇的红酒聚会，我就想我们中国人的聚餐文化是否也可以借鉴一下别人的文化呢？我心里的一种想法变得鲜明起来：活在今天，而不再寄望于“明天”，不要相信“孩子大了再说吧”。对于成了家既要养儿育女又要工作的人，幸福从来都是一种平衡。

2008.2.26

课堂上一对曾经的“小夫妻”

我这学期是第一次教“婚姻与家庭”课，班上有22个人，其中有一对学生特别有意思，不写下来似乎对不起我上过这门课。

上课第二天，我从参考书中学来的一个课堂活动是，请你画出你最喜欢或最怀念的与你的家庭成员做的事情。

大家兴致勃勃地画着，画得可真好！有全家去划船的，有烧烤野餐的，有大家一起过生日聚会的，有野营的，五花八门……这个男生画的是一个男人和一个小男孩坐在一起看电视。我的心里不知怎么就一酸，难道这就是他最喜欢的家庭活动？又是一个单亲家庭，不同的是父与子，而一般的是母与子。

在问了几乎每一个学生画的是什么，这位叫拉塞尔（Russell）的男生回答了我的问题后，我用带了一点同情的腔调说（作为老师不能过分表示自己情感，这点我还是懂的）：“你是不是觉得自己又当爹又当妈的好辛苦啊？”

拉塞尔说：“不，我儿子有妈，他妈妈就在这个班上。”

我以为听错，再问：“他妈妈就在我们班上？”

拉塞尔回答说："是的，她在这里。"用手一指坐在他前排的一位女生。

整个班一下子静了下来，我看着蒂法尼（Tiffany），那个苗条娇小的看上去弱不禁风、也挺有气质的一个女生，她坦然地看着我，说："我们分居了，我们从未结婚，我们有一个四岁的儿子。"

哇，我的脸一热，眼泪都想掉下来，我心里骂自己"太没出息"，我怎么那么脆弱，太不像个老师啦。

"什么，这是真的吗？"我问，他俩点着头。

"我的上帝啊，这是真的。"我语无伦次起来，接着说："哇，上帝，那你们知道你们会在这个班一起上课吗？"

"No。"他俩又一起摇头。

想了一下我还是鼓足了勇气说："我希望你们能够在这学期结束时又在一起！"（你瞧我还得鼓足勇气说这样的话哪，谁知道文化上我是否会冒犯他们俩了，真是皇帝不急太监急啊）

别的学生都笑起来了，纷纷拍手、点头，大家都抱着一份希望吧！那一天是4月1日，愚人节，可他们说的句句是真。

从此，我就刻意地观察起这一对儿来。第二天，他俩就坐到一起，我放电影《甜蜜的阿拉巴马的家》（*Sweet Home Alabama*）时，他们坐在一起靠得近近的，看啊、笑啊，我真为他俩好像"有门儿"了而高兴。

一段时间里我为他们坐没坐在一起还保持着记录，记录写着：从4月的最后一天开始，拉塞尔不跟蒂法尼坐了，他转移到一个已婚的有4个孩子的妈妈学生谢利旁边，谢利是个很开明的、性格友好亲善的一个人。

为什么？

其实我后来从改学生作业时看出来了，蒂法尼是个非常传统的女子，她认为女的成家做了母亲就该留在家里，男的该挣面包。否则就是不正常了。

拉塞尔呢，却是心态很开放、开明的，是后社会性别（post gender）的取向，后社会性别的特征是，不赞成男人女人一定要像社会给的刻板定义（stereotype）一样活得呆板而无生气。

他相当放松，不像她，总爱绷个脸，不爱笑。我越来越发现他有艺术家气质，有点纽约街头艺术家的味道。果不其然，一次讨论时，蒂法尼透露出拉塞尔是自己投资拍电影的，并说："那样真没意思，谁想看他拍的电影啊？"

事情是这样，当我问昨晚你们有没有去看南非电影《黑帮暴徒》（*Tostsi*），我说那是一部令我终生难忘的好片子，学生们都摇着头，只有拉塞尔摇头后来一句："我从来不去看不是我制作的电影。"

我又吃一惊，好大的口气！结果就有了蒂法尼上面那段让人听了一定会沮丧的话。

有一位中年女生说："也许他做的电影很棒呢，也许他很有创意！"

我马上猛点头，可蒂法尼像个高傲的公主，袖着手说："没人想看这些电影，这样的电影成本太高了！"

啊，我茅塞顿开了，这段对话里揭示了他俩的矛盾，而且可能还是主要矛盾，尽管拉塞尔说他是有别的工作，业余才干这个的。

等到我们再看电影《朱诺》（*Juno*）时，片子中那对最后离了婚的夫妻就是在类似问题上无法调和、妥协——丈夫以音乐为事业追求——而分手的。我的这两位学生情况类似：拉塞尔热情，蒂法尼冷漠，她甚至拒绝回答我的一个并不难回答的问题：这部电影有没有东西打动了你，如果有，是什么呢？

我们看《朱诺》的目的是为了了解沟通在婚姻中有多么重

要，这部电影打动了除蒂法尼之外的所有人。在学期结束的反思作业上，大多数人把这部电影列为“最喜欢的电影”。

到学期还有三四周才结束时，我心里已经在说：“当你和伴侣有一些不同，那不要紧；可当你们的核心价值观不同，那就没有戏唱了。”

我不看好这一对儿曾经同居而生下一个孩子的小夫妻了，苦了他俩都深爱的那个年仅四岁的儿子了。也苦了拉塞尔，他是爱蒂法尼的，我看得出来，在学期开始时填写的作业纸上，他写道：“我最亲近的人同时又是我感觉距离最远的人。”

以上这些内容写于我在飞往德克萨斯州奥斯丁开会的“天上”，那是5月下旬。到了6月9号最后一堂课结束，拉塞尔跟我到办公室拿一份作业，我谢谢他这学期在课堂上的开朗表现，为活跃课堂气氛所作的贡献，并且提得出好问题。他当然很高兴我这么评价他，说自己也很喜欢上这门课，以后还想跟我上别的社会学的课，从他的眼神我看出来他想和我聊聊，我就说进来坐坐我们聊聊吧。

他这一聊就是40分钟，大意是他和蒂法尼是怎么认识的，原来他结过婚的，还生了一个孩子的（那时他还是二十出头的小年轻），后来前妻虐待他，又不肯和他离婚。为离婚，他认识蒂法尼后，刻意表现得很亲密，当然也是两人觉得聊得来，真的好上了，前妻大为光火，反倒促使他们俩义无反顾地搬到一起住。最后婚离掉了，但这两人也没结婚，去年12月两人正式分居了；没曾想竟在我这课上不期而遇。

拉塞尔说和她上同一门课，天天见面，是痛苦的，但同时也是一个反省这段经历的机会，说学到了许多东西，特别是夫妻沟通是多么重要。他和蒂法尼来自两个离婚的家庭，父母失败的婚姻对他们自己人生路上的“反面模范”作用，真是不言而喻呀！他还告诉我他也曾贩过毒品，名字我也没记住，美国毒品这方面的常识我是贫乏得厉害！现在他要读书，要独立生存，又是一个金不换吧！

我听了这沉重的故事，能说什么呢？心说你们不要早婚早育吧！美国该向中国学习，控制结婚年龄了！这也是我班上的学生的共识，人不跌跟头哪知道膝盖疼呢。况且自由也是有代价的。

后来我还是给他说了点不知有没有用的话，我给他讲中国诗人舒婷的《致橡树》，建议他一定要把书读出来，独立生活才能做个顶天立地的人，才会有吸引爱人的素质和资本。对蒂法尼刻意追求可能不会有效果，因为两人的核心价值观有差异，这是一种基本差异，是和谐长久的婚姻中的忌讳。我还说："而且等你经济独立了，她要是还喜欢你自然会和你好，她不是注重男人挣面包吗？如果她始终不改主意，那你也要开始你的新生活呵。"我看他聊兴正浓，絮絮叨叨的，属于侃爷那种人，我只好以自己还要吃午饭并且下午还有课为理由，让他回去"反思"去了。

后来我在蒂法尼的学期论文中，读到了类似的对与拉塞尔在一个班很尴尬的感受，她的文笔很不错，感动了我本来就多愁善感的心肠。她说："我不是一个很会表达自己感情的人，父母的离婚对我表达自己的愿望和自信是有负面影响的。和拉塞尔这样的特别开放心态的人在一起上课，对我真是有压力的。我在这门课学到许许多多从未想过的东西，最深印象的是男女的社会角色原来是那么受制于社会对我们的界定，许多以为就是如此的东西其实是社会、历史的力量使然。但是无论如何，我很高兴地看到这门课终于要结束了。"

蒂法尼的文章像一颗很重的石子投入湖心，在我心里震起了久久不能平静的涟漪。我想她真的反思了，我以为她不会认识到自己的传统取向呢，看来，教育的确是有让人反省自己的力量的。我并非一味地反对传统取向，只是主张人应该知道自己为什么会有一定的取向。

无论如何，我祝福这一对，我无权干涉他俩，但可以一直一直地为他们三个人祝福吧！

2008.6.18

女人四十

电影《人到中年》，由潘虹和达式常主演，20多年前的片子了。陆文婷医生那美丽、忧郁的形象，并未随着岁月流逝而暗淡少许，反而总是那么深地留在我心里。

再过两个月，火热的八月中旬，我也要翻开40这个页码了。吃惊吃惊再吃惊，信不信也好，我就要跨入40岁这个有太多符号性意义的年轮啦。

40岁对女性意味着什么？容颜衰老（尽管现在人们有不少办法保持靓丽了）？还是历时十年而不衰的似是而非的“豆腐渣”？一切都是赘肉?

管你想掩饰也好，不想掩饰也好，都会在你笑意盈盈之间显示出来的眼角的细细的皱纹?

管你准备好了，或是没准备好了，在对镜梳理那陶陶然的时候，赫然发现左边额角上一根刺伤了眼睛的白发，是什么时候悄悄来临的?

哎呀，40岁，不一样就是不一样。

可是，你真的就老了吗？年轻当然是不年轻了，但在年轻与老之间，不是还有一段中间的路吗?

真正的老去是不可推卸的事实，也伴随着应尽的责任，只有老去，才有新来，才有长江后浪推前浪的进步和精彩。

自然的老去并不可怕，看那一头银发的老人，如果你的人生是有所追求的，失去过也得到过的，有责任心地生活着的，你就是幸福地变老。

可怕的是还没老就已经认老服老，认为还能怎么样了，就这样吧，最爱把“人生不就这么回事吗？”的寒暄挂在口头，暄多了自己肯定也就信了；或者是“好死不如赖活着”，看什么都是“就这么回事呗”。看似看破红尘，其实是红尘看破了她。

在一日重复一日的单调生活中，生命在出生；有人走，有人来；婴儿的眼里是无限的好奇，少女少男的眼里是花季的落寞和渴望，你的孩子每天都在变，你也每天都在变。

你变得成熟，成熟是一个过程，你从不那么开朗变得真的开朗，从不那么坦然到越来越坦然，你看开了生与死的困惑，知道能活着本身就是一种福气。

该生气的，当然还会生气，但是不要让气在心里结成淤块，排解它，让它随晚风和炊烟飘走。

该庆祝的，就要及时庆祝，该说的好话，要及时地说；四十岁，女人的智慧，是学会让自己快乐。

无需否认，逆境让人难以快乐，那么想想四川“5・12大地震”，大灾有大爱，大爱有大悟，大悟有大乐。

我佩服把走了的孩子称为去天堂的说法，把地震中不幸离开人世的孩子称为“蒲公英排着队去天堂”。这不仅是把死亡诗化，这是把死亡智慧化，这是地动山摇却把悲伤藏在心头、让微笑含在眼里的做法。真正的激情，莫不如此；真正的激情从来不是廉价的啼啼哭哭，只有对生活真正热爱的人，才能坦然地讨论死亡、面对死亡。

女人40岁，心情如何？取决于你是怎样度过每一个平凡而又不平凡的日子，怎样发掘生活的意义本身，怎样对待你身边的一花一草，对待深吸一口就能到心里去的花的香、草的青，对待不经意就捉得到的小鸟嘀哩嘀哩的啁啾声。

女人40岁，会羡慕赵雅芝那50多岁仍“看上去才30岁”的惊人的年轻，但也要能接受自己细细的鱼尾纹，你是因为可爱的个性而美丽，容貌的美到40岁以后本身就是内在美散发的外延，而不是光靠一张年轻的脸蛋了。

年轻，是一种心情，不是去计算年轮的一个个怪圈，是承认自己缺点很多、有时很笨、偶尔才好不容易地大智若愚一回。年轻，是能拿自己开涮的洒脱、不刻意。可能我永远也精明不起来，生活上就是喜欢简洁而不是故意繁文缛节的东西，但不等于简陋。

有时间多和孩子学学中文，多向他们学学英文，和老公散散步。人生是一场马拉松，耐力、韧劲是我们要真正用心去保持的品质。

本来，大自然就有四季，月亮就有圆缺，变老很遗憾吗？那就接着遗憾吧。人生实在还有太多的遗憾了。如果以80岁来算，人生才走了一半。四季的脚步，是永恒的。

生活就是生活，我们是为了让每一个飞着来又飞着去的日子过得美丽和自信而活下去的。

2008.5.24

做精致女人还是做真实女人？

有一位博客作者写了篇非常精彩的《女人不是老妈子》，让我想起了身边的许多女性朋友、熟人，也想起了自己的妈妈。女人不是老妈子，光这一句话，其中包含的思想、思绪，就胜过千言万语，没想到自己也到了对“老妈子”这个称呼有所感触的时候了，以前总以为只有自己叫阿姨的人才担待得起这称呼。但是我给自己出的问题不太一样，我想问：那么，是不是女人就都要去做精致女人呢？

精致女人是一个使用频率越来越高的词了，她成了网络时代的一个时髦用语，有时与精品女人混用，尽管这么混用并不准确；精致女人也成为许多女性心向往之的一种状态，成为不甘心围着老公孩子转、要活出自我的女人解放自己的一个口号，不信看看最近几个月来网上的博主们各抒己见的表述就可窥其一二了。但我却对这个词本身有一些想法，在这里抛砖引玉一吐为快吧。

精致，从语义而言，是精美细致，与制造、修饰的精巧细致分不开。所以，有人工装饰以掩盖不足扬长避短之意。精致女人，在我看来，以人们描述时普遍采用的词语，如：气质高贵、举止得体，这就不是一般家庭走出来的闺女随便就能做到的，精致在这样的语言环境中，被转译成了财力和品味的结合体，即不但是有钱人家的孩子，还得具备因良好家教才能熏陶出来的品位；还有人认为因为中国人闹革命，把富人打倒了，也就革掉了精致的温床，是中国女人集体不精致或优雅的深层原因，这不也就是说精致是有产阶级才有资格具备的特征吗？但我无法被说服的是，大家所津津乐道的精致女人的实例之一，是日本女星荒木由美子：她有一双人到中年却依旧难得地清澈的大眼睛，恰好那期朱军采访她的节目，我也是看到了，我也觉得当年饰演《排球女将》里小鹿纯子的演员真是越到中年越美丽，比她当“螺旋扣球”排球杀手时的气势汹汹要女人味多了。但是，她的美丽给我的印象，却恰恰不是精致，而是真实、自然的美，像网友无根草所言：“原来精致女人不是天真，而是历经沧桑的返璞归真。”荒木的美，在于返璞归真，在于自然流露出来的率真的美，而我所理解的精致与率真却是两种境界。

精致女人，每个人都有不同程度的理解。我的理解是，她应该是那种有大把时间去料理自己、人到中年面部依然细腻无皱纹（或修饰得很好）、手背手臂上无色素沉着，上美容店享受专业修手指甲、脚趾甲服务，五官轮廓精致、身材姣好完美或几近完美的人；然后如果会做菜，有一份体面的工作，我们的社会、各种各样的评论员就会满意地点着头：“嗯，出得厅堂，下得厨房，全优女人。”

这里，怎么看，都能看到在精心修饰的外表和自然流露的气质里——假如人们真的在欣赏她的气质而不仅仅是外表的话，透着一股无法拒绝的社会寄予的对当代女性的“殷切”希望，透着男人的高标准，透着女人自己挑剔眼神里的严要求。不过这又有什么不好呢？您一定要堵住我的嘴来问我这又有什么不好呢，对不对？

我的直觉是：如果女人们都去追求这样的精致，一是累，二是刚从老妈子的坑里爬出来，做老妈子那是心不甘，情不愿的，可是会不会心甘情愿地纵身跳进了另一个“高级火坑：那遥不可及的精致女人”了呢？会不会因为害怕自己不够精致，就像不够时髦一样，所以死命地把自己弄得精致实际却难掩倦容呢？

一个人，要做到精致，一定是要有一套自我监督的功夫的，这个社会在福柯（Foucault）的眼里，是一个人们互相自觉地彼此监督的“监狱”。如果我延伸福柯的思维，精致就是在女人们的监督中产生的一种现代性；只有所谓的老妈子们、只有不刻意打扮自己的女人的存在，才能衬托出那种精致的女人。精致的人，收到人们羡慕的眼光、夸奖的词语等等这些“社会荣誉”而愈发有动力要保持、深化精致。这样累不累？有人情愿累，累了也高兴。所以这是仁者见仁的事。

我的“智者见智”是：女人的美，不是只有一个“精致”可以涵盖的，你可以做浪漫女人、严谨女人、随意人生的女人、风趣女人，甚至傻乎乎乐呵呵的女人，你就是做你自己，才能做得最舒心。

精致并不是美丽的最高境界，真实而舒服才是最高境界。女人要有真性情、不做作，做作是最倒我胃口的事。太过追求精致，就容易走向做作，因为精致难免有工匠气，因为要花很多功夫需要很多外在的东西去做到“精”。而真实是个性自然而然的流露，其可能性是无限的。

真实的女人会享受生活中的细节，能静下心来闻一闻花香，凝视自己或别人的孩子纯真的笑容时，会在心里流幸福的泪；女人有烦恼但愿意讲而不是装得很快乐；女人要愿意思考，愿意倾听别人的话语；不一定要化妆，可以有皱纹，但是要清爽，有一双澄澈的眼睛……这样的女人，不是老妈子，也不符合精致的标准，但是是介于这两极之间的状态，我觉得只要身体健康，心情好，这就是最好的状态。

岁月的确无情，会带走一些人们年轻时就具备的秉性，人到中年了没有宁静下来却带着似乎很不合时宜的凄凄惶惶、心神不定。我记得在14年前在香港读书，有一次要离开宿舍去赶火车时，突然天降雷暴雨，我临时叫了一辆出租车到宿舍门口送我去火车站，车来了，停在离我有点距离的地方，车头是对着要走的路的反方向。我有伞，但是我用手势指挥司机要把车掉头开到我面前，我才上车，与我同行的同学和司机都说你好淡定，会享受，不急着走啊。现在，我还有这份淡定吗？好像总在急火火地赶，虽然想慢下来享受；如果，写博也算是享受的话……

我看到无根草的“惬意慢生活”，深受启发，只有快过的人，才知道慢下来的好。看到木心的“人生本来就是临时的”，同感于中年人的心态，这是多么简洁的一个总结！我相信每一个女人都有让生活、让自己精致一些的愿望和能力，只是时间有限，那么还是量力而行、尽力而为，做到真实而清爽就好了吧。

2008.10.2

一位伊朗主妇的美丽与纠结

我认识一位来自伊朗的家庭主妇，是在先生任教的大学里的教师聚会上，她的经历引起我的兴趣，故此写写她。

那次聚会本身就有意思，是有色人种老师（faculty of color）的聚会，所以纯白人倒是没有“资格”参加的了。借此我认识了他学校里的来自伊朗、墨西哥、日本、玻利维亚等国家的教授，或在美国出生的少数民族，如黑人，里面也有我本来就熟悉的香港人、上海人，以及他（她）们的家庭成员。

她是伊朗人的妻子，来美国22年了。她的教授丈夫教政治学，是一个非常快活的快60岁的人，而她比丈夫小很多，才40多一点。据说男女的年龄差异大是伊朗的婚姻习俗之一。

这个聚会的规矩是大家轮流坐庄，昨天轮到我们家了。但是要写她，还得从第一次见到她开始说起。

我见到她是在去年冬，在她的家里，很大很豪华的房子，只有一层，因为她有恐高症，故而她的丈夫为她而买了只有一层的房子。据说过百万的价格，在我们这个城市就是富人的房子无疑了。也由此看到丈夫对她的照顾。

我惊诧于她的美丽，她是短头发，卷曲、金棕色的头发。

一双会说话的大眼睛，很清晰的轮廓，明眸皓齿，真是一个地地道道的中东美人，而且很大方，说话直来直去，和我想象中的中东妇女的保守缄默差别很大。天知道我哪里来的“刻板印象”，大概看到电视上杂志上人家罩着面纱就想当然地以为人家保守，其实，才不是呢！

她做的蒸饭很好吃，颜色丰富，配料很多，看得出用了心思。还有小点心，精致小巧，我看得出她丈夫是多么满足，因为他美丽的妻子和两个漂亮的女儿；大家在她家都很高兴、甚至有点莫名其妙的“激动”，一是因为那种宾馆式的服务规格：他们家的酒陈列在一个专门用来装酒的冰箱，装食品的盘子件件恨不得都是艺术品一样经得起细品，点心摆在花纹考究的大理石的吧台上，家具简洁而考究，还有伊朗画家画的伊朗女郎的巨幅肖像挂在火炉上方。家里弥漫地道的伊朗风情，这不是随便就能遇上的；二是在富有的人家里，人容易“激动”，当然这是我瞎猜的。真话是：这样的地方特容易让人自惭形秽，觉得自己过的啥日子呀。

昨天聚会转到我家来了，她终于可以做客人而不是忙上忙下的主人，她不断地赞我们家的菜好吃，我当然高兴了，因为她自己是出色的厨师，我宁愿相信那不仅仅是礼貌。但是我更感兴趣的是听她和另一位也是在家做着专职主妇的日本人太太的对话，这位日本人的太太是马来西亚华人，会讲普通话、粤语、闽南话、日语、马来语，简直神了！

两位主妇相见，自然很容易唠嗑，我本来和一位朋友聊着，朋友是上海人，很会享受生活的，后来我觉得作为主人需要到处去坐坐，就坐到了伊朗人和日本人太太边上。伊朗太太说：“我有三个孩子：两个女儿，一个儿子（儿子是她的政治学教授丈夫）。我管他们的生活，早上5点就起来，我给他们做早饭，做女儿的午餐，她们不喜欢吃学校的午餐。（此刻我心里的话：我的孩子也抱怨过学校午餐难吃，但我永远只把他们的投诉控制在抱怨阶段，没为他们做过午餐，理由是我哪有时间，所以我心里突然有那么一点内疚。）

6点我叫女儿起来，7点再叫一次才起来，8点我叫丈夫起来，我要把两个女儿分别送到学校或校巴上，再回来伺候丈夫吃早饭，这样等早上的事情弄完，就10点了。等下午4点，我又该开始忙乎晚饭了。”大家听着都笑了，但是笑得有些无奈！那位日本人的太太也说了类似的话，她也每天给她女儿做午饭带去学校吃。

过一会我尝试转话题：“好在，春天总算来了！对吧，这个冬天这么长，真可怕啊！”

她马上说：“哦，我永远忘不了这个漫长的多雪的冬天！下大雪，我妈妈在伊朗生病，直到去世，三个月呀，我都不能回去看她，我天天打电话，我……”她的眉头皱着，“因为他们，全是因为他们，我不能回去看看我妈妈！”他们是指她的三个“孩子”，离了她，他们无法生存。所以她只好强忍着心中的悲痛和担忧，守在这里，等到了妈妈在圣诞平安夜那天去世的噩耗。她为此曾患了两个月的忧郁症，这是她在上一次的聚会上告诉我的。但是那时候她只说她不回国，我当时就好生奇怪，她又没有工作为什么不回去看母亲？这次她才说出了原因，因为她是三个“孩子”的妈妈！她老公看来是什么也不会做的饭来张口的主儿。

唉，我心里曾为她很幽默的老公当众赞她的那种浪漫而快活的样子而打动，但是想想，这代价，也很大，有这样的老婆，老公能不满足吗？！可是为了这种满足，就走不开去看看自己重病的妈妈。

她还说：“我的女儿什么事情也不做，房间也不清理，”我说那你要她们清理呀，她说：“她们就会说，这是我们的房间，你不要来就好了。”

我心里开始感到有点什么不对，但是我不想指出你太宠女儿了。在这样人多的场合明摆着的事情还是别说为好。

她接着说：“我小时候，11岁，我妈妈就教我做家务了，她说你学会了以后你老公就不会把你给休了！所以我什么都会做。我们那里的人要在太阳升起后到太阳落山前的14个小时不吃也不喝，我不喜欢干那个，我就做家务。我做一切的事情，可是他们觉得这是应该的，没觉得有什么难的。我有个医生朋友，她雇自己妈妈给她带两个孩子，一个月给她妈妈两千元钱！可是我一分钱也没有！”

她看起来激动起来了，我的眼神一定也充满了不必要的“同情”。我能、我该有什么样的眼神呢？我自己也说不清。

但是她自己话锋一转，说：“我女儿已经得了20多所大学的奖学金，她两年后就会离开我去上大学了，我只要她能上一个好学校，别的我都不在乎。”

她说：“我妈妈是在乎我，才教我做家务，我不在乎我女儿，她自己以后会学的。”

我说：“是不是你女儿不会做家务，这样成家后她丈夫就不好全靠她做，自己也要做，这样的话……”“不就平衡了吗？”——我心里这么说，她听了一愣，大概她没这么想过。

她又说：“他们不做家务是认为他干外面的工作，而我干家里的工作，所以一切都该我做。我也给他们说我要出去工作，他们都问为什么？他们被伺候惯了，我说我烦了待在家里。”

她又话锋一转，说：“我丈夫在外面工作，拿钱回家，我很感谢这个的。他也不容易。所以我该做家里的事情。”

这就是她了，我发现她自相矛盾，却又有一种神奇的自圆其说的能力。因为认为自己不挣工资，所以该做所有的家务。

尽管有怨言，但还是告诉自己要乐意。16岁的女儿不干家务，但是只要能上好学校，就不在乎了。这与中国大陆许多的独生子女父母的育儿观何其相似。

她已经把伊朗的传统观念很好地内化了，这种女性要做主妇的伊朗传统观念与美国的传统观念一脉相承，我看得出来她心里有愤怒，说不出来的愤怒，但是因为传统观念能帮她消除这种愤怒，也就自己安慰自己，一次次地平息了自己。要维持一个家，一个主妇的心里要装多少东西啊！

每一个人都有一个自我，如果这个自我就是一个快乐的家庭主妇，那就再好不过。只是，我觉得很多事情上面，快乐并非一件简单的事，特别是在做主妇这件事情上。

她和那位日本人的太太都有一种朴实的品质，使我不由自主地喜欢和她们接近。在职业妇女的身上，特别在有点位置的人身上，有时候倒多少感到一种距离感。这本身是多么奇妙的一种现象。主妇啊主妇，多么不容易的、令人敬畏的职业！总之一言难尽。

2009.4.26

为了一个新生命的诞生：母亲

周末，我先生从学校带回来一封信，我拆开写着我和他名字的信，里面是一张很清晰的照片，是一个穿着淡蓝衣服的新生儿！一张白底的“谢谢你”卡片后面写着：

亲爱的平苹和平苹先生，

谢谢你们对我在医院时给予的照顾和支持。我真的很感谢你们来看我，平苹，我爱吃你做的饭。谢谢你！

你们给我的婴儿本杰明的外衣很可爱，非常感谢你们！

克里丝婷和阿森夫妇

喉咙里好像一下子堵住了，我的心有些感慨。于是写写她。

她是德国人，在东德长大，十几岁移到西德。我们认识一年半。她是一位教育女儿一向有原则有计划的母亲。

2007年，她和丈夫及两个女儿，因为丈夫的工作来到我们这个城市。去年她怀孕了，预产期在今年5月，这次是个男孩，这令他们尤其兴奋。

但是出人意料的是，她在还有九周才到预产期时，发生了连续几次出血的意外。医生让她住进了医院，就是“保胎”。

我只听过有人要保胎，但没见过认识的人真要躺着保胎。我去医院看她，第一次是全家四人去，后来几次就是单独去看她。房间那样安静，我们可以说会儿话。

她这一住就是六周多，足足45天。只能躺着，不能起来，除了上厕所。病房条件很好，但再好，除了一堆仪器以外可以娱乐的也只有一个电视，她还从家里带来一个小音箱。这40多天就是这样熬过来的。

她的妈妈专程从德国来照顾她两个上着学的女儿，一个5岁，一个不满4岁。老太太要接送女儿，购物做饭，带她们睡觉。她的丈夫来看她，送来鲜花，可是后来她丈夫也坦白地告诉我先生：所有的大人都精疲力竭了，自己照顾两个孙女，已经耗尽了力气。而且想想看，老太太刚从德国来这里，第二天就要摸着路接送两个不在一个学校的孙女儿，容易吗？她丈夫不管有没有课上都天天去学校，还不安分地去外州面试。我没有资格对别人的生活说三道四，但是我心里为她觉得冤。我觉得她丈夫应该花更多时间陪她，就是坐在她身边，陪着她。

我去医院看她五次，和她聊聊，然后匆匆赶回我自己的家，家里自己两个孩子也总是让我放不下心。但是其实后来我越来越珍惜去看她的机会。因为我意识到，只有在病房里，她才可以不用总是跟在孩子的后面这呀那呀的，可以让自己休息，真正的休息。特别是那个很个性的老二，总是要吸引她的注意力。而且说真的，在病房里看朋友，你对生活的理解会被病房那样的环境而影响。

她每次都说医院的饭很乏味了、再也吃不下去了，我就在她剖腹产之前给她做了一次饭，就是红烧排骨，西洋菜排骨汤和一个炒青菜。她吃得真香，我看着高兴极了，感受到自己做的饭菜被肯定的喜悦。

医生决定让孩子提前三周剖腹产出来。4月15日，孩子出生了。我和先生去看她，那个夜幕降临的病房里还是只有她和婴儿，婴儿是那么小、那么娇弱。早产的孩子嘛，总是看来楚楚可怜一些。我为她终于"解放"而高兴，也知道我们单独说话的好时光是过去啦。

我带去了广东人给产妇生孩子头两天做的姜末肉末炒鸡蛋饭，和清炒空心菜。我问她你吃饭了吗？她说没有，我大吃一惊，从早上7 点剖腹产，到我去看她时晚上7点，她还空着肚子！我没有问为什么，因为明摆着的问题还是少废话。这时候，她妈妈打来一个电话，说自己实在太累，今天晚上就不过来看女儿了。也就是说母亲没法给刚生完孩子的女儿做一顿饭，她丈夫也没有做。所以我带去的饭突然显得这么及时、重要、恰到好处！

我突然觉得不可思议，西方人的家庭关系到底是怎么回事，怎么可以产妇的第一顿饭家里人都不管？就这么相信医院吗？对于正常情况的产妇，就算可以依赖医院的饭吧，但她是多么虚弱啊，住院六周，而且是大出血才住进来保胎，现在又剖腹产，家里怎么可以就这样连饭也不管？这一切仅仅是文化差异就可以解释的吗？我觉得有点心寒。

她吃起蛋炒饭来，一口一口，很慢、很仔细地品尝，那么细致，那么文雅，即使饿了一天，还那么斯文地吃饭。教养啊，这就是教养。她的父母在德国拥有一个小公司，也是中上阶层。她是全职妈妈，对孩子教育非常尽心。

有一次当我问躺在病床上的她，克里斯婷，你最喜欢吃什么？

她说喜欢吃鸡、猪肉，然后就说她丈夫喜欢吃牛肉。我一听心里说这时候了还是想着自己的丈夫，我可没打算给他做牛肉，他可不是产妇啊！

当她还在医院，我们又去看了她和婴儿一次，带去了鸡汤。那是孩子三天大的时候，她说我给她的姜末饭才刚吃完。三天，就吃我那一盒饭？我心酸。当然我想她肯定也吃点医院送来的饭，她说姜末饭真好吃。

当你在困难的时候，有人帮过你，你会永远记得那种温暖。我自己就有许多这样的朋友。我为能帮她一点点而高兴。

她在美国读了工商管理硕士，然后安心做着她的全职主妇。我凝视着她的儿子的照片，清新的淡蓝色的衣服，淡蓝色的小毯子，那双大大的眼睛，仿佛有点与年龄不相衬的忧郁呢。早产儿嘛，总有点不一样。孩子啊孩子，你有一个多么投入做母亲的妈妈！

还记得去看她，她还没有生的一次，旁边一个房间里有一个刚出生的婴儿哭了，哭得那个悠扬、娇嫩和委屈，那哭声唤起我对女儿在这同一所医院出生的记忆，婴儿的哭声，很美、很美，我听得简直入了迷。

母亲节快乐，不仅仅是说说的，那是生命的代价。而她，是我心目中一位真正的母亲。

2009.5.2

女人有中间的路可以走吗？

看了网友甩了的《女人命》一文，非常受启发和震动。这篇文章是难得一见的好文章。我相信作者有深厚的女性主义理论训练，才能写出这番深刻的见地。文章直指父权社会的核心问题：除了男人之外，女人自己是怎样发展出一套意识形态来合理化自己处于次等性别的命运的。

文章指出，女人因为受传统观念的教育和实践，容易把自己的幸福与不幸都归因于“女人的命”，这就把一切性别不平等、不公平都摆平了，既然是命，那就认命吧，还有啥可指望的，仿佛一切都是前生已定的因缘，自己再努力也赶不上那命好的，所以逆来顺受就成了对命运最好的交代。

文章更深刻地指出，女人自己才是有意识地维持这套传统性别系统的人。有一群受益于传统的婚姻模式的女人，她们认为依赖男人而活是天经地义的，选择结婚对象仅仅是因为这个男人的家庭环境或本身条件好、能给女人一个比较好的生活。这样的女人并没有出色的事业，也不是一个出色的家庭经营者，但是女人靠这一条就够了：她命好，嫁了个好男人，这就是她的“本事”。反之，那种没有嫁到好丈夫的女人，就会被人说成她命硬，不是旺夫命或旺夫相。

这种逻辑最后给人们的思维方式带来的影响之一就是，为社会分出来一个性别分层，女人干得好不如嫁得好。影响之二就是，衍生出了一个词：贤妻良母，一种实质主义的思维方式是：女人都是一样的，做好妻子和母亲是最重要的。

是这样吗？这完全是见仁见智的问题了。女人到底先是人，还是先是女人？这是一个没有统一答案的问题，但是不同的回答却有各自的假设和含义。

人都是有自我的，如果一个女人的自我恰好是要做一个贤妻良母，那么这样的女人是表里如一的最幸福的，因为她的理想正好和社会对女人的要求吻合，这样的人在心里面活的比较轻松，比如我写的在医院里保胎的女性朋友，以及那位美丽的伊朗主妇，都大致属于这种女人。

还有一种想走中间路线的女人，“什么都想要”的女人，有工作、事业，也有家庭、孩子，孩子还都很出色，学习、才艺样样出众，人们有一顶现成的帽子给这样的女人：超级妈妈。我好像属于这种人，如果要我填问卷选择的话。

这个词真是意味无穷，听来好听，其实真的如此吗？它含有因为对女人期望不高，所以你做得好就是“超级”了的意思。这还是在说，你是一个次等性别呀，当然现在的社会已经不会明着说这种乖张的话了；但是分析一下，就是如此。

想走中间路线的女人，往往认为人生这样才是最完美的，啥都没耽误，自己对得起自己，也对得起家庭，其实她心里的苦楚、内疚、患得患失，又岂是三言两语能说得清的？要说她没有一点挣扎，我只能说那是自欺欺人，鬼才信。

还有另一个极端的女人，就是为了事业放弃了成家，她们著作等身，出现在国际学术会议或新闻发布会的会场，与男性一样地“风光”。但是这样的人往往被认为不是真正的女人，在很多女人心目中，她们的人生是失败的——因为她们没有家庭。我就认识许多这样的被认为事业成功但人生失败的高知女性。

中国的哲学能让人自圆其说，要顺天意，不要和老天对着干。什么是天意？就是老天早就安排好了，男人为大，女人为辅，夫唱妇随，那才是正道。所以，多少女人，被压抑得没有出头之日而苦闷时，回归到古代哲学的性别大纲，看一看也就释然了，也就乐得接受“这就是命啊”的教条了。再置身于西方世界，举目一看，敢情基督教国家里也有类似的大纲，那也得释然。

总之，理想的状态是女人要活出自己的气质、活出自我，但是实际中，难。难在女人自己里面大概有一半，是得益于那套性别系统的，因而要作梗着不想改变，难在男人里头。我乐观些估计——男人中最多只有十分之一，是有社会性别意识，即对社会传统观念是有批评能力和意识、而且敢于付诸行动去改变系统的，但谈何容易啊。然而甩了的文章给我惊喜。

2009.5.7

真爱究竟是什么？

昨天的“婚姻与家庭”课，讨论第13章——《逐渐走远：分开与离婚》（Coming Apart：Separation and Divorce）。我用了教学参考书里的一道讨论题：“两个人不再相爱会是你离婚的原因吗？”

班上女生中年龄最大的艾米（Amy），30来岁、已经是三个孩子的母亲，举手要求发言：“我认为这不能成为离婚的理由。因为这只能说明你都没有足够的努力，就放弃了。当你是真的相爱而结婚的时候，是不会不再相爱（fall out of love）的。维持婚姻要做许许多多艰难的工作。”

我问她：“那你怎么知道自己是不是找到的是真爱？”

她很快地接道：“你爱的必须是这个人本身，是这个人的全部。不管好坏，你都爱他/她。你对他/她的感觉不是性欲（lust），也不是热恋（infatuation）……”

我说：“说得真好！可是问题是，当你决定要和他/她结婚的时候，你是否知道什么是爱、性欲以及热恋呢？你也许觉得自己在热恋中，那就是爱了。而热恋并不一定就是爱。有多少人能够确信自己懂得这三者的区别呢？”

艾米笑着连连点头，说“完全正确”。笑容中透露着一个过来人基于丰富经历而散发出的自信。

的确，我觉得艾米的话说得太好了，因为她说到了点子上了。这可以说是艾米的爱情宣言。能用简洁的语言表达一个很难表达得清楚的概念或观点，这是一种本事，我佩服她。

真爱究竟是什么？这是一个难倒了多少代人、被无数人苦苦追踪答案的问题啊。我自己不也懵懵懂懂、以为这是一个永远也说不清楚的东西吗？可是我觉得今天艾米把这个难解的题以她的语言给解答了。其实在听她发言的那一刻，我觉得我是她的学生，她在教给我一种东西。

这番话其实与我们前两周在课堂上看过的《朱诺》这部电影很有渊源。那是片中的父亲对着16岁就未婚先孕的朱诺说了一句话：“你要找一个真正爱你的人结婚，什么是真正爱你的人呢？这个人要爱你之所以为你，不管你是美丽还是丑陋，是好还是坏，状态很好还是状态很坏时，他都爱。”

这番话还显然带有“友谊和爱情”这门学过的一个理论的色彩。这是一个受到学生普遍好评的理论，当时我们只是从教科书接触了对它的论述，也没有看过原著，而且关于爱的理论很多，就这个理论给人的思考很丰富，有一种回味无穷的感觉。同学们反映这是对他们对爱情的理解帮助最大的一个理论。这就是斯坦博格（Sternberg）的爱情的三角理论（Sternberg’s Triangular Theory of Love）。

根据斯坦博格的理论，爱可以被具体视觉化为由三个因素构成的三角形：亲密、密切（intimacy），炽热的恋情、强烈的情欲（passion），承诺或决定（commitment or decision）。图示为：

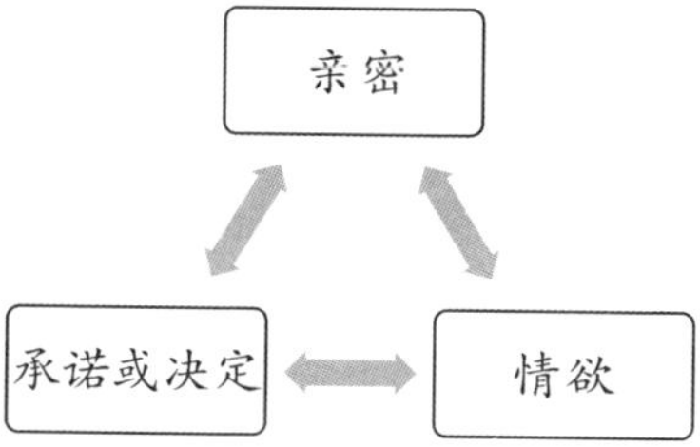

亲密是指当你在爱的时候，对你爱的人有一种温暖、亲近的连接在一起的感觉。这包括对你的恋人给予支持也得到恋人的支持，能够与你的恋人沟通内心深处的事情，互相理解，互相珍视。

炽热的恋情、强烈的情欲是指罗曼蒂克的感觉，双方互相吸引，有性的冲动和总想在一起的欲望。这里面包括得到性的满足和实现，或是两人关系的主宰者，或被关系而主宰。

承诺或决定包含短期和长期两个方面。短期的承诺是你对爱某个人的一种确定。这种感觉出现在你觉得要对一个人做出承诺之前。承诺是长期的，表示要保持爱的关系。

在一个特定的关系中，这三个要素的每一个都可以扩大或减少，这三个要素的变化会影响一个关系的质量。一个关系里可以有这三种要素的不同的组合；同一个关系在不同的时间也可以是三种要素中的全部或两种或只有一种存在。这样一个关系就可以有以下这些不同的局面出现了。

1. 第一种是喜欢（liking），就是仅有亲密感；

2. 罗曼蒂克的爱（romantic love），则是亲密感和炽热的情欲的结合；

3. 热恋（infatuation）则仅指强烈的情欲（passion）而已；

4. 傻乎乎的爱（fatuous love），是指炽热的情欲与承诺的结合（passion and commitment）；

5. 空洞的爱（empty love），是指只有决定或承诺；

6. 同伴式的爱（companionate love），是亲密感和承诺的结合；

7. 完美、圆满的爱（consummate love），是亲密感、情欲与承诺三者都具备的一种爱的关系；

8. 非爱（nonlove），是指亲密、情欲和承诺都缺席的一种关系。

斯坦博格相信，即使在一段成功持续着的感情里，情欲也会减少，而亲密感和承诺则会增加。我觉得这和中国人说的婚姻里爱情会慢慢变成亲情简直是如出一辙。

斯坦博格指出，这样的结果就是同伴式的爱的形成（同伴式的爱是上面的第六种爱，companionate love）。如果有人厌倦了同伴式的爱，因为其越来越缺乏激情和情欲，那么他（她）就会去婚外寻找激情的满足。很多婚外情不是这样发生的吗？这位理论家的确很有洞察力。

我的学生艾米对真爱的描述，融合了朱诺的父亲和斯坦博格理论的精华。我认为如果光看斯坦博格的理论，对什么是真爱的理解还是不会那么深。因为亲密（其实就是觉得两人谈得来而且容易互相理解）、情欲和承诺这三者好像还不是真爱的全部，这里还有一个爱的关系的核心没有被提到。

爱的关系的核心是真爱，而真爱到底是什么？我理解，真爱就是要爱一个人的全部的品行和外在特点，这些品行和外在特点里必然不是全部符合你对心上人的梦想，必然有令你不满意、遗憾的一些东西，但是，真爱中的人会有一种就连缺点都觉得很可爱或者可以接受的劲头。

爱一个人，除了爱他（她）的优点，也要爱、包容他（她）的缺点或不符合你的理想的特点！这后面的这一半，怕是很难做到，但是，如果做不到，那么就不是真爱了。就只能是有条件的爱而非无条件的爱了。所以另一个学生在提前交来的反思报告中说："爱原本就是艰难的事。"

每一个人都是不同的，所以怎么可能有完全符合你的心思的爱人呢？那么怎样决定一个人是否值得成为你的真爱，就看你怎么舍弃、怎么能用心去拥抱一个人的全部。所以对真爱的理解和决定，其实也是一种爱情智慧的结果。

另外在小说中、诗歌里常有对一种说不清楚的朦朦胧胧的感情的描写，我们喜欢问"那是爱吗？"现在我明白起来了，从斯坦博格的理论和许多别的学者的理论来看，那只能是一种类似亲密感的因素，离真爱还很远。也就是说缺乏承诺的爱，不是真爱，只是一时的冲动。

也因为爱不是随便的，爱不是可凭心情好坏而指向任何人的。爱一旦表白，那么在接受爱的表白的那一方，可能会抱着"你说爱我就是要爱我到永远"的期望。根据斯坦博格的理论，我们可以学到的是，说出爱的表白的人，也许只是在做短期承诺，但是听到爱的表白的人，如果认定对方的承诺长期有效，就很可能会对后面不能持续的爱感到失望至极。也许这样才出现了"不在乎天长地久，只在乎曾经拥有"的看似旷达的哲学。爱不能是一个轻易挂在嘴边来调情的词。爱一旦说出，就成了一种存在。也因此，爱不轻飘飘，它是有分量的，在两性关系中，爱是最有分量的一个字。

许多人结婚是出于热恋，或出于爱对方的金钱、名誉或地位，并非爱的是那个人本身。如果我们在早期有对真爱的意识和思考，是否可以避免许多也许本来就不应该开始的婚姻？在昨天的讨论中还有一道讨论题，是对于目前高离婚率（接近50%）的美国社会，是否该让离婚更难一些？同样是这个艾米，说："我认为不必把离婚弄难，但是要让结婚不那么轻易和容易。结婚可是一辈子的事情啊。"

这个观点和什么是真爱，要弄清楚自己是否找到真爱再结婚其实是同一个思路。然而要确定自己是否找到真爱，这个问题本身就很难，有人要用大半生才能确信自己的答案。而且如果答案是否定的，那是不是也太晚了？同时慢慢地有一种时尚兴起了：同居成为一个选项，同居成为新的社会规范。但是研究发现同居也不能保证人们就会结婚或结婚了就不离婚。不过这是另一个话题了。

即使发现自己结婚时也不懂什么是爱情，是否后面就没戏唱了呢？斯坦博格的爱情三角理论能带给已经结婚的人什么思考？问问自己，我到底爱他（她）的什么？而且是爱，就要爱他或她的全部。接受对方，努力经营自己的爱的关系。

2012.6.12

40年来从未做自己

戈尔，一个我印象中潇洒倜傥的副总统，十多年前与克林顿总统在一起有一种形神契合的政坛气象。6月7日早上开车时听到广播里在讨论戈尔和他夫人的婚姻结束的消息。戈尔和蒂柏在度过一个隆重的40年结婚纪念日后，向朋友们宣布，经过郑重考虑和讨论，他们要分居了。主持人有点渲染地说：这个消息令所有人都无法接受或相信，因为这是完美的一对，他们都要离婚的话，那么所有人都会问：那我们谁还会有能持续一辈子的婚姻吗？

我听了可有点不以为然，怎么能以一对政治家夫妇40年婚姻以分居结束就断言没有一对儿可以过一辈子了呢？主持人请来了两位女性嘉宾，依稀听到孔茨（Coontz）这个名字时，我并没有特别留意，后来我才搞清楚原来这位孔茨就是斯蒂法妮·孔茨，一位长青州立学院的婚姻研究专家，在我们的婚姻与家庭课堂上刚刚讨论过她写的《婚姻的未来》（*The Future of Marriage*），内容广泛而笔锋甚健，触及工业化与离婚、未婚母亲等婚姻的重要话题。她说根据研究表明，男性提出离婚往往是有了婚外情，而女性提出离婚却不是这种情况，而只是对这个男人厌倦了。这是很有意思的一个性别差别。

另一位嘉宾的言论更犀利，吸引了我开到学校停车场后还坐在车里听了很久。这另一位嘉宾是华盛顿邮报的记者，叫萨莉·奎因（Sally Quinn），她与戈尔夫妇做朋友几十年，看着他们相爱相亲，到现在分手。

这个节目的谈话是独特的，因为萨莉既是有观点的记者，也是戈尔夫妇的朋友；这场对话是不肤浅的，萨莉提出的一些观点令人深思。这促使我把听到的一些对话记录下来，否则转头就忘个一干二净了。

萨莉首先说，他们是非常相爱的一对，没有人会怀疑这一点。于是主持人问：那为什么他们还要分手？

萨莉说，他们是“长得分开去了”（growing apart），40年，足够使他们长成很不同的两个人。而且她并不觉得这是一个很不好的事情，反而她看到了希望。再者，在戈尔的政治生涯中，蒂柏从来就是他的队员，她的身份认同总是和他粘在一起，她总是活在他的阴影里。他们一致对外，这是政治对两夫妻的要求。现在，戈尔在退出副总统和竞选总统的政治舞台后投身于环境保护的事业，他常常不在家，而她，对他做的事情没有那种渴望。

“在40年里她从来没有做过她自己。”萨莉如此评价蒂柏。

听到这句话，我想起我们在“婚姻与家庭”课上，讨论过阶级对夫妇行为的影响，研究发现，对于上层阶级的夫妇，女性经常是男性的从属，她们要做的是无条件地支持丈夫的事业，她们通常要做些慈善事业，她们很难做自己。这一对夫妇的经历证实了这种研究发现。

40年，从21岁到61岁的蒂柏，戈尔夫人，没有做过自己，这是幸运还是悲哀？相信不同人生观的人对这个问题当然是见仁见智。

40年，他们结婚时，才20岁刚出头，20岁出头时人还不知道自己是谁呢。

萨莉说，这个婚姻的结局如此，是很自然的事情，时光流逝，不能保证人会变成怎样。这个分手的结局里，没有谁对谁错，只是两个人走上不一样的路。他们两人对此都很坦然。萨莉还说："美国有50%的婚姻以离婚收场，我们不必在结婚典礼上再说'我们将永远相守直到死亡将我们分开'，因为这显然是谎言。当婚姻走到要分开的结局，就分开。不必为了因为说过只有死亡才能分开而死守一个已经不快乐的婚姻。"

孔茨说："我们买了房子，买了车，都想维持它们，使它们可以持久地存在。婚姻也是如此，人们想维持婚姻，但是要维持一段婚姻，需要你有自己的优先秩序，你要有所取舍；而且，很可能即使40年后还能维持的婚姻，人还是那两个人，但是是与婚姻开始时完全不同的两个人了。……没有人可以对婚姻想当然。"

这段话说得简短而掷地有声。我相信人们随着婚姻经历的增长会对这句话越来越有体会。我相信那种把婚姻想当然、以为一婚定终身的时代已经过去了。那是从前，当人们对离婚还深以为耻的时候；那是从前，当女性还被束缚在厨房里，没有一份家庭之外的有收入的工作的时候；那是从前，世界相对还是很单纯，不像现在这样充满各种诱惑的时候。

萨莉认为如果想维持婚姻，需要做双方都把它当成自己目标的事情，如政治；如果没有一个目标，那就"玩"（playing），两个人能玩到一起的夫妇，婚姻就可以持久。她对自己的婚姻是这样说的："我和丈夫想了很多东西来使我们的生活总是有新鲜感，总是有两个人都感兴趣的事情做，我们要创造一些事情来做：旅行、写作、欣赏艺术，我们几度重浴爱河，又爱上对方。爱要用心维护，要沟通，真的不容易……”

一位结婚五十年的女听众打进来电话，对萨莉的观点提出挑战，她说怎么今天的嘉宾都是这样自我中心的呢？都不鼓励大家去努力维持婚姻呢？婚姻是可以维持一辈子的，只要你有承诺，我的婚姻五十年了，我就是要说一辈子的婚姻是有可能的。

萨莉不客气地指出，你这是没有设身处地地想问题，如果一个婚姻只有一方有承诺，那么他（她）无需为另一方而死守不幸福的婚姻一辈子，一个人只有一次生命。

听到这里，我不得不关了收音机，要去上课了。但是这场谈话给我留下很深的印象。使我心里为我从未多想过什么的戈尔夫妇，有了一种深深的怅惘。

回家后看当天的报纸，一张2000年8月17日戈尔深吻蒂柏的照片伴随一个大字标题：“死亡之吻”。

文章里有这么一段话：

当人生的这个章节结束的时候，人们坐在厨房桌子旁对视着彼此，问自己：这是我将来生活的快乐源泉吗？“我看过在一起生活四十年而且对彼此很怡然的伴侣，”恺兹（文章作者）说：“他们意识到他们再也没有这亲密的关系了——或者他们认识到他们从未有过亲密关系。”

这段话隐含的意思还有，孩子长大后，夫妇进入了人生的一个新篇章，他们可能会发现亲密的关系不再存在，或者发现亲密的关系或感觉从来就不曾存在过。他们还有二十年或三十年的人生，他们还可以重新开始。还可以再婚，再追寻自己想要的生活。这是人的长寿带来的婚姻新景观。

我眼前仿佛出现了一棵树，从远处看，是两棵长了四十年看起来一直长在一起的一棵树，但仔细看，这其实还是两棵树，树干出现了分叉，他们要长向两个完全不同的方向。戈尔夫妇这棵树，40年才长成的形状，而他们发现自己也许有很多似乎是长得一模一样的枝枝杈杈，但是细看下来却还是两棵树，而无法长成一棵树。

而最诡异的事情是，没有人知道四十年后，你和你朝夕相处的配偶是否会长成不一样的树，也许有很多人把它归因于命运的力量，我宁愿相信这是因为两人的价值观在行走多年后，如果存在很大差异的话，注定到一个时刻这种差异会变得清晰无比，无法掩饰，是什么就是什么。

对婚姻，没有人可以想当然。婚姻需要两个人同样程度的心的承诺。而且这种承诺必须在两棵树想往一起长的前提下。这里的讨论不包括那种认定自己就是跟着一个人过一辈子不愿动脑筋思考人生的人的婚姻。

再一个问题是，四十年的婚姻画上句号是失败还是相当成功？“婚姻不能持久到一方离开人世，并不等于是坏事，却可以是好事。”萨莉说。同时我想，在中国我能否听到这种声音呢？在一个个人主义至上的社会，萨莉在自己32年的婚姻中发出的感言听起来令人深省，也可以看成是在这个社会的价值观下很自然要发出的声音。

为了写完这篇文章，我找到那天的广播录音，听到最后，是孔茨的精彩评论，她说：“人们说爱就是一切，不，爱不是一切，双方互相尊重很重要，两个人有共同的价值观和兴趣很重要，你要真的对你的伴侣感兴趣。”

6月7日的讨论使人思考婚姻，思考看上去完美的、长期的婚姻面临怎样的命运，一定年头的婚姻对于每一个人，都是一个过程，是滋味多样而丰富的历程。如果有人告诉我，她的婚姻只有蜜一般的甜而从无苦楚、苦恼，她是多么的“幸福”，恕我直言，我是不会相信的。婚姻绝对会给一个人的成长留下

一张多么好的夫妇合影，来自网络

痕迹，会改变人，但是人的自我却始终是最底色的一层。不要忘记，我们每个人都有自己的底色。

无论如何，我祝福戈尔夫妇今后的人生。

2010.6.11

性别是“做出来”的

这是虎年除夕的前一个晚上，在当地一家味道最正宗的中国饭店里，正举办一场结婚晚宴。

新郎官儿在门口迎接宾客，他西装革履，风度翩翩。几年前见过他，现在已经俨然是成熟的大小伙子了。新娘却不见踪影，里面已经坐了许多熟人朋友，大家见面互相问好，其乐融融。

见到了新郎爸爸，也是我们的老朋友，他穿得没有想象中的那么正式，连我那一向不穿西服的老公，今天都是正式西装上场的，他可是连开会做论文报告都不穿西装套装的。今天的我也穿了一件一年都穿不了一次的红底镶着金花的中式外套。

婆婆，也就是新郎的妈妈也不见踪影，众人只顾喝茶寒暄，又等了一会儿，快开始上菜的时候，新娘终于出现了。她一身淡粉红的露背西式晚礼服，头发在发梢处弄了俏丽的波浪卷，有点像西方童话里的公主，长长的眼睫毛，淡淡地一点拘谨的笑意。这是一位华裔越南人的后代，和新郎是牙医学院同学，前程似锦，花好月圆。在众人祝福的目光里酒宴开始了。

热闹间婆婆也终于亮相了，她一向很注意打扮自己，况且利落能干，今天她一身深紫色的上装和黑色西裤，那身紫色上装着实抢眼，大领子，束腰，还带点闪闪发光的感觉；她的头发也是刚刚做过，很卷的刘海，眉毛画得很浓，显得热情洋溢、喜气洋洋的。

她的出现令好几桌的熟人朋友惊叹："婆婆闪亮登场！"我觉得形容得恰如其分。要知道我们一向都夸她年轻，哪里像要做婆婆的人了，今天这架势，当真也是场上一个亮点。

在酒席进行到一半的时候，看到新娘不知何时已从另一个方向款款地走进来，她换了一身淡黄色的晚礼服，仍然是有点拘谨的微笑，因为她娘家没有一位来这里，也许她有些紧张或陌生感吧。她的出现、换装，引起了一些桌子的人的叫好声，意思是为她的美貌和华服喝彩，有的人敲起了盘子，一片叮当声，显得热闹而喜庆。而每一桌上人们的话题，也多数是从同桌的女性们着装开始，人们之间互相的赞美、寒暄，对女性的服装、头发品头论足兴致勃勃。

婚宴的热闹是期待之中的，加上是在虎年除夕这个特别的夜晚，就添了喜上加喜的气氛，难得地令人有些抑制不住地兴奋。酒席上摆放着代表家庭座次的姓名牌，我一看全是男士们的姓名加上"先生"的字样，我们桌的一位先生以开玩笑的口吻笑着说"这好像有些性别歧视啊"。今天他刚在我们学校办了一场讲座，提到中国传统文化是重视年长的男性的。这不就在这里得到了印证吗？我们会心地相视一笑。

这热闹是我盼望已久而不太常出现在本城的风景，毕竟还有许多人家的孩子还没到结婚的年龄或程度。但是在这浓浓的热闹里，我老是觉得我看到了一点什么让我可以回味的东西。是什么呢？哦！是"社会性别"（gender），这个容易被人们忽略却很明显的一种主导性规则。

社会性别首先体现在服装上，没见过新郎换装，也鲜有人为他的服装而喝彩；而您看，新娘，承受着人们对她着装的厚望，换了一次又一次，马虎不得；婆婆也刻意地打扮，这样才“不失礼”嘛。

如果她们不打扮的话，或打扮得马虎一些或低调一些，是否作为看客的宾朋又要在心里暗暗地失望呢？

一场婚宴，十足是人们展示对自己性别角色的认同和理解的场所。除了要有美丽的蛋糕、甜点、喜糖来烘托出一种喜庆而圆满的气氛，除了要具备婆婆、公公的风度和样子，要说一些暖人心的、得体的话，最中心的事情就是要做出符合自己性别身份的行动来了。

如今的婆婆，真的可以打扮得非常年轻，就像我们见到的这样。时代变了，生活质量的提高使得婆婆不再一定要显老来以示权威身份，但是什么没有变？就是那种性别期望的实质没有怎么变，女性仍然应该是养人们的眼，要刻意打扮，化浓妆、做头发，一切都要显示出你的精心装饰的痕迹，这样才不算失礼，才尽到了你的角色要求。这就是社会对女人的性别的要求，这一切都在敲盘子的声音和人们看新娘的眼神中默契地显示出来。

今天的社会强调男女平等，但是在社交场合特别是婚宴这样的场合我还是可以看到着装上对男女不同的标准。女性主义的一个理论是社会性别是“做”出来的，每一个人在日常生活中都有意无意地“做性别”，唯其如此才能将社会性别维持下去，社会性别才成为一种真实的存在而不只是概念。

什么是社会？社会无所不在，社会也包括在别的桌或与你同桌的人们敲起盘子的时候，你也不由自主地就想敲自己的盘子，盘子声音越大，就越表达出人们对新娘换装的期待和赞赏，而新娘对自己容貌、身材的要求就不由自主地更高一筹了。

无论你喜欢这一套也好，不那么嗜好这一套也罢，对不同性别的不同期望无处不在，每一个人都在这穿梭不息的舞台上演出着自己对性别的理解。有的人嫌累，有的人——大多数是女人们自己——却乐在其中，不愿放弃这种打扮的特权，而实质是女人还是活在男人们欣赏的目光中的，并且自我陶醉于这种男性欣赏目光中的。

2010.2.19

温柔地杀我们：广告中的女性形象

“温柔地杀我们：广告中的女性形象”（“Killing Us Softly：Advertising Image’s Women”），是由教育学博士琼·基尔伯恩（Jean Kilbourne）主讲的电视片，她分析了美国各种传媒如何在产品广告中传播损害性、不现实、不健康、刻板化的社会性别信息（gender stereotypes），其中主要分析广告中的女性形象，以及这些信息对当代青少年造成了什么样的影响。

Killing Us Softly，当我想把这个题目用中文写下来的时候，出现的是“温柔地杀我们”这几个字，我要承认，当这个题目以英文形式出现在我脑子里的时候，我心里没有太大的感觉。但是中文的题目却令我内心一惊（这从侧面说明我的感觉更多还是受中文的语感影响的），“温柔”和“杀我们”似乎很难连得起来，但是细想之下，当今媒体中用性别形象做卖点的广告的确如此，其客观效果的确是像一把看不见的刀子，一点点地去剜青少年、特别是女性青少年的肉体和心灵。如果说因厌食症、饮食习惯性失调症而死的时装模特或歌星还是少数的话，那么大多数人都有过低度自尊、看不起自己的时候，或直到今天也仍然对自己的形象没有自信、看不起自己，就是一个明证。

这部电影是由基尔伯恩博士在一所大学给学生演讲她的研究课题，这部电影已经是同名电影的第四部了，从1979年至今的30年来，这位学者、媒体教育专家的主要课题是分析美国广告中的女性的身体是如何被“建构”出来的。大量的图片传达了一个清晰无比的信息：女性的美在主流社会的广告中被等同于极度消瘦、长腿、与身体比例不相称的巨大的乳房，女性的美被等同于完美无瑕和一头完美的飞扬的长发，女性的美主要是由白人女人的形象来定义，女性在广告中被物化了（objectified），成为一个物体，而不是一个具体的真实的人。

女性的身体中一些部位被镜头刻意突出、夸张，如一只极细的、如锥子般刺向一个没有上身却只有两条修长的大腿的高跟鞋尖，令看者无不为那只高跟鞋的鞋跟所刺到的地方感到痛楚；如被剪去其他部分，只突出在画面上的如同柚子般滚圆、半露半掩极具挑逗性的乳房；如将开未开的拉链部分；女性的表情也几乎就是一种模式，她们都流露着脆弱、迷惑、不解的眼神，或者是一种孩子般的眼神，因为媒体上说，女人只有像孩子一般天真无知才性感可爱。

女性被物化的另一个表现是在两性吸引上，一些广告词说：“他说我吸引他的是我的个性而不是我的模样，他撒谎。”这里的含义是男性被女性吸引除了性、长相之外不可能是别的东西。男人爱上女人，除了外表不可能是别的，否则就是男人在撒谎。基尔伯恩很尖锐地指出，对女性来说，曲线就是一切，一切都是围绕着女性曲线的打分。

基尔伯恩说，每一个人都想被人认为是性感的，这是正常的，不要奇怪，只是我们要认识到女性不仅仅是只有性感，女性是人，不是物体。

令人吃惊的是，基尔伯恩提供了一个数据，这种突出女性身体上容易引起人们视觉兴奋的部位的广告内容，无所不在，数不胜数，一个人平均每天可以用眼睛接触到三千个广告。“有人说，我可以不受这些广告的影响，可是这可能吗？”基尔伯恩问道。是啊，这不可能。

广告为广告商和生产商带来巨大的利润，因为所有广告的目的正正在于使女人对自己的身体不满，这样才有动力去买产品，去做昂贵而伤人的植乳手术、美容手术，去让自己看上去“与那个广告上的热力四射的性感骨感女郎一模一样”。

作者指出，这种广告的效用是女性想变瘦、变得更瘦已经成了下意识，女孩从很小（大概六岁）就知道容貌很重要，就知道要花好多年的时间才能成为广告上那个模样。而片中最直观而有震动效果的揭露，怕要属于制图软件在编造完美女郎、编造谎言方面的巨大功劳了：影片神灵活现地展示了，我们所看到的无瑕疵的广告女郎，是经过电脑加工成这个样子，在真实生活中她们并不是广告上的那个“她”——连辛迪·克劳馥，那样一个风情万种、我也非常着迷的“万人迷”模特，她自己也说：“我希望我是那个‘辛迪·克劳馥’。”

广告对观众直接的影响是把每个女人变成对自己多少都有些自卑、自贱、再瘦也嫌不够瘦的顾客，把男人变成一把活标尺，广告（其实就是社会）建构了事实上只有5%的美国女性可以达到却要弄得全体女人都梦想达到的标准，而男人天生具备给女人打分、以外貌来判断女人的价值的权力。

男人在广告中被塑造成有尊严、有进取性、眼睛里不是空洞无助的样子，而男性的社会性别的信息是：阳刚之气等于“暴力、无感情流露、粗糙坚强”。

这直接导致美国家庭暴力的泛滥，美国有三分之一杀害女性的案件是丈夫或性伙伴下手的。

我在社会学概论课上放了这部电影，学生们要做电影分析，学生们的分析普遍水平很高，也许因为这个主题就是他们生活的一部分吧。这份作业让我看到生活在这种有毒的空气中的青年人对这个环境的反省和觉醒。这使我感到，社会学视角的分析是有助于学生批评性地看待一些人们早已司空见惯、以为无能为力的社会现状的。

我想摘录几份学生作业，用以反映美国大众传媒与生活的一个侧面。

第一个问题是：这部影片是否反映了一个公共议题？是什么？

一个学生写的是："是的，公共议题是女人只该有'理想'的外貌，美丽、瘦削、无瑕疵，就像这是我们唯一擅长的东西似的，或者是唯一我们该做的事情似的。我们被批评和评判。"

另一个学生写道："公共议题是所有年龄的女性都被传媒剥削。这种有毒的广告环境已经影响年轻女孩的自信自尊，她们只不停地感到要瘦要小。"

第二个问题：影片中的什么现象你可以看到与你的生活有很大的关联？

一个学生回答："我自己并没有超重，但一旦我增了一点点体重，我姨和家里人就会叫我去运动因为我看起来肥嘟嘟的。再重申一下，我一点也没有超重，可是一旦体重达到了一百磅或超了一点我还是感到很沮丧。"

另一个学生回答："我花了好多年与很可怕的饮食习惯斗争，从11岁就开始了。和很多女孩相似，我有自尊和抑郁问题——当你觉得自己不够引人注目的时候。好多年过去了我生活中有了几个给我力量的人，我开始学会爱我自己，而不是努力成为别人眼中的我。现在我明白了媒体是想控制什么是可接受的和不可接受的，这一切都是为了他们发财的需要。"

第三个问题：媒体怎样影响了人们对于理想的性别形象的观念？分析媒体在对人进行社会性别的社会化中所扮演的角色。

影片光盘封面

一个学生说："媒体通过强化男人女人的刻板印象来扮演人们性别社会化中的角色。媒体强化了每一种性别所该有的态度和外形特征。"

另一个学生说："在电影中，瘦、苗条的女孩总是得到很受欢迎的男孩，这自然会引导十几岁的女孩，竭尽全力地瘦，这样她才可以得到一个大家都争着追的热门人物。"

第四个问题：看完这部电影后，想一想我们可以做什么使事情有所好转？

一个学生说："媒体不该这么强调0码，也该强调那些骨头之外有点肉的人。我想每个人有自己的美。而且每一点瑕疵不论是外表还是皮肤，我觉得还令那个人更美丽呢！"

一个男生说（上面都是女生回答）："改变对性的价值观，从吊人上钩到爱；不要穿得那么暴露；用自然的模特；不要再用因节食患病的模特做广告。"

"那种只有暴力才能打造男人的信息该被禁止了！"

想想看，我们在生活中，是否也在下意识地迎合媒体的期望，自己给自己套上美丽的思想锁链，也给别人送上一句永远讨喜的"你瘦了！"的赞美的"枷锁"？比较而言，我们说过"你胖些了（或丰满些了），更好看了！"的话作为寒暄吗？

2010.11.14

妈妈的平衡术

我的妈妈是一个手很巧的人，她很会织毛衣。我小时候的毛衣几乎都是妈妈亲手织的，从出生到小学、初中、高中，直到上大学。虽然随着年龄增长，我穿妈妈织的毛衣的比例渐渐从百分之百变成了三分之一，但我一直都在穿妈妈织的毛衣。毛衣有半腰裙般飘逸的，五角星花纹的，有几种颜色搭配带小花的。我穿的毛衣常被同学问是在哪里买的，我就说是我妈打的。我爸爸是“妈妈牌”毛衣的老客户。我先生也穿过几件妈妈织的毛衣。

我的两个孩子，都在出生后不久穿上了我妈妈给他们织的毛衣。儿子到八九岁，还能穿上我妈妈织给他的毛衣。女儿直到现在，在圣帕特里克节（Saint Patrick's day），还会穿哥哥过去穿过的、绿色、有一只小熊猫图案的毛衣。

妈妈喜欢织毛衣，别人的妈妈也大多会织毛衣，一群妈妈织毛衣的景象是那么温馨。这似乎是妈妈那个年代（1940年代前后）出生的女性的一个特点。我的印象是，织毛衣是被看做女性必备的技能的。

我仍记得30多年以前，家里一只用彩色玻璃绳编织，身子翠绿，头上顶一朵花翎、尾巴蓬开如焰火散落、神采盎然的孔雀。还有一把用细细的钢丝架子作为基础，造型别致而玲珑的扇子。扇子是铁扇公主的扇子的模样，洁白的底色组成了扇面，上面缀满小小的、立体感很强的五彩花朵。这两件玻璃绳编织品，是我小时候看到就爱不释手的宝贝。妈妈告诉我，这是她在我出生前自己编的。那时候我七八岁，看着就是觉得稀罕、喜欢；现在我想起这两件手工作品，觉得自己很笨，不会做这样的手工，有一种永远难追妈妈的惭愧。

是啊，我总是遗憾，为什么我没有妈妈的聪明和灵巧。有一种说法是，妈妈很聪明手巧的，女儿就不灵了。我就只好用这种说法安慰自己了。但是我知道这种说法被“有其母必有其女”的说法一反击啊，就站不住脚了。

妈妈总是闲不住。我印象中，妈妈看电视的时候，手很少闲着放在自己身上。她要么是在织毛衣，要么是在缝缝补补。毛衣的竹针因为动得飞快，有时候会发出摩擦衣袖的声音，刷刷刷，很有节奏感，一路伴着电视机里的声音。爸爸时常说：你就不能好好休息休息，安心看一看电视吗！有时候爸爸的语气是不耐烦、无奈的。妈妈有时候根本就不接腔，有时候自己也轻叹一声说：没办法啊，我就是个劳碌命，闲不住啊。再说，事情总得有人做啊。我不做，你这个老头子会做吗?

爸爸听了，只好含糊不清地从鼻子里哼一下，继续摇头晃脑地跟着他喜爱的京剧或地方戏哼哼着，自得其乐去了。

由于我的爸爸是一个事业心很强、甚至超强的人，我的妈妈，虽然没有刻意从中医那种阴阳平衡的角度去想，但事实上就是以自己的行动来平衡爸爸的事业心给家庭造成的一种格局了。妈妈自动地承担了大多数的家务活儿，也更多地过问孩子的学习，家长会都是我妈去开的。

妈妈和爸爸恰好是从事同样的专业，都是做生物研究的，而且妈妈的学历比爸爸高，按说妈妈在专业上可以做出更多的东西。爸爸是跟了很有名的老师，但是后来并没有去上大学。他爱钻研、心静、坐得住，在事业上做出了成就。妈妈跟随爸爸从海南岛调动到广州后，就心甘情愿地做了爸爸的助手，让爸爸可以专心地从事自己喜欢做的专业工作。没有一点怨言，有的只是对爸爸满心的佩服和支持。我相信，这只能是源于深深的爱和欣赏。

在众人眼里，妈妈是一个典型的贤妻良母。长得温存娴静，声音温柔甜美，为人态度温和文雅。而不太为人知的另一面是，妈妈其实是好强的，因为她对我和妹妹有一种无形的要求和期望，我能感觉得到。她对我们的期望是，即使是女孩也要有工作，不要太没有出息。

虽然我从未问过她内心到底是怎么想的，但是我相信，做贤妻良母是妈妈对自己的要求。她认为，父亲在一个家庭中有更高的地位，是一家之主，孩子们应该尊重父母，而且特别应该尊重父亲。她在家庭中总是让我和妹妹注意对父亲讲话的态度，让我们照顾父亲的老毛病（高血压），不要惹父亲发火、生气。爸爸一发火，家里就如临大敌，家庭气温马上降至接近冰点。这使我从小就对亲近的人之间怎么说话比较敏感，因为我注意到话没说好就会成为伤人的武器。

妈妈自觉维护父亲的崇高地位，她认为男性就得有男性的样子，她认为男人更应该有事业心。如果一个男人老是在家里操持一切家务，婆婆妈妈的，我妈妈就会认为这样的男人再怎么样好像也“出息不大”。这样也就不难理解，妈妈从来没有抱怨（至少我没有听到过）她为家庭付出了很多。这样也就不难理解，对那种家务事基本自己不沾手，喜欢请保姆或钟点工，或者老公包办几乎所有家务的女人，在很多人的眼里，这种女人就是很有福气的了。而我妈妈对这种人没有表示过羡慕之情，她倒是认为，能做就是身体好，身体好才是福气。以不做事来显示自己有身份，那是做作。

实话实说，我爸爸在工作的时候、在退休后都能醉心于他的专业工作，不停歇地工作，实在是因为妈妈在幕后的功劳大大的。我一直以为，爸爸的一切是他自己的努力赢得的。直到学了一些女性主义理论后我才突然明白，我的爸爸不是他自己把自己塑造成这个样子，很大程度是因为我妈妈的态度和行动，把他塑造成了今天这个样子。也因为我爸爸的甩手掌柜，我妈妈才成了今天这个能干、操心的妈妈。婚姻的作用对人生影响之巨大，即在于此。

我和妈妈是两代人，既有相同点又有不少差异的两代人。我受到的教育与妈妈不太一样的地方是，妈妈学的是生物，是研究昆虫、植物等自然界现象的；而我呢，学的是妈妈上大学的那个年代就被政府取消了的一个学科，学的更多是探讨社会的性质、剖析性别与社会控制的关系的理论。也因此，我和妈妈的观念、行为有了许多明里暗里的不同。

我佩服妈妈任劳任怨的精神风范，羡慕她心灵手巧，做事麻利爽快，我承认自己永远不及我的妈妈精明、能干、贤惠，也缺乏她无怨无悔的奉献精神。同时在另一方面，我看到社会性别在妈妈和爸爸身上明显的烙印，这种烙印是从古至今很多代人的特征，就是我自己也无法避免地打上这种烙印。从这个意义上，我们身上都有传统深深的痕迹，但是传统在我们身上的程度毕竟还有所不同。那么我们这一代（1960年代后期生人）与父母那一代的差别到底在哪里？除了科技令人眼花缭乱的进化之外，在人性的理解上也包括人们对社会性别的认识深刻了很多。我们生活的时代，是更讲求男女平等的时代。尽管这种讲求，可以预见地，必然会遭受许多不愿放弃男性特权的男性的反对，也必然遭到许多受益于男性特权的女性的反对。

我承认我比妈妈有更多自我方面的考量。我会想，我读了这个学位，要怎样才可以不愧对自己的学位，等等；我会想，我读了这个学位，怎样才可以家庭与事业兼顾，等等。有人说，这是自私，现在的人比过去那可是自私多了。有意思的是，我的妈妈支持我这样的左右权衡的“自私”，她说有这样的想法很自然。一个很好的问题也许是时不时地问问自己：自私和自我的差别何在？

做一个不在母语国家（美国）工作着的母亲，是不容易的。放开文化环境整个地切换了带来的适应的困难不谈了，很久以来，传统性与现代性在女性身上冲突得最激烈。虽然在今天这个工作性质已经不存在截然的性别分工的社会，男性也面临着愈来愈多的挑战，他们被挑战的，是放下男人架子、改变自己总要在当权者位置的时候了。但是由于女性天然的生育义务，一个母亲面临的生活角色冲突总是很激烈的。我为自己好像永远也不能找到时间和妈妈学会打毛衣而隐隐地遗憾，默默地下决心，下次妈妈来看我的时候，一定要和她一起打毛衣。

细想之下，我其实一直夹在我要符合“会打毛衣”的“传统期望”和渴望天马行空做所谓的“真正的自己”的矛盾中。毛衣只是其中一个例子而已。这种矛盾，会伴我一生。我想，哪天我能觉得我打毛衣纯属我的爱好，而不代表我要符合什么传统期望了，那就将会是我得到心灵自由的一天。

母亲节，是始于西方为母亲而过的节日。我们这一代中国人跟风很快，很愿意过这个节日，这是一个温情脉脉的节日。西方人赞美母亲的什么呢？和中国人的传统一样，是赞美母亲的牺牲、伟大、忍让。21世纪的母亲还可以是怎样的呢？是不是不像传统里那样“牺牲”自己、不“贤惠”、不忍让就不伟大了？

我的妈妈就是一个平凡而伟大的人。她伟大之处就在于她甘于平凡，不以自己是大学生而自居什么，对她的孩子以及孩子的孩子永远地关心、爱护，不仅是吃穿的满足，还有智力和思想上的影响和关心。同时，我相信母爱的伟大还在于，母亲能够真正地爱她的孩子和她的丈夫，有一种责任感，知道对和错，所以不会袒护孩子的错误。炽热、纯真而又不失于明智的爱，也许是更本质的所有人类的既平凡又伟大之处。

2011.5.6

女性要不要工作？

这个话题很大，写这篇东西只是有感而发。先说一段对话，这段对话发生在六年多前，之所以想起这段对话也是因为海云最近刚刚写的《谈谈中年职业女性》一文。

那时候我因为在美国找不到全职的工作，就在中国找工作，然后决定接受我母校中山大学的聘书，回母校去工作。

工作很好，但是家庭被分成两半，我和女儿在中国，先生和儿子在美国。没有多久我就无法面对自己仿佛撕开两半的内心的难受和彷徨，下了决心辞职。

当时学院的一位系主任——在美国的一个名牌大学获得博士学位，曾任职于香港科技大学——知道了我的决定，说他支持我的决定。但是他也告诫我，回去美国后一定要找一份工作。

他告诉我他的太太本来和他一起在美国同一个常青藤大学读研究生，读到了博士候选人的时候，由于要生孩子就放弃了学业，后来孩子小，接着又有了第二个孩子，这样就拖下来，一个只差一个论文的博士学位就没有了。

现在这位先生回到中国的大学工作，他的家也分成了两半，他已经在粤港跑了几年。他的太太由于最小的孩子还没有高中毕业不能而且也不愿来跟随他。太太在港没有正式工作，又不愿完全闲着，就同时做着几份家教，经常对他发无名火，怨言甚多。特别不能听到大学同学要聚会的消息，也从不参加。因为那样的场合大家都暗自比来比去，同学要么发财要么当官，她只有无限的惆怅和遗憾。

这位教授就对我说："我一直劝她要把那个学位读完，那时候她说，孩子还小，带孩子要紧。等孩子大些，她又说还是孩子教育要紧，学位就只能算了。孩子再大些，她也没有了读书的状态了。现在看她常闷闷不乐，我也很难受，劝她什么都没有什么用。很多道理她不是不懂，就是没办法看开。当年我们都是中国最好的大学的高材生，我理解她。我帮不了她太多。她不开心我也开心不到哪里去。"

我看着他那苦恼的样子，我除了不断地点头什么也做不了。

"所以，我劝你一句，你回去后一定要找一份工作，不管是全职还是兼职，反正要做一份工作，最好和专业相关。你不要想着，你老公有工作钱够花你就不用工作了，你这份工作的钱哪怕只能刚好够你孩子的幼儿园的花销，你也要去做这份工作！工作很重要。记住我的忠告！"

我回到美国后，不敢忘记这位教授的忠告。我后来有了全职工作，而且与专业直接相关。其他的于此文无关的话暂且不提，我承认工作是苦乐参半，冷暖自知。但是叫我放弃工作以免此累而尽情享受在家的时光，我也很难做到。随着由于孩子的飞速成长而带来对岁月流逝的体会，我更加理解了一些全职主妇的选择。我尊重她们，她们时刻提醒我"似水流年"四个字的分量。

前天我看到了海云的文章，字字句句发自内心，说出了一个女人还是要有一份工作才可以有经济上的自由，当然她想说的工作的理由远远不止这个，但是不知道为何这个理由给我印象很深，也许是这个例子太生动真实吧。

一位叫木心的博客作者在她给海云的评论中说："我妈妈说过，自己手里有，好过别人给。工作着是美丽的。"

木心的评论引发了许多人的共鸣。

一个有了孩子的女人要不要工作？这个问题恐怕永远都会争论下去。因为大家都生活在社会里。社会对性别（男人、女人的性别）当然是有不同期望的，说没有那是睁着眼睛说瞎话。这里的关键是，我们愿不愿意承认正是这种貌似合理、公允的期望的不同，是造成男女无法平等的原因之一？

男人和女人由于经济地位不平衡而带来的家庭内部冲突，就像上述的教授和他太太的故事，应该承认有命运的成分。也就是说，这是无法避免、一定会发生的，这样的冲突尤其多发生于女性有了较高的教育程度、对自己的人生多少有一点不仅满足于做家庭主妇的情况的家庭，而且抱有女性还是要工作的观念的家庭以中国大陆为多，同是中国传统文化的台湾就有许多知识女性安心于在美国做家庭主妇，我认为这是大陆1949年以后强调"男女都一样，妇女能顶半边天"的社会环境所决定的。

说起女人要不要工作这个话题总是会和另一个更容易引起冲突的话题联在一起：男女平等。后者实质也是一个政治话题，这里就顺带聊聊。男人和女人怎样才叫平等，这个问题也永远在争论。有人说都挣钱就可以平等了，还有人说现在的女性比她男人挣钱还多，言下之意是这样的女人比她男人在家里地位还高了；这完全是光用钱来作为衡量事物唯一标准的片面看法。还有人说在家也不等于不平等，关键是女性要有自由的心灵。这个说法很有思想，细想一下随之而来的问题是自由的心灵本身是否就太难以企及了，谁才能有拥有一个自由的心灵的条件？是否说平等这个高门槛是要女性达到一定的教育程度、思想高度才有可能拥有？

男女平等到底是什么？我比较认同的是这样一个看法，男女平等的实质在于社会对女性真正的尊重。这种尊重来自男性也来自女性。那种对女性的价值总是贬低，对女性做的工作（包括家务）总是贬低或不尊重才是不平等的实质。

挣钱、工作、上班的女性在家里是不是自然而然就平等了？当然不是。但是没有正式工作的女性，怎样避免出现那位教授夫人的闷闷不乐的局面，也是一个话题。这里面有太多文化因素在起作用。中年职业女性这个话题本来就不是一个简单的话题，我们怎么能指望一个简单的答案，或用一种高高在上的态度去评价就行了呢？

要做的，是面对我们的社会性别文化，用解剖刀来开始。而且要有一点社会性别经历、有一点因社会性别而有过两难或纠结的人，才会对这个问题有所察觉。可能还有太多的人，认为现在不是已经平等了吗，还有什么可在这里虚张声势说来说去的，那么这样的人就不需要对这个话题费劲了。当然我这篇文章也不是给这样的人看的。

2012.2.1

后　记

这本书终将出版了。两年前，我和出版社建立了联系，要把我的一些文章编成这个集子，现在经过两年的工作，看到这个梦想终于要实现了，很欣慰也很感动。

今年是我和先生带着儿子来到美国生活的第15个年头。儿子来美国时，将近四岁，再过两周儿子就要高中毕业，秋季将成为加州大学伯克利分校的大学生。美国生活在儿子身上的痕迹无处不在，包括几乎每天都因对一些事情的看法和我们讨论或争论，这样的平等谈话在我的记忆中要到我大学毕业以后，我和父母才偶尔有过。

我的女儿是在这里出生的，是一个土生土长的美国西北部华裔美国人。12岁的她渐渐会用商量而坚决的口吻表达自己的需要。她对希特勒对犹太人大屠杀的历史非常感兴趣，这个年龄已经知道一个道理，就是看到邪恶的行为若不挺身而出，那么沉默就是比邪恶更坏的行为，因为它助长邪恶。

我一直有写点东西的习惯，在《羊城晚报》发过一些对美国生活观察的文章。2006年左右写博客成为一种“时髦”，我受大学好友李虹写博客的启发，也因为我渴望与在海外的华人沟通生活感受，2008年开始在北美的一个华人网站写博客。我的专业训练（社会学）和原来我就喜欢观察人、事的习惯结合起来，就是我从社会学角度观察美国社会生活的点点滴滴，这些点点滴滴就成了现在的480篇博客日志。许多文章因为触动人们的思考或谈的是社会热门的种族、性别话题而被别的网站转载。有些文章发表在《大公报》上。

好友李虹鼓励我把这些文章出个集子。我和广东人民出版社取得了联系，选出了50来篇文章，分享我对美国种族、性别问题的洞察、分享我的教书和生活经历。肖风华副社长可以说是这些文章最初的知音，对文章的意义给予了中肯的评价。许春芳编辑认真负责地审阅稿件，优化篇章布局，对文章进行了大量调整和润色。罗丹编辑在后期的编辑出版工作中事无巨细、投入了大量的精力和智慧。没有敬业而有文学功底的编辑们的心血，这本书不会是目前的样子。

这本书是我以社区学院教师、母亲、女性、华人的身份而写的。我想在这里感谢我在社区学院教过的数千学生，这本书也可以说是为他们而写的，希望本书能让人们了解一下美国的工薪阶层学生，听取工薪阶层的声音是非常重要的，学生教育我怎样倾听他们的意见，怎样尊重人的多元性、多样性。

我要感谢我的儿子和女儿，是他们让我成为母亲，帮助我成熟，他们的天赋、才华、作品给我极大的欢愉。我希望本书可以让他们看到妈妈作为第一代移民的心灵地图。

感谢我的先生，在美国西北部土地上共同生活，因为专业、性别等原因，我们经历不尽相同，常为一些概念或议题讨论甚至争论，我们都是在尽力独立思考而已。先生是我文章的第一读者，我们在一起撑起这个四口之家，有太多的酸甜苦辣，浓缩成这句话：谢谢一路携手互助，爱是我们一起走出来的路。

感谢我的父母对我一直无微不至的关怀，提醒我注意身体，也关心这本书的进展。能看到书的出版对我爸爸妈妈该是很大的安慰。

感谢公公婆婆对我的关心和支持；好友蔡国萱在百忙之中给本书写序，令我感动；多年来，好友柯宁、傅红芬、曾晴、叶子、覃冰、黄玉、范倩对我写作一贯给予热情的鼓励和反馈，使我获得写作的重要动力。

看看自己写的50来篇东西，为自己当时有这些精力而高兴，而且许多东西如果不记下来今天是不可能记得那些细节的了。生活就是无数细节连接而织出来的画面，这些画面是人生的一个记录。

但愿这本书解答了您的一些困惑，也引发了您去问一些新的问题。

2015.5.25